Jeannette Walls

The Glass Castle

玻璃城堡

[美] 珍妮特· 沃尔斯 著　许晋福 译

人民文学出版社

著作权合同登记:图字 01-2012-3600 号

Jeanette Walls
THE GLASS CASTLE

图书在版编目(CIP)数据

玻璃城堡/(美)沃尔斯(Walls, J.)著;许晋福译.—北京:人民文学出版社,2012
ISBN 978-7-02-009238-3

Ⅰ. ①玻… Ⅱ. ①沃… ②许… Ⅲ. ①回忆录-美国-现代 Ⅳ. ①I712.55

中国版本图书馆 CIP 数据核字(2012)第 129875 号

特约策划:邱小群
责任编辑:马爱农
封面设计:丁威静

出版发行 人民文学出版社
社　　址 北京市朝内大街 166 号
邮政编码 100705
网　　址 http://www.rw-cn.com
印　　制 山东德州新华印务有限责任公司
经　　销 全国新华书店等
字　　数 243 千字
开　　本 890×1240 毫米 1/32
印　　张 12.25
印　　数 1—10000
版　　次 2013 年 1 月北京第 1 版
印　　次 2013 年 1 月第 1 次印刷
书　　号 978-7-02-009238-3
定　　价 35.00 元

谨以此书献给约翰

是他让我相信

每个有趣的人背后都有一段过去

致 谢

感谢我的弟弟布莱恩，在我长大成人及写作本书的过程中，他不断支持着我；感谢我的母亲，她对艺术和真理的坚定信念感染了我；感谢我那聪明又有才华的姐姐罗莉，感谢她终于改变想法，乐见这本书的诞生；感谢我的妹妹莫琳，我会永远爱她。还要感谢我的父亲，雷克斯·S. 沃尔斯，感谢他如此勇于做梦。

另外，要特别感谢的是：我的经纪人 Jennifer Rudolph Walsh，她的慈悲、机智、毅力与鼓励，带给了我很多力量；我的编辑 Nan Graham，她给了我很多宝贵的意见——关于书中内容的取舍；以及 Alexis Gargagliano，她在校稿时是如此细心与体贴。

打从我开始写作本书，有些朋友就不断给我加油打气，这些人包括：Jay and Betsy Taylor、Laurie Peck、Cynthia and David Young、Amy and Jim Scully、Ashley Pearson、Dan Mathews、Susan Watson、Jessica Taylor 和 Alex Guerrios。

还有一个人，我对他的感激是言语无法道尽的，那就是我的丈夫约翰·泰勒。因为他的鼓励和催生，这个故事才得以和世人见面。

黑暗是路途，光明是去处

那从未也永远不会降临的天国

才是真谛

——狄兰·托马斯(Dylan Thomas)，

《生日感怀》(*Poem on His Birthday*)

目　录

第一部

路边拾荒的女人

那天，我坐在出租车上，心想今晚或许太盛装打扮了。偶然间望出窗外，我看到我母亲，她正在翻垃圾桶。天色刚暗，从地下水道口冒出来的阵阵蒸汽，被三月的强风吹得四处乱窜。过往的行人个个翻起了衣领，在人行道上匆匆来去。正准备去参加派对的我，陷在车阵当中，距离目的地还有两条街。

而我的母亲，正站在四五米外的地方，在垃圾堆里捡东西。为了御寒，她在脖子上围了几条破布，而她的爱狗，一条黑白的杂种狗，则兀自在她脚边嬉戏。母亲的姿势和表情是如此熟悉！当她从垃圾堆里发现到某个可能有价值的东西时，她会歪着头，撅起下嘴唇，仔细端详着它；要是看到了一个她喜欢的东西，她更会睁大眼睛，露出孩子气的笑容。母亲的眼珠深陷在眼眶里，一头长发杂乱地纠结在一起，其中有些已经斑白。尽管如此，看到现在的她，我还是会想起她在我小时候的样子：一个热爱从悬崖上跳水、在沙漠中作画和高声朗诵莎士比亚作品的母亲。跟从前一样，她的颧骨又高又挺，只不过，这些年因为风吹日晒，她的皮肤变得又红又干。不过，对路过的行人而言，她跟其他游民可能没什么两样，毕竟，纽约市有成千上万的人无家可归。

上次看到她,已经是好几个月前的事了。忽然,她抬起头。我慌了起来。要是她看到我怎么办? 她可能会叫我。要是有其他受邀参加同一派对的人看到我们,母亲可能会向他自我介绍,如此一来,我的秘密就揭穿了。我赶紧把身子往下一滑,请司机掉头,把我载回我在公园大道上的家。

终于,出租车在我的住所前停了下来,大楼的门房替我开门,电梯人员也把我送上我住的楼层。我先生通常工作到很晚,那一天也不例外,因此,除了我的高跟鞋踩在上了蜡的木制地板上的声音,整个家一片静悄悄的。意外在街上看到母亲,看到她愉快地在垃圾堆里捡东西,我感到忐忑不已。为了平复心情,我放起维瓦尔第的音乐。

环顾四周。房里,有青铜和银制成的本世纪初花瓶,有我从跳蚤市场上搜购来的旧书,有我刚裱好的乔治王朝时代的地图,有波斯地毯,还有皮制的扶手椅——累了一天之后,我最喜欢在这张椅子上休息。这些年来,我努力把这里变成自己的家,以便和理想中的自己相匹配。但是,在我享受着这个家的同时,我又没办法不担心:我的父母,现在可能在哪里的人行道上靠着暖气口取暖。我担心我的父母,但也以他们为耻;更重要的是,当我的父母正忙着保暖和果腹时,我却戴着珍珠项链在公园大道上舒适度日——我好惭愧。

可是,我又能怎么办呢? 我很想帮他们,而且我试过无数次了;可是,父亲就是一口咬定他不需要任何东西,母亲则是会提出一些很好笑的要求,譬如要我送她香水喷雾器或希望加入健身中心。他们说，他们现在的生活方式正是他们想要的。

在那次的事件之后，我恨透了我自己——恨透了我的古董，恨透了我的衣服，恨透了我的公寓。我必须做点什么才行。于是，我打了个电话给母亲的一位朋友，并留话给她。这是我和母亲联络的方式。母亲总是要过几天才会回电给我，可是，很奇怪，每一次她的声音听起来总是那么开朗热络，好像我们前一天才一起吃过饭一样。我告诉她，我想见她，并提议她到我住的地方找我。她不要，说她想上馆子，她喜欢在外面吃饭。于是，我们约好在她最喜欢的中国餐馆一起吃饭。

约会当天，我到达餐馆时，母亲已经坐在包厢里头了，她正在端详菜单。她看起来用心打扮过了。身上是一件蓬蓬的灰色毛衣，上面只有几个淡淡的污点；再往下看，脚上是黑色的男用皮鞋。她洗过脸了，只是脖子和太阳穴的地方还有点脏脏的。

看到我，母亲兴高采烈地跟我招手。"那是我宝贝女儿！"她大声嚷嚷。我亲亲她的脸颊。接着我注意到，桌上的酱油包、鸭卤包和辛辣的芥末包，已经被她倒进皮包里了。此刻她正准备把一碗干面也给清光。"晚一点当点心吃，"她解释说。

接着我们点菜。母亲点了海鲜杂烩。"你知道，我最爱吃海鲜了，"母亲说。

接着，她谈起毕加索。她说，她去看了毕加索的回顾展，她认为，世人对毕加索是过誉了。在她看来，所有立体派的东西都在搞噱头，而毕加索在过了黄金时期之后，就没有创作出任何有价值的东西了。

“我很担心你，”我说：“告诉我，有什么我可以帮忙的？”

母亲脸上的笑容消失了。“你凭什么认为，我需要你的帮忙？”

“我不是富婆，但我手边还有一点钱。告诉我，你需要什么？”

母亲想了一会儿，然后说：“或许我可以试试电疗除毛。”

“拜托你认真点。”

“我很认真啊。漂亮的女人最有自信了。”

“妈，拜托！”就像过去的每一次，只要一谈到这个话题，我的肩膀就不由自主僵硬了起来。“我是说，我可以做什么，来帮助你改变你的生活，让你过得更好。”

“什么！帮助我改变我的生活？拜托，我好得很！真正需要帮忙的是你。你的价值观太混乱了。”

“妈，几天前，我在东村看到你在垃圾堆里捡东西。”

“那又怎样？美国人太浪费了。我那样是在做资源回收。”母亲又吃了一口海鲜杂烩。“咦？对了，为什么你没跟我打招呼？”

“我觉得很丢脸，躲起来了。”

“看到没？就是这样，”母亲拿着手上的筷子指着我说：“我没说错吧？你脸皮太薄了。我告诉你，你老父亲和我就是这个样子，接受事实吧。”

“那我要怎么跟朋友介绍我的父母？”

“很简单啊，”母亲说：“实话实说。”

第二部

沙漠流浪记

我着火了。

这是我最早的记忆。当时的我，三岁，住在亚利桑那州南部、一个我从不知其名的小镇，一家人就住在一辆拖车上。事情发生的时候，我站在炉子前的一张椅子上，穿着外婆买给我的一套粉红色洋装。粉红色是我最喜欢的颜色。洋装的裙子蓬蓬的，宛如芭蕾舞衣，我老爱穿上它，假装自己是芭蕾舞演员，在镜子前转啊转的。当时，我穿着这套洋装在煮热狗，看热狗在沸腾的水中膨胀、翻滚。近午时分，阳光透过厨房的小窗户洒了进来。

母亲在隔壁的房间里画画，我可以听到她一边作画一边唱歌。而吉吉，我们养的黑色野狗，则在旁边看着我。我叉起一条热狗，弯腰喂吉吉吃。热狗很烫，吉吉小心翼翼地舔着它。等到我再站直身子，搅动锅子里的热狗，忽然觉得右半边一片热。转头一看，天啊！我的裙子着火了！我吓坏了，整个人动弹不得，只见橘黄色的火焰，迅速在我粉红色的裙子上，烧出一条不规则的褐色的线，再爬上我的肚子。接着火舌猛地一窜，烧上了我的脸。

我开始大叫。我闻到烧焦的味道，又听到一阵可怕的声响，我的头发和睫毛烧焦了！吉吉开始狂吠，我也再次大叫。

母亲冲了进来。

“妈咪救我!”我尖叫,此刻的我还站在椅子上,手里拿着刚刚用来搅动热狗的叉子拍打着火焰。

母亲急忙冲出房间,抱了一件军毯回来,裹住我,好扑灭火焰。车子被父亲开出去了,母亲只好抱住我,另一手拉着我弟弟布莱恩,快速冲往隔壁的拖车。住那辆拖车的女人当时正在晒衣服,嘴里衔着晒衣夹。母亲用一种出奇平静的语气告知她刚刚发生的意外,问她可不可以载我们去医院。这个女人二话不说,扔下手中的衣服和晒衣夹,冲向她的车。

到了医院,护士们把我抬上担架,再拿出一把亮晃晃的剪刀,把我那件漂亮的、但已残破不堪的粉红色洋装剪开,一边低声交谈着,声音听起来很担忧。他们把我抱到一张铺满了冰块的大型金属床上,又拿起一些冰块覆盖在我身上。一位戴着黑框眼镜、头发银白的医生,领着母亲走出房间。我听到医生告诉母亲,我的情况非常严重。护士们陪在我身边,没有离开。看得出来,我引起了很大的骚动,不过我没有说话。一位护士捏捏我的手,告诉我不要担心,我不会有事的。

“我知道,”我说:“不过,有事也没关系。”

这位护士又捏捏我的手,下唇紧紧抿着。

这个房间小小的、白白的,灯光很亮,还摆了几个金属柜。天花板上画了一排又一排的小点点,我盯着它们出神了好一会儿。我的肚子、胸部,一直到脸颊两旁,堆了好多冰块。透过眼角的余光,我瞄到一只肮脏的小手从我面前十几厘米处掠过，抓起一把冰块。接着，一阵清脆的声音传来。往下一看，是我弟弟布莱恩在嚼冰块。

医生告诉我，我没有死掉真是福大命大。医生从我大腿上半部取下了好几块皮，再贴到我身上烫伤最严重的部位，也就是腹部和胸口上。他们说，这叫皮肤移植。做完这项手术，他们把我的右半边通通包上绷带。

“看，我现在是半个木乃伊，”我对其中的一位护士说。这位护士笑一笑，把我的右手臂放在一个吊带上，再固定在床头板上。

护士和医生们不断问我一些问题，譬如：我是怎么烫伤的？我父母有没有伤害过我？我身上为什么有这么多瘀血和伤口？我告诉他们，没有，我父母从来没伤害过我。那些瘀血和伤口是我在外面玩的时候弄来的，而烫伤则是煮热狗造成的。他们又问：我才三岁，怎么会去煮热狗？我告诉他们，煮热狗很简单啊，把热狗放在水里，再把水煮开就行了。这不像某些比较复杂的食谱，年纪够大才学得会。不过，装满了水的锅子，太重了我拿不动，所以我会搬一张椅子到水槽旁，爬上椅子，装满一杯水，再爬到炉子旁的椅子上，把水倒进锅里。同样的动作反复个几次，直到锅子里装了足够的水为止。接着，把炉子的火打开，水开了，再把热狗丢进去。“我妈说我年纪已经够大了，”我说：“所以让我自己煮东西吃。”

两位护士对看了一眼，其中一位还在纸上写了一些东西。我问她们怎么了，她们说，没什么。

每隔几天，护士阿姨会过来帮我换绷带，先拆掉旧绷带，放到一旁，再将一大块薄薄的纱布放到伤口上；这时候我会看到，用过的绷带上面沾了血迹和一小块一小块烧焦的皮肤。晚上，我会用左手去搔抓那已经拆除了绷带的皮肤；这些皮肤粗粗的，还结了痂。有时候，这些痂会被我给撕下来。护士阿姨叫我不要这么做，可我还是忍不住。我很想看看我撕下来的痂可以有多大片，所以我会慢慢撕。一旦撕下了两三片，我会想象它们正叽叽喳喳地在交谈。

这家医院很干净，而且干净得发亮。这里的每一样东西，不是白色的就是银色的——墙壁是白的，床单是白的，护士的制服也是白的；病床是银色的，盘子是银色的，医疗器材也是银色的。而且，每个人讲话都很客气、很安静。由于太安静了，连护士的胶鞋踩在走廊上的声音都听得到。这样的安静与秩序，我不习惯，但很喜欢。

还有一件事我很喜欢。在这里，我拥有自己的房间，不像在家里，必须和姐姐弟弟同睡一间房。更棒的是，病房的墙上装有电视。我们家没有电视，所以我在这里看了好多电视。我最喜欢雷德·巴顿斯和露西·鲍尔的节目。

医生和护士们常常问我觉得身体如何，肚子饿不饿，需不需要什么东西。每天，护士阿姨们会带可口的餐点给我吃，而且一天三次，饭后还有什锦水果或果冻当点心。她们会定时换床单，即使床单看起来还很干净。有时候，我会读书给她们听。她们说我很聪明，阅读能力不输六岁的小孩。

有一天，我看到一位顶着黄色鬈发、擦了蓝色眼影的护士阿姨嘴巴里不知道在嚼什么。我问她，她说是口香糖。口香糖？我说我从来没听过这个东西。护士阿姨转身出去，拿了一包回来给我。我从中抽出一条，先打开白色的包装纸，再打开下面的银色锡箔纸，一条灰灰的、粉粉的口香糖出现在我眼前。端详了一会儿，我将它放入口中，强烈的甜味令我又惊又喜。“真好吃！”

“嚼嚼就好，不要吞下去喔。”护士阿姨露出很温暖的微笑，然后出去叫了几个护士进来，看我品尝我生平的第一条口香糖。稍晚，她送午餐来给我的时候，告诉我口香糖必须吐出来，不过别担心，吃过饭我就可以再嚼一条新的口香糖。整包吃完了，她会再买一包给我。这就是医院，不管是食物、冰淇淋，甚至是口香糖，你永远不用担心会有用完的一天。真希望能够永远待在这里。

家人来看我的时候，安静的医院走廊就会回荡着他们的叫骂声、笑声和歌声。听到护士的提醒，父亲、母亲、罗莉和布莱恩才会放低音量；但是，不消几分钟，他们的音量就又渐渐大了起来。此外，不知道是因为父亲长得帅呢，还是因为他老爱叫人家臭小子、王八蛋，又或者他哈哈大笑时甩头的模样很特别，每个人经过他身旁时，都不禁转过头来盯着他看。

有一次，父亲在病床边问我，这里的护士和医生对我好不好？要是有人对我不好，他一定会狠狠踢那人一顿屁股。我告诉父亲，他们对我很好，而且每个人都友善得很。“当然啰，”父亲说：“他们知道你是雷克斯·沃尔斯的宝贝女儿嘛！”

这下子,母亲倒感到好奇了,她想知道,医生和护士们到底做了哪些事,让我觉得他们不错。我告诉她口香糖的事情。

“什么?口香糖?”母亲非常不以为然,她认为嚼口香糖是一种低级、恶心的行为,这里的护士小姐怎么可以没请教过她的意见,就鼓励我从事如此粗鄙的行为?她一定要好好教训那个护士一顿。“我才是你母亲,要怎么教养孩子,难道不用先问问我?”

“你们这些家伙想我吗?”一次家人来看我的时候,我这样问姐姐罗莉。

“没怎么想,”罗莉说:“最近发生太多事了。”

“发生了什么事?”

“没什么特别啦。”

“没关系,小宝贝,”父亲说:“就算罗莉不想你,老爸我可是非常想你喔。唉,实在不应该让你待在这间消毒室里受罪。”

说完,父亲在我的床沿坐下,开始讲述罗莉被毒蝎子蜇伤的故事。这个故事,我听过好几十遍了,可是我还是很喜欢听他讲。事情是这样的。罗莉四岁的时候,有一天和爸妈一起到沙漠中探险,结果被躲在石头底下的蝎子给蜇到了腿,一会儿便全身抽搐,身体僵硬,冷汗直流。不过,父亲不信任医院,于是抱她去向一位纳瓦霍族①的巫医求助。巫医割开罗莉的伤口,涂上一种深褐色的药膏,又念了一

---

① 纳瓦霍族(Navajo),美国最大的印第安人部落,主要居住在亚利桑那州。

些咒语。没过多久,罗莉便完好如初。“你烫伤的时候,你母亲应该把你带去找那位巫医才对,而不是来找这些医学院毕业的、眼睛长在头顶上的庸医。”

下一回,家人再来看我的时候,我发现布莱恩头上扎了绷带。白色的绷带已经弄脏,上头还留有血渍。母亲说,布莱恩前几天从沙发上跌下来,撞破了头。可是,她和老爸决定不带他上医院。

“当时血流了一地,”老妈说:“不过,家里一次有一个人住院就够了。”

“更何况,”父亲说:“你弟弟头硬得很,地板受的伤可能比你弟弟还严重呢。”

布莱恩大概觉得父亲这样说很好笑吧,呵呵地笑个不停。

母亲又说,在一次市集上,她用我的名字参加抽奖,结果得到了免费搭乘直升机的机会。我听到后雀跃不已,我这辈子从来没坐过直升机或飞机。

“那我什么时候去坐直升机?”我问。

“喔,我们已经坐过了,”母亲回答:“很好玩喔。”

后来,父亲和医生吵了一架。起因是,父亲认为我不应该扎绷带。“伤口是需要呼吸的,”他告诉医生。

医生回答他,为避免伤口感染,扎绷带是必要的。“感染个头啦!”父亲恶狠狠地瞪着医生说。他还告诉医生,因为他,我将一辈子带着伤疤,不过,我不会是唯一一个带着伤疤离开这家医院的人。

父亲抡起拳头，眼看要揍上去了。医生抬起双手，后退几步。说时迟那时快，一位身着制服的警卫出现，要求父亲、母亲、罗莉和布莱恩马上离开。

后来，一位护士过来问我好不好。我告诉她很好，而且我才不在乎身上有什么鬼伤疤呢。护士说，那很好，因为，接下来我可能有别的事要操心了。

又过了几天，也就是我住进这家医院大约六个星期后，父亲突然一个人出现在我病房门口。准备闪人了，他说——一贯的雷克斯·沃尔斯风格。

“这样做，没问题吗?”我问。

“你只管相信你老爸就是。”

说完，他把我的右臂从我上方的吊带中放下来，抱起我，一股混合了刮胡水、威士忌和香烟的气味蹿入鼻腔，好熟悉的味道！我忽然好想家。

父亲抱起我快步穿越走廊。一位护士看到了，大声叫我们站住，父亲开始拔腿快跑。他推开急诊室的门，迅速冲下楼梯，跑上街。一辆破旧的“普利茅斯”（我们都管它叫“蓝鹅”）停在街角，引擎已经发动，前座坐着母亲，后座坐着罗莉、布莱恩和吉吉。父亲坐进驾驶座，将我抱给母亲，然后抓住方向盘。

“宝贝，你不用再担惊受怕了，你安全了，”父亲说。

爸妈把我带回家后，过了几天，我又开始煮热狗给自己吃了。没办法，我饿了，母亲当时忙着作画，家里又没有其他人可以帮我弄吃的。看到我这么做，母亲说："你好棒。你必须赶快恢复正常。像火这么普通的东西，你总不能怕它一辈子吧。"

是的，我不打算怕它一辈子，甚至还迷上了它。父亲也认为，我应该学会战胜我的敌人，于是教我如何把手指通过蜡烛的火焰。我一再练习这个动作，而且速度越放越慢，为的是考验我的手指能够忍受到多高的温度，又不会真的烫伤。而且，我总在注意哪里有更大的火。每次一有邻居在烧垃圾，我就会跑过去围观，看着熊熊烈火在垃圾桶里奔窜，并且越靠越近，用我的脸去感觉热度，直到温度高到我受不了，再稍微后退几步。

看到我并没有从此对火敬而远之，载我去医院急救的那位邻居吓了一跳。父亲一脸骄傲地笑着对她说："怎么会怕？她已经战胜了火。"

而且，我开始偷父亲的火柴，然后跑到拖车后面，把它点燃。我很喜欢听火柴划过火柴盒的声音，再看着火焰从红色的头"啪"一声冒出来，嘶嘶作响。我会用手指感受火焰的热度，之后再用胜利的手势一甩，把火熄灭。甚至，我会点燃一堆废纸或枯枝，然后屏住呼吸，直到火势快要难以收拾，再用力踩熄，并口吐几句从父亲那里学来的粗话，如“狗娘养的”或“你他妈的王八蛋”。

有一次，我带着我最喜爱的玩具——一个塑料做的小玩偶，彼得·潘故事中的小仙女——出去玩火。小仙女大概五厘米高，一条黄颜色的马尾扎得高高的，双手插在背后，显得自信满满甚至拽得不行，让我好生羡慕。我想让小仙女知道火是什么感觉，于是点亮火柴，挨近她的脸。在火光的照耀下，她显得更加楚楚动人。火很快熄了，于是我再点燃一根火柴，这次拿得离她的脸很近很近。忽然，小仙女面露惊惧之色，眼睛睁得好大，这下子我才惊觉，她的脸开始熔化了。我赶紧熄灭火柴。然而，为时已晚，小仙女那原本完美无瑕的鼻子已经消失，而原本红嫩欲滴的嘴唇也塌了，变得好丑、好难看。为了让小仙女的五官恢复原貌，我在她脸上拨弄了一番，结果越弄越糟。不一会儿，温度冷却下来，她的脸变硬了。我试着在她脸上包上一些绷带，可是没用。我多么希望可以帮她做皮肤移植，可是，这样一来，她可能会被我大卸八块。不过，虽然她的脸熔化了，她仍然是我最爱最爱的玩具。

几个月后的某个午夜，父亲回到家，把我们大家从睡梦中叫醒。

“拔营的时间到了。快！我们要离开这个鬼地方！”父亲吼道。

父亲只给我们十五分钟的时间收拾行李。

“怎么了，爸爸？”我问：“有人在追杀我们吗？”

“这种事轮不到你来操心，”父亲说：“我不是一直都把你们照顾得好好的吗？”

“是啊是啊，”我说。

“这才是我的乖女儿！”父亲抱抱我，一边吆喝我们加快速度。父亲拿了基本用品：一个大型的黑色平底锅、一个荷兰制的炉子、几个军队制的锡盘、几根叉子、一把手枪，还有母亲的弓箭，再塞到蓝鹅的后车厢里。父亲说，只要拿生活必需品就够了，其他的东西别拿太多。只见母亲急忙跑到院子里，在月光下挖土，要找她装钱的罐子。可是，她忘记罐子埋到哪里去了。

一个小时过去了，终于，母亲的画作已经绑在车顶，后车厢、后座和地板上也全都塞满了东西。为了不让拖车场里的其他人发现我们逃跑——父亲总喜欢用“逃跑”这两个字来形容——所以车子开得很慢。我听到父亲嘴里嘀咕着，打包个行李而已，居然要这么久。

“爸!”我惊呼:“我忘了拿小仙女了!”

“没关系,她可以自己一个人过活的,”父亲说:“就像我勇敢的小女儿一样。对吧?我小女儿是不是勇气十足又热爱冒险呢?”

“也许吧,”我答道,心里则想着,不管谁捡到小仙女,希望都能够好好爱她,不要因为她毁容了就嫌弃她。为了安慰自己,我抱起我们家那只灰白猫吉诃德,在怀里摇啊摇的。缺了一只耳朵的吉诃德,不快地低鸣了几声,还用爪子抓我的脸。“吉诃德,别吵!”我说。

“猫不爱旅行啦,”母亲解释。

接着父亲说,谁要是不喜欢旅行,我们就不欢迎他来和我们一起冒险。说完他停下车子,将吉诃德从颈背处一把抓起,丢出窗外。吉诃德“啪”一声落在地上,并发出刺耳的尖叫。车子加速行驶,我开始号啕大哭。

“别这么感情用事嘛,”母亲说。要养猫,以后有的是机会;更何况,从今以后吉诃德就变成了野猫,当野猫可比当家猫要有趣多了。布莱恩担心吉吉也会被父亲给扔出窗外,死命将它抱住。

为转移我们的注意力,母亲开始带领我们唱歌,如“别困住我”、“这块土地是你的土地”,接着父亲也慷慨激昂地唱起“老人河”,以及他最喜爱的“甜蜜的马车摇啊摇”。①没多久,吉诃德、小仙女和那些在拖车场的玩伴们,全被我抛到了九霄云外。父亲开始告诉我们,等

① 这四首歌的原文分别是:*Don't Fence Me In*、*This Land Is Your Land*、*Old Man River*、*Swing Low, Sweet Chariot*。

我们搬到新家以后，要做哪些刺激的事，又要用什么样的方法发财。

“爸，那我们要去哪里呢？”我问。

“任何我们最终到达的地方，”他说。

深夜，父亲在沙漠中央停车，我们就在繁星点点的夜空下睡觉。我们没有枕头，不过父亲说，那正是他的打算之一，他希望我们养成正确的体态。像印第安人就不用枕头，父亲说，你看，他们站得多直啊。不过，我们还是有扎人的军毯。我们把毯子铺在地上，躺下来，仰望星空。我告诉罗莉，能够像印第安人一样睡在夜空底下，是多么幸福的一件事啊！

“真希望，我们可以一直这样下去，”我说。

“很有可能，”罗莉回答。

逃跑。我们常常逃跑，而且时间往往在三更半夜。偶尔，我会听到父母亲谈起有人在追杀我们，这些人有的是标准石油公司派来的(他们想偷走母亲娘家在得克萨斯州的土地)，有的是联邦调查局的探员(父亲曾经参与地下活动，但因为不想连累我们，所以不曾提及)。对于这些人，父亲一律称之为刽子手、吸血鬼或盖世太保。

为了证明真的有一大票联邦探员在追捕他，父亲还故意把没有装滤嘴的香烟倒过来抽。为什么这样做呢？父亲解释，这样一来，香烟的商标就会被烧掉，那些人即使查看他使用过的烟灰缸，也只能找到提供不了任何线索的烟屁股。不过母亲说，才没有什么联邦探员在追他呢！父亲那样讲，是因为被联邦探员追缉，听起来比被国税局人员追讨有趣。

我们像游牧民族一样四处漂泊。我们到过内华达州，到过亚利桑那州，到过加利福尼亚州，住的是风沙漫天、以采矿为主要营生方式的小镇。这些小镇通常很荒凉，镇上只有一小撮简陋、凄凉的小屋、一间加油站、一家干货铺和一两家酒吧。这些店多半有个怪名字，如“针与酒”、“馅饼”、“够夫族”、“为什么”，而且附近可能有诸如迷信山、苏打湖(但已经干涸)、老太婆山之类的地方。一个地方越荒凉、越偏僻,父母亲就越喜欢。

一旦找到落脚的地方,父亲会找份工作,譬如在石膏矿场或铜矿场里当电工或工程师。母亲说,父亲的口才很好,随口就能胡诌出一长串的工作经历或大学学历。一项工作只要父亲想做,他一定有办法得到,只是总做不久。有时候,他会靠赌博或打零工来赚钱。可是,等到他工作做腻了,被老板炒鱿鱼了,家里积欠太多水电费了,被电力公司的架线工发现偷接电了,快被联邦探员发现了,我们就要再度逃跑——在三更半夜里收拾细软,溜之大吉,直到父母亲看到了一个吸引他们目光的小镇为止。这时候他们会到附近转一转,看看哪家屋子的院子里有吉屋招租的牌子。

偶尔,我们会去跟外婆同住。外婆家是一栋白色的大宅,位于凤凰城。出身德州西部的她,年轻时特立独行,热爱跳舞,热爱马匹,也喜欢讲三字经。她是外公经营牧场的好帮手。听说,再桀骜不驯的野马都会被她驯服得服服帖帖。外公的牧场在亚利桑那州,离大峡谷不远处,牛头市以西的鱼溪谷附近。我觉得外婆是个很棒的人。可是,每一次去和外婆同住,不出几个星期,她一定会和父亲大吵一架。吵架的经过通常是,母亲先提到我们经济拮据,外婆就指桑骂槐,说父亲游手好闲。父亲听到了会说,有些自私的老太婆要那么多钱干吗,她又不知道怎么用。过不了多久,外婆和父亲两个人就会开始激烈对骂,好比在参加咒骂大赛。

"你这个杀千刀的酒鬼!"外婆破口大骂。

"你这个丑陋的老太婆!"父亲回敬过去。

“你这个没用的杂种!”

“你这个全身长满鳞片、专门阉割男人的妖婆!”

两相比较,父亲的词汇比较有创意,外婆则在音量上胜出。不过,外婆还占了一项优势:她是一家之主。吵着吵着,父亲要是觉得受够了,他会命令我们上车。接着外婆会对母亲大吼,不要让那个没用的混蛋把她孙子带走。母亲则是耸耸肩,说她无能为力,毕竟那是她老公。于是我们再度上路,向沙漠前进,到另一个采矿的小镇里寻找另一栋待租的房子。

这些小镇里的人,有些已经住了好几年,其他人则跟我们一样,是四处漂泊的过客。这些人有的是赌徒,有的曾经靠行骗为生,有的是退伍老兵,有的是母亲口中“不检点的女人”。此外,还有年老的探矿者,他们因为长年日晒,一张脸黑黝黝的,长满皱纹,像晒干的苹果。这里的小孩,多半体格精瘦,手脚长茧。我们会和这些小孩交朋友,可是感情不会太好,因为我们知道,我们迟早又要离开。

在这段漂泊的日子里,有时候我们会上学校念书,有时候没有。事实上,我们会的东西大多是父母亲教的。五岁以后,我们就被母亲要求开始阅读没有图片的书,而父亲则会教我们数学,或其他一些很重要也很用的东西,譬如,莫尔斯密码怎么打;熊胆里的维生素A含量多到足以致命,所以绝对不能吃等等。此外父亲也教我们,如何瞄准和击发他的手枪,如何使用母亲的弓箭,如何握住刀背甩出才能让它“啪”一声正中目标。父亲的枪是一把黑色大型左轮手枪,可以装六发子弹,我四岁时就已经用得非常顺手,站在三十步外射击啤酒瓶,六只酒瓶我可以射中五只。我双手握枪,轻轻缓缓地把扳机往后扳,最后咔嚓一声,手枪一震,酒瓶应声碎裂。我觉得好好玩。父亲说,哪天要是我们被联邦探员包围了,我神射手般的技术就可以派上用场。

母亲是在沙漠中长大的。她喜欢沙漠的干燥、酷热、日落时分火焰燎原般的天空,以及那曾经是海底、如今却浩瀚无比也残酷无比的广漠。很多人在沙漠里很难存活,母亲却是如鱼得水。她懂得如何靠一丁点儿东西维生。她告诉我们,什么植物可以吃,什么又有毒。而且,她有一项能力无人能出其右,就是在沙漠里找水。母亲说,人其实只要一点点的水就够用了,还教我们如何用一杯水把身体洗得干干净净。母亲说,没有净化过的水,就算来自于水沟,只要动物喝,人就可以喝。相反的,城市里的加氯水,是给弱不禁风的人喝的。来自野地里的水,能增强抗体。另外,牙膏这种东西,母亲认为也是给弱不禁风的人用的,所以我们不用。上床睡觉以前,我们会倒一点小苏打在手心,再加一点过氧化氢,等到它冒出泡泡,就用手指沾一点来清洁我们的牙齿。

我也喜欢沙漠。当太阳高挂天空,沙漠里的沙子会很烫。对习惯穿鞋的小孩而言,这样的温度可能会把脚烫伤;不过,由于我们从小一直打赤脚,脚底板像牛皮一样,又硬又厚,根本不怕烫。在沙漠里,我们几个孩子会去捉蝎子、捉蛇、捉癞蛤蟆,不然就是寻找黄金。找不到黄金,就去捡一些珍贵的石头,如绿松石或石榴石。太阳下山时,有一小段时间,气温会变得凉爽宜人,这时候蚊子会大量聚集,令天空顿时变得黑鸦鸦的。入夜后，沙漠气温骤降，这时候通常需要毛毯来御寒。

还有剧烈的沙尘暴。沙尘暴的发生，有时候毫无预兆，有时候则有前兆，例如一团团的沙在沙漠上空狂乱飞舞。当这样的情形发生时，你的能见范围将只有眼前三十厘米。要是你找不到房子、车子或仓库作为掩护，一定要赶快蹲下，紧闭眼睛和嘴巴，捂住耳朵，把脸埋在膝盖间，直到沙尘暴结束为止；否则的话，你的七窍到时候将塞满了沙。要是你被大型的风滚草打到，没关系，风滚草很轻，又有弹性，不会把你打伤的。不过，沙尘暴如果非常剧烈，你可能会被吹倒，弄得你也像风滚草一样，在空中翻滚。

等到天色渐暗，空气变得凝重，终于，雨要来了。不一会儿，弹珠般大小的雨点纷纷从天而降。有些父母担心小孩会被雷打到，可是我父母从不担心，还让我们出去玩，站在温暖和汹涌的水流中泼水、唱歌、跳舞。只见低低的云里，劈出阵阵闪电，轰隆的雷声，令大地为之摇撼。每一次看到壮观的闪电，我们就张口结舌，叹为观止，好似看到了烟火。暴风雨结束后，父亲会带我们到旱谷去，看潮水汹涌而来。第二天，仙人掌和仙人球会把水吸得饱饱的，因为它们知道，下一场雨，要等好久好久。

我们一家人就有点像仙人掌。譬如，我们的饮食时间不太规律，但一旦有得吃，就会大快朵颐，将肚子撑饱。住内华达州的时候，有一次，一列载满哈密瓜往东行驶的火车发生出轨意外，结果，父亲载了一篓又一篓的哈密瓜回家。我从来没有吃过哈密瓜，可是现在，我们不但有新鲜的哈密瓜可以吃，还有炖哈密瓜，甚至烤哈密瓜可以吃。还有一次，加州的葡萄采收工人发动罢工，许多葡萄园的园主只好开放果园，让民众到里头自由摘采，一磅只要五毛钱。父亲载着我们开了大约一百六十公里的路去捡便宜。到了葡萄园，只见一串又一串的葡萄比我的脑袋瓜还要大，葡萄熟得都快要爆开。最后，我们的车子里塞满了青葡萄，除了后车厢、仪表板上的置物柜，我们的膝盖上也堆满了葡萄，将我们的视线都给遮住了。接下来几个星期，我们的早餐、中餐、晚餐，吃的都是葡萄。

这样的四处逃亡和流浪，父亲解释，是暂时的。他有个雄心壮志:要找到金子。

大家都说父亲是天才，没有什么是他不会制造或修理的。有一次，一个邻居的电视坏了，父亲打开电视机的后盖，找来一根通心粉面条，把缠在一起的电线隔开，电视就修好了。高明的技术，让这位邻居佩服得五体投地，逢人便说，父亲是面条专家，面条的功用被他发挥得淋漓尽致。其实，父亲更精于数学、物理和电学。他会读微积分、代数方面的书，而且他说，他很喜欢数学中的诗意与对称性。他告诉我们，每个数字都有它神秘的地方，明白了这些，你就能揭开宇宙的奥秘。不过，父亲最感兴趣的还是能源，包括热能、核能、太阳能、电能和风能。父亲说，世界上还有那么多能源尚未被开发，人类居然要使用那么多化石燃料，真是荒唐。

父亲也经常发明东西。他最重要的发明，是一个结构复杂的玩意儿，叫“探矿器”，用来帮我们寻找黄金的。探矿器有一个大大的平面，约一百二十厘米高、一百八十厘米宽，并以某个角度朝上升起。在这个平面上，钉了好几根水平的木条，木条和木条间有一定的间隙。探矿器从地上挖起一堆砂石之后会丢进这里，透过木条来筛选金子，判断的根据在于砂石的重量。没有价值的东西，会被过滤掉，只留下黄金。因此，当我们需要买日用品的时候，只要靠它去为我们找一块黄金就行。虽然，我们没有真的这样做过，但这是它建造完成后最起码应有的用途。

制造探矿器的时候，父亲会让我和布莱恩帮忙，地点则在屋后，由我负责握住钉子，父亲负责敲打。有时候，父亲会让我先把钉子的前端打进去，之后再用榔头猛力一敲。这时候，空气中会飘满木屑，鼻子里会嗅到新鲜的木头味，耳朵里则会听到敲打声和口哨声——父亲工作时总喜欢吹口哨。

每天晚上，罗莉、布莱恩和我要睡觉前，父亲会为我们讲床边故事——他自己的故事。当我们躺在床上，或盖着棉被躺在沙漠上时，整个世界漆黑一片，只见父亲手中的香烟发着橘光，他在香烟上深深吸了一口，火光的亮度刚好让我们看见他的脸。

“爸，讲你的故事给我们听，”我们央求他。

“我的故事？你们才不想再听呢！”父亲会说。

“谁说的？我们好想听！”我们继续求他。

“好啦好啦。”父亲最后总会答应。沉默半晌，他会因为想到了一些过去的事，而发出会心的笑容。“老爸我这辈子干了很多冒险的事，不过呢，接下来我要讲的这个故事，即使对雷克斯·沃尔斯这样的疯子而言，都太疯狂了。”

在空军服役的时候，有一次父亲驾驶的飞机引擎发生故障，只好迫降在一座养牛的牧场上，救了他自己和同机队员的性命。还有一次，他看到一匹跛脚的野马被一群野狗团团围住，于是挺身而出，和这群野狗展开一场激烈的肉搏战。还有一次，胡佛水库的某个水闸坏了，父亲发挥他的特长把它修好，拯救了无数民众的性命。在空军服役时，有一次他想喝啤酒，于是不假外出；到了酒吧，他得知有个疯子打算炸掉他们的空军基地，便英勇地将他逮住——父亲说，由此可见，违反规定不见得是坏事。

父亲讲故事的方式很富戏剧性。他一开始总是慢慢来，中间则不时停顿，逼得我们迫不及待地问：“再讲啊，接下来发生了什么事？”即使这个故事我们已经听过。不过，每一次父亲讲故事，母亲都会在一旁偷笑，眼睛滴溜溜地转，这时候父亲就会给她一个白眼。还有，讲故事时要是被打断，父亲一定会发脾气，我们只好央求他继续讲下去，并保证不会再有人打断。

在父亲的故事中，他永远是那个打架最卖力、飞机开最快、赌博技术最高明的人。他会拯救妇女，拯救小孩，甚至拯救比他弱小或愚笨的男人。借由这些故事，他也教我们当英雄的秘诀，譬如，如何用绳索套住野狗的脖子，把它扭断；和敌人打斗时，要刺在喉咙的哪个部位，才能一刀毙命。不过，他也要我们放心，只要他在我们身边，这些问题我们都不用担心，因为，谁要是敢动他孩子一根汗毛，他一定会狠狠踢他们一顿,让他们屁股开花。

除了过去的英勇事迹,父亲也会告诉我们他对未来的梦想。譬如,他有一个可以充分发挥他工程技术和数学天分的梦想:盖一座玻璃城堡。一栋在沙漠中的豪宅,里头的天花板、厚墙甚至楼梯,都是玻璃做的。城堡的屋顶,将装设太阳能电池,将太阳光转化成电,供暖气系统、冷却系统和所有的电器设备使用。甚至,城堡里还会有自己的净水系统。城堡的结构图、配置图和大多数相关的数学运算都已完成。不管我们走到哪里,父亲都会把蓝图带在身上,还不时拿出来,让我们设计自己的房间。

万事俱备,只欠黄金。父亲说,还好,黄金就快找到了。等到探矿器制造完成,等到我们发了大财,玻璃城堡就可以开始动工。

尽管喜欢话当年，父亲却几乎绝口不提他的父母和家乡。我们只知道，父亲来自弗吉尼亚州西部一个盛产煤矿、名叫韦尔奇的小镇。父亲的老爸，是铁路公司的职员，每天坐在火车站的一间小屋里，写些字在纸上，再黏在一根竹竿上，火车经过时就挥舞竹竿让火车上的工程师看。这样的生活，父亲不想要，于是十七岁就离开家乡，加入空军，成为飞行员。

有个故事，父亲讲过不知道几百遍了，但他总是百讲不厌，那就是他和母亲邂逅的恋爱故事。他们俩相识的时候，父亲正在空军服役，母亲则在劳军联合组织服务。有一次，母亲放假回到鱼溪谷的牧场去探望父母。

趁着这次放假，她和一位朋友开车来到鱼溪谷的悬崖边，只见一群空军弟兄正犹豫着要不要跳到底下十二三米处的湖里。当时，母亲身着白色泳衣，在泳衣的衬托下，她标致的身材和长久在亚利桑那阳光下晒出来的古铜色肌肤，显得更加美丽诱人。母亲淡褐色的头发，到了夏天就变成金黄色；而且，除了深红色的口红外，她几乎从不化妆。父亲总是说，母亲那时候看起来简直像电影明星；漂亮的女人他看过不少，但会令他神魂颠倒的，母亲还是头一个。母亲跟其他女人不同,她是有灵魂的,这一点,父亲第一眼就看出来了。因此,在刚见到她的一刹那,父亲立刻爱上了她。

言归正传。母亲看到这群空军弟兄,走上前去告诉他们,从悬崖上跳下去没什么大不了,她小时候就常常这么玩。小伙子们不相信,母亲二话不说,走到悬崖边,以完美的天鹅姿势纵身一跃。

说时迟那时快,父亲跟着跳下去。那么杰出的女人,他可不会轻易放过。

"爸,你那时候是用什么姿势跳水的?"每一次父亲讲起这个故事,我都会问他。

"降落伞姿势。不用降落伞的降落伞姿势。"父亲的标准答案。

跳下水后,父亲游向母亲,并当下在水里告诉她,有一天他会娶她。母亲说,她已经拒绝了二十三个男人对她的求婚。"凭什么,你认为我会接受你?"

"我没有向你求婚,"父亲回答:"我是说,有一天你一定会嫁给我。"

六个月后,母亲真的嫁给父亲了。我一直觉得,这是我听过的最浪漫的故事,可是母亲不认为,她觉得这一点儿都不浪漫。

"我不答应不行啊,"母亲说:"你父亲根本不让我有拒绝的余地。"更何况,母亲想逃离外婆。原因是,外婆什么事都不让母亲自己作主,再小的事情也一样。"谁知道你爸更糟。"

由于当军人赚不了什么钱,父亲婚后便从军中退伍,因为他想赚钱养家。几个月后,母亲怀了罗莉。罗莉刚出生时是哑巴,一颗头光不溜丢的，像鸡蛋一样。三年后，她的头上忽然冒出头发，鬈鬈的，颜色跟新的一分钱硬币一样，嘴巴里还说个不停，但都是没意义的话。大家都认为罗莉是智障，只有母亲不这么认为。她说，罗莉讲的话每个字她都听得懂，还说罗莉懂的字汇很多。

罗莉出生一年后，母亲又生了一个女儿，叫做玛丽·夏琳。她有着一头乌黑的头发和一双巧克力色的眼睛，跟父亲一样。不过，就在她九个月大的时候，某天夜里忽然暴毙而亡。是婴儿猝死症，母亲总是这么说。又过了两年，我也出生了。"你是来代替玛丽·夏琳的，"母亲说。我出生前，母亲曾经祈求老天爷再给她一个红头发的女儿，好让罗莉不会觉得自己长相古怪。"你刚出生的时候好瘦，护士们都说从来没看过这么高、这么瘦的婴儿。"

我一岁的时候，布莱恩也来世上报到。母亲说，他刚出生时全身乌青，无法呼吸，而且全身抽搐。每一次讲起这件事，母亲就会表演布莱恩当时的样子给我们看：双臂僵硬、咬牙切齿、眼睛突出。母亲当初看到他的时候心想，喔喔，看来这个孩子又保不住了。出生后头一年，布莱恩的抽搐从来没停止过，谁想到有一天，症状却从此消失了。后来，他甚至长成了一个强壮的小男孩，而且从不哭闹，即使被我不小心从上铺推下去而摔断了鼻梁也一样。

母亲老爱说，很多父母都太操心自己的小孩了。小时候吃点苦很好，那可以令身体和灵魂对痛苦免疫，因此，我们小时候要是哭了，母亲总是不理不睬。母亲说，小孩子一哭就跑去安慰，只会让他们变得更爱哭，负面的行为就受到正面的强化。

对于玛丽·夏琳的死，母亲似乎没怎么难过。“老天爷知道自己在干吗。他给了我几个完美的子女，也给了我一个不怎么完美的孩子，所以他后来说：‘糟糕，我最好把这个不完美的收回来。’”不过，父亲绝口不提玛丽·夏琳。只要一有人提起她的名字，他就会脸色铁青，悻悻然地离开。原来，当初发现玛丽·夏琳死在婴儿床里的，是父亲，这对他造成了莫大的打击。“发现她死掉的时候，你爸站在那里，整个人像是僵住了，他抱起玛丽·夏琳娇小的身子，在怀里摇啊摇的，接着放声大哭，好像一头受了伤的动物，”母亲告诉我们：“我从来没听过那么凄惨的哭声。”

玛丽·夏琳死了以后，父亲变了个人。他开始心情郁闷，开始晚归，开始借酒浇愁，工作也做不长。布莱恩出生后没多久，有一天家里缺钱，父亲居然把外婆送给母亲的结婚戒指——一颗大大的钻戒——拿去当了，把母亲气得半死。从此以后，他们俩只要一吵架，母亲就会提起此事，父亲则会叫她闭嘴，不要再为这件事发牢骚了，有一天，他会送她一颗更漂亮的钻戒。这就是为什么我们要寻找黄金。因为，我们要送给母亲一颗新的结婚钻戒。因为，我们要盖玻璃城堡。

“你喜欢一直这样搬来搬去吗?”有一天罗莉问我。

“喜欢啊! 你不喜欢吗?”

“喜欢,当然喜欢。”

午后,我们的车停在内华达沙漠中,一家叫做“不是酒吧”的酒吧外头。那时候我四岁,罗莉七岁,我们正在往拉斯维加斯的路上。为了早点筹足资金制造探矿器,父亲决定,他应该偶尔上赌场试一下手气。在开了好几个小时的车以后,父亲一看到这家“不是酒吧”,就停下“绿车厢”(“蓝鹅”坏了以后,父亲弄来了这辆旅行车,并取了“绿车厢”这名字),说要到里头喝一杯。从没有喝过比茶更烈的饮料的母亲,说她也要去,去之前还涂了一下口红。结果,他们一进去就是好几个小时。酒吧外头,太阳高挂天空,半点风也没有。放眼望去,几只鹫正在路边啄食一块已无法辨识是什么动物的腐肉。除此之外,没有别的东西在动。至于布莱恩,他正在看一本已经快翻烂了的漫画。

“我们住过几个地方了?”我问罗莉。

“那要看你怎么定义‘住’这个字,”罗莉说:“在一个地方待一个晚上,算不算? 两个晚上,算不算? 一整个星期,算不算?”

我想了想,然后说:“行李都打开了就算。”

于是我们开始数，数到十一就数乱了。有些住过的地方，我们已经记不得叫什么镇，或我们住的房子长什么样子了。我记得的画面，大部分都发生在车子里头。

“要是我们没有这样搬来搬去，你觉得会发生什么事？”我问。

“我们会被抓走，”罗莉回答。

爸妈从“不是酒吧”出来之后，给了我们每个人一条长长的牛肉干和一块糖果。吃完牛肉干，我打开糖果的包装纸，里头咖啡色的糖果已经变成黏糊糊的一团。我决定先不要吃，留到晚上，等沙漠的低温把它凝固。

过了不知多久，车子来到了隔壁的小镇。父亲一手负责开车和抽烟，另一只手则拿着一罐啤酒。罗莉坐在前座，夹在爸妈中间，我和布莱恩坐在后座。当布莱恩试着说服我，用半颗糖果交换他的半个“三剑客”时，车子忽然来了个大转弯，车门被甩了开来，我跟着滚了出去。

我在土坡上滚了好几米，我吓呆了，叫不出声，还暂时忘了呼吸。我的眼里、嘴里进了好多沙子。抬起头，我们家那辆绿车厢变得越来越小、越来越小，最后转了一个弯就消失不见。

血，从我的额头上流下来，从我的鼻子里流出来。我的膝盖、我的手肘，都擦破了皮，沾了沙子。那颗糖果，还捏在我手里，但是在我跌下来时已经摔烂，包装纸破了，里头的白色椰子馅也流了出来，沾了沙子。

惊魂甫定，我从铁路旁的土坡爬到马路上，坐着等爸妈回来。我感到全身酸痛。抬眼一望，太阳小小的、白白的，晒在身上好烫好热。

刚刚吹起的一阵热风,仿佛正在烘烤着路旁的沙子。等着等着,时间不知过了多久,我心想,爸妈也许不会回来找我了,甚至可能根本没有发现我不见了;不然就是认为没必要回来找我,也许我就像吉诃德一样,是个麻烦,是个负担,丢掉了最好。

在我身后的那个小镇,安静得很,马路上一辆车也没有。我开始哭,可是,越哭我的身体越酸痛。我站起来,往房子的方向走去。刚一走,我忽然想到,爸妈要是回来了,会找不到我,于是我改变主意,走回铁道旁,再次坐下来。

一会儿,腿上的血干了,我动手把血迹刮掉。抬头一看,在前面的转弯处,绿车厢出现了,朝我的方向疾驶过来,体积变得越来越大、越来越大;终于,在一阵尖锐的刹车声中,车子在我面前停下。父亲跳出车子,蹲下来要抱我。

我推开他,生气地说:"我以为你们不要我了。"

"不要你?怎么可能!"父亲说:"你摔出去的时候,你弟弟虽然想告诉我们,可是他口齿太不清了,讲的话我们一句也听不懂。"

父亲开始帮我把我脸上的沙子挑掉。有些沙子卡得太深了,父亲于是回车上拿了一把钳子。等我脸上和额头上的沙子全挑干净了以后,父亲拿出手帕,开始替我的鼻子止血。我的鼻子像坏掉的水龙头一样,血流不止。"哇!亲爱的,"父亲说:"你的鼻涕盒摔得好惨。"

鼻涕盒?我开始捧腹大笑,我从来没有听过这么好笑的说法。等到父亲帮我把全身弄干净后,我爬回车上,把这个说法说给布莱恩、罗莉和母亲听,他们也开始哈哈大笑。鼻涕盒!真是太好笑了!

到了拉斯维加斯，我们住进一家汽车旅馆，前后住了大概一个月。旅馆的房间，墙壁是深红色的，有两张小小的床，爸妈睡一张，我们三个小孩睡另外一张。白天，我们到赌场里去。父亲说，他想到了一个打败庄家的方法，而且万无一失。于是，当他在黑杰克赌桌上赢钱的时候，我和布莱恩则在吃角子老虎机器之间大玩捉迷藏，偶尔再看看赌桌上的盘子里有没有剩下来的零钱。赌场里有所谓的秀女郎，她们涂上晶亮的眼影，穿着镶有亮片的衣服，头上和屁股上插了长长的羽毛，在赌场里穿梭来去，摇曳生姿，看得我目不转睛。我试着模仿她们走路，布莱恩笑说活像鸵鸟。

一天要结束的时候，父亲会过来找我们，口袋里装满了钱。有了这些钱，父亲会买牛仔帽和有须须的背心给我们，并带我们到餐厅享用热腾腾的牛排；餐厅里的冷气冰凉凉的，每张桌子上还有一台迷你点唱机。有一天晚上，父亲赢了很多钱，说我们现在变成了有钱人，该是时候过过高级生活了。他带我们上一家沙龙风格、有旋转门的餐厅。餐厅的墙上挂着真正的探矿工具。一个胳膊上系着袜带的男人，在一旁弹钢琴。一个戴着手套的女人，则不时急忙过来帮父亲点烟。

父亲告诉我们，待会儿餐厅会送上一份很特别的甜点，一个点了火的冰淇淋蛋糕。果不其然，一位服务生后来端出一个盘子，上头放了蛋糕，而戴手套那个女人，则拿出一根小蜡烛把它点燃。餐厅里的客人纷纷停下刀叉，等着观赏好戏。蛋糕上的火焰仿佛流水般缓缓地流动着，忽而又像缎带一样，卷向空中。大家开始拍手，父亲跳起来，把侍应生的手高举过头，好像在宣布他得了冠军。

几天后，有一次爸妈去赌黑杰克，却几乎马上就回来了。父亲说，赌场里的一个庄家识破了他的把戏，还放话警告他。所以呢，逃跑的时候又到了。

我们得离开拉斯维加斯，离得越远越好，父亲说，因为他现在已经成了黑手党追杀的对象——黑手党是赌场的经营者。我们开始往西逃窜，途中穿越沙漠，翻山越岭。母亲说，每个人一辈子都应该在西岸住过至少一次，于是，我们一路来到了旧金山。

母亲不希望我们住在渔人码头附近那些专宰旅客的旅馆。母亲说，因为那些旅馆感觉很假，与旧金山的真实生活脱了节；于是，我们找到了一间更有特色的旅馆，叫“温柔乡”。这个地方住了一些水手和浓妆艳抹的女人。父亲称这个地方为廉价旅社，母亲则叫它 SRO。SRO? 我问母亲什么意思，她回答，SRO 是专供特殊人士居住的旅馆①。

---

① SRO 为 single room occupancy 的缩写。

这段时间，当爸妈出去为探矿器筹资时，我们几个小孩就待在旅馆里玩。有一天，我发现了一个火柴盒，里头的火柴还有一半，我兴奋得要死；因为，跟那种黏在纸板上的、薄薄的火柴比起来，我更喜欢这种盒装火柴。拿着火柴，我走上楼，躲进浴室，锁上门，然后抽出卫生纸，擦亮火柴，点燃卫生纸，再丢进马桶。看着火生、火灭，我从中得到了一种快感。忽然，我想到一个更好的主意。接着抽出一大堆卫生纸，堆入马桶，点亮火柴，火舌无声无息从马桶里蹿上来，我再赶紧用水冲掉。

几天后的一个晚上，我睡到一半醒了过来。房里好热，而且空气令人窒息。我闻到烟，然后看到打开的窗户边有火舌蹿动。一开始，我搞不清楚这些火来自室内还是室外，仔细一看，离床两三米处，一片窗帘已经着火。

转过头，爸和妈都不在房间里，罗莉和布莱恩则还在睡梦当中。我想警告他们，于是扯开喉咙。可是，我叫不出声。我试着移动身子，好把他们摇醒，可我又动不了。然而，眼前的火越来越大、越来越猛、越来越恐怖。

就在这个时候，房门忽然被人撞开。我听到有人叫我。是父亲。罗莉和布莱恩醒了，冲向父亲，浓烟呛得他们不断咳嗽。可是我，仍然动弹不得。看着眼前的熊熊烈火，我心想，我身上的棉被也许马上就要被火舌吞噬了。父亲冲过来，用棉被裹住我，然后一手抱着我，一手牵着罗莉和布莱恩，冲向楼梯。

出了旅馆，父亲把我们带到对街一家酒吧里头，又回去救火。一个有着蓝黑色头发、指甲擦了红色指甲油的女侍应生，说我们那天晚上可受罪了，问我们要不要喝罐可口可乐甚至啤酒，布莱恩和罗莉说好，他们想喝可乐。我不想喝可乐，于是问，可不可以给我一杯“秀兰·邓波儿”？每次父亲带我上酒吧都替我点这个。女侍应生笑了笑，不知道为什么。

几个女人为了逃命，赤身裸体从失火的旅馆里逃出来，被酒吧里的人传为笑谈。我紧紧抓住身上的棉被，因为，我只穿了内衣裤。喝完了“秀兰·邓波儿”，我想要回到对街去看看火场，但女侍应生不让我出去，我只好爬上椅子，透过窗户观察外面的动静。我看到消防车刚抵达现场，刺眼的灯光闪来闪去，身着黑色橡胶大衣的男人，手持帆布水喉，喷出一股股强大的水柱。

我心里生出一个疑问，这场火，会不会是来向我索命的？父亲说过，每个人的生命都是息息相关的，火会不会也一样？今天的这场火，和我幼时煮热狗时把我烧伤的那场火，会不会有什么关联？为什么在我把火冲到马桶里之后没多久，旅馆就失火了？这些问题，我没有答案；可是，我起码知道一件事：我生存的这个世界，随时都有可能被火吞没，烧成灰烬，以后我一定要提高警惕。

在旅馆惨遭火灾之后，我们到沙滩上住了几天。放下绿车厢的后座，我们每个人就有足够的空间睡觉；虽然，睡觉时别人的脚可能会踩到我脸上。一天晚上，一个警察敲敲我们的车窗，要我们离开，因为睡在沙滩上是违法的。这位警察态度友善，说话客气，还画了一张地图给我们，告诉我们在哪里睡觉不会被抓。

可是，警察离开了以后，父亲却骂他是“该死的盖世太保”，还说那些人专门以欺负我们这种人为乐。对于文明，父亲痛恨到了极点。他和母亲于是决定，既然创业基金没了，我们最好搬回沙漠，重新开始我们的淘金之旅。“免得被这些城市给腐蚀了，”父亲说。

离开旧金山，我们转往莫哈韦沙漠①。车子到了老鹰山脉附近，母亲要父亲停车，她在路边看到了一棵很吸引她的树。

这可不是一般的树，而是古老的约书亚树。它长在沙漠与山脉的交接处，一个风洞里头。自幼苗时起，约书亚树便经常遭受狂风吹袭，因此不会往天空的方向笔直伸展，而会顺着风的方向成长。日积月累下来，长成后的约书亚树，其倾斜程度之严重，会让人觉得它好像随时都会倒下；其实，它的根可是牢牢抓着地面呢。

在我看来，约书亚树丑得很，不但形状古怪、枝桠凌乱，而且姿态永远歪七扭八。看到它，我就想起，曾经有大人告诫我不要随便做鬼脸，以免五官变形，永难复原。母亲的看法不同，她认为约书亚树是她见过的最美的树种之一，还说一定要替它作画。趁着母亲作画的当儿，父亲继续前去探路。开着开着，眼前出现了一个小聚落，窄小的平房、拖车和屋顶已经生锈了的小屋，三三两两地散落在这个叫密德兰的地方。其中的一间小屋，门前立了一张牌子，上头写着：吉屋出租。“就这里吧，这里总不会比其他地方差到哪里去吧，”父亲说。

---

① 莫哈韦沙漠（Mojave Desert），美国加利福尼亚州西南部的沙漠。

后来,我们果然在这里住下。房子是采矿公司建的,白色的两房建筑物,屋顶已经掀开一半。房子的附近没有树,踏出后门便是沙漠。晚上,还可以听到土狼的嚎叫。

刚到密德兰,土狼的嚎叫总是令我辗转反侧。不仅如此,我还会听到别的声音,如大毒蜴在灌木丛中穿梭的窸窣声,飞蛾扑打在纱窗上的啪啪声,木馏丛在风中发出的噼啪声。一天晚上,熄灯以后,我忽然听到地上有东西在爬。

"床底下好像有东西?"我告诉罗莉。

"少胡思乱想了。"每一次觉得烦了,罗莉就会用大人的口气讲话。

我试着要自己勇敢一点,可是,我真的听到了声音。而且,在月光的照耀下,我还看到它在动。

"真的有东西在那里,"我悄声地说。

"快睡觉啦,"罗莉回答。

我拿起枕头挡住头,冲进客厅,父亲正在看书。"怎么啦,小山羊?"由于我爬山时从不曾跌跤,脚步像山羊一样稳,所以父亲老是这么叫我。

"没什么,我只是……好像在卧房里看到了什么东西。"看到父亲挑了挑眉毛,我又说:"可是,那可能只是我胡思乱想而已啦。"

"你有没有看清楚那是什么啊?"父亲问。

"没有。"

"那你一定是看到了。那东西是不是很大、很老,全身毛茸茸的,还长了非常可怕的牙齿和爪子?”

“没错！就是这样!”

“它还有一对尖尖的耳朵,一双会冒火的、邪恶的眼睛,恶狠狠地瞪着你?”

“是啊是啊！你怎么知道？你也看过?”

“当然。它就是那可怕的老妖怪。”

父亲说,他追杀这个妖怪已经好多年。如今,这个老妖怪终于学乖了,知道你老爸不是好惹的。可是,这个王八蛋要是胆敢吓他的小女儿,他可不会轻易饶恕它。“去把我的猎刀拿来,”父亲说。

我拿来父亲的猎刀,刀把是动物骨头做的,上面还刻了一些图案,刀刃则是蓝色的德国钢铁制成的。我把猎刀递给父亲,父亲也拿了一支扳手给我,然后我们就一起去捉鬼。我们先看看床底下,这是我看到妖怪的地方,但是它不见了。于是我们又搜遍了整个家,包括桌子底下、柜子里阴暗的角落、工具箱里,甚至连屋外的垃圾桶都翻过了。

“滚出来,你这个又老又丑的妖怪!”父亲大吼。“有种就给我出来,让我看看你那丑不拉叽的脸孔和黄色的肚子!”

“是啊,死不要脸的魔鬼,滚出来!”我跟着喊,挥舞着扳手。“我们才不怕你呢!”

除了远方传来的狼嚎,我们没听到任何声音。“胆小鬼！这个妖怪一向如此。”说完,父亲在家门前的阶梯上坐下来,点起烟,开始讲故事。有一次,这个妖怪在某个镇上闹事,吓得大家人心惶惶;后来,父亲和它做了一场贴身的肉搏战，不但咬它耳朵，还用手指戳它眼睛，最后把它给打跑了。这个老妖怪吓死了，因为这是它第一次碰到有人不怕它。“老妖怪不知道要怎么办才好，”父亲摇摇头笑着说，要对付妖怪，只要记住一点就行了：妖怪都喜欢吓人，但是，只要你凶狠地瞪着它们，它们就会夹起尾巴落荒而逃。“所以说啊，小山羊，你只要让妖怪知道，你一点儿都不怕它就行了。”

在密德兰，除了约书亚树、仙人掌，以及低矮的木馏丛，大概就没什么别的植物了。父亲说，木馏丛存在地球上已经好几千年了，是地球上最古老的植物之一。它们在下雨时会发出一种潮湿、恶心的气味，令动物退避三舍，不敢食之。不过，密德兰的雨量，一年只有大概十厘米左右，和撒哈拉沙漠的北部相差不多。住在这里的人，饮用水都是装在一种特别的容器里，用火车运来的。能够在密德兰存活的动物，除了像大毒蜴、蝎子这类没有嘴唇的有鳞生物，还有就是像我们这样的人。

搬到密德兰后大概一个月，有一天，吉吉被一只响尾蛇咬死了。我们把它葬在约书亚树的下方。这大概是唯一一次我看到布莱恩哭吧。还好，我们还有很多猫咪与我们作伴——事实上是太多猫咪。自从吉诃德被父亲丢出窗外以后，我们就经常收养野猫。这些猫咪，后来大多又生了小猫，虽然可以送给邻居，但我们的邻居毕竟不多。所以，每隔一段时间，我们就非得把这些猫咪弃养不可。父亲会把它们装进麻袋，载到采矿场用来冷却机器设备的池塘旁丢弃。看着父亲把发出阵阵喵呜而且会动的麻袋搬下车，我开始表达抗议。

“不对不对，当初既然救了它们，现在就不应该害死它们，”我对母亲说。

母亲回答：“我们让它们在世上又多活了一段时间，不要求它们感谢，就不错了。”

终于，父亲在一家石膏矿场找到了工作，把一颗颗白色的石头从矿坑里挖出来；之后，这些石头会被磨成粉，再用来砌石墙或做成烧石膏。每次下班回家，父亲身上都沾满了白色的石膏粉，有时候他会和我们玩游戏，扮鬼捉我们。父亲也会带回几袋石膏，让母亲用水把它和一和，再用她邮购来的橡胶模子，仿作米罗的维纳斯雕像。母亲感叹，那些白色的石头是货真价实的大理石，落入这样的下场，实在太可惜了，她把这些石头做成雕像，起码可以让它们永恒一点。

母亲怀孕了。我们都希望她怀男孩，这样以后布莱恩的玩伴就不止我一个了。父亲打算，母亲快生的时候，我们要搬到南方三十多公里处一个叫布莱斯的地方。这个镇相当大，里头有两家戏院和两座州立监狱。

怀孕这段期间，母亲非常勤于艺术创作，整天都在作画。除了油画、水彩画、木炭画，她也创作钢笔素描、泥塑、金属线雕塑、绢印和雕版画。母亲没有特定的画风，她的画作有些属于她口中的原始风，有些是兼具印象派和抽象派的特色，还有些则属于写实派。“我不想被定型，”这是她的解释。母亲也喜欢写作，她常常在打字机前创作小说、短篇故事、剧本、诗歌、寓言或童书（童书的插画也是她自己来）。母亲的文字极富创意，但拼写也是。于是，罗莉从七岁起就开始帮她校对了。

在密德兰这段期间，母亲画了很多以约书亚树为主题的画或习作，而且风格多样。我们有时候跟她一起去，她就会替我们上美术课。有一次，我在一棵老约书亚树旁不远处，看到了一株很小的幼苗。我告诉母亲，我想把它挖出来种在我们家附近，让它免于风的侵袭，我也可以每天替它浇水，它以后就可以长得又直又美。

母亲皱眉说："这样你就毁了它的特殊性，它美就美在它必须为了生存而奋斗。"

我从不相信世界上有圣诞老公公存在。

我们几个都不相信。因为，父母亲不让我们相信。他们买不起昂贵的礼物，又不希望我们因为没有在圣诞树下发现圣诞老公公送来的新奇玩具，而觉得自己不如别人，于是告诉我们，其他小孩都是被父母给骗了；大人宣称，那些玩具是顶着尖帽的小精灵在北极的工坊里做出来的，其实，玩具上面都贴了这样的标签：日本制造。

"可是，你们不能因此就瞧不起别人家的小孩喔，"母亲说："因为受到大人洗脑而相信那些愚蠢的神话，不是小孩子的错。"

不过，这不代表我们家不过圣诞节。我们也过，只是时间通常比十二月二十五日晚一个星期。这个时候，你很容易在路边捡到一些应景的东西，譬如一支几乎完好的弓，人们丢掉的包装纸，一株针叶完整、甚至还挂着一些银色亮片的圣诞树。趁着圣诞节过后的大减价时段，爸妈会去买礼物送给我们，譬如一袋弹珠、一个洋娃娃、一支弹弓。

在石膏矿场工作那一年，父亲有一次和工头吵架，丢了工作，没钱过圣诞节。那年的圣诞夜，父亲轮流把我们几个小孩带到沙漠中。由于天气很冷，我身上围了一床棉被，轮到我的时候，我问父亲要不要一起围;他说不用,他一向不怕冷。于是我们就坐在一起,仰望天空,那年我五岁。父亲很爱聊星星,他告诉我们,天上的星星之所以会在夜空中移动,是因为地球自转的关系。他也教我们如何辨识星座,以及如何根据北极星的位置辨认方向。父亲还提醒我们,这些闪亮的星星,是大自然赐给我们这些生活在荒野中的人的礼物。都市里那些有钱人住的虽然是豪华的公寓,但由于空气污染太严重,根本看不到星星,神经病才会想跟他们交换生活环境。

“来,挑一颗你最喜欢的星星,”父亲说:“送你当圣诞礼物。”

“送我当礼物?怎么可能!没有人可以拥有星星!”我抗议。

“你说得没错,”父亲回答:“没有人可以拥有星星,除非你是第一个宣布所有权的人。想当初那个叫哥伦布的南欧人,就是用这种手段把美洲献给伊莎贝拉女王的;这跟你宣称你对星星的所有权,道理是一样的。”

我想了想,没错,父亲讲得有道理。他总是可以这样搞定很多问题。

父亲又说,任何星星我都可以要,只有参宿四和参宿七不行,这两颗已经被罗莉和布莱恩捷足先登了。我抬头仰望群星,哪一颗是我的最爱呢?在沙漠晴朗的夜空中,你可以看到几百颗、几千颗、几万颗,甚至几百万颗的星星。而且,注视得越久,眼睛就越能适应黑暗,能看到的星星也就越多,一颗又一颗慢慢浮现在你眼前。终于,我发现了,在西边的群山上方,有一颗星挂得低低的,亮度比其他星星都还要亮。

“我要那一颗，”我说。

“那是金星哦，”父亲笑着说。金星是行星，跟真正的恒星比起来娇小得多。它之所以看起来比较大也比较亮，是因为它距离地球比其他恒星近了许多。不过，古老的金星很可怜，本身不会发光，它的光是反射而来的。父亲进一步解释，由于反射光是恒定的，所以行星会一直亮着，而恒星是间歇性放光的，所以会一闪一闪的。

“不管，我就是喜欢金星。”其实，早在那年圣诞节以前，我就已经很喜欢它了。夜晚，当夜刚刚落下，你可以在西方的天空中看到它的踪影；清晨，当所有的恒星都已隐没，你仍然可以在天空中看到它的踪影，只要你起得够早。

“好，金星就金星，”父亲说：“圣诞节嘛，只要你喜欢，要行星当礼物也行。”

就这样，父亲把金星送给了我。

吃晚饭的时候，我们一直讨论着外太空。父亲告诉我们，什么是光年，什么是黑洞，什么是类星体，参宿四、参宿七和金星又各自具备了哪些特性。

参宿四，父亲说，是一颗红色的恒星，位于猎户座的肩膀部位。在夜晚的天空当中，它是我们看得到的最大的恒星之一，体积比太阳大了好几百倍。明亮的参宿四，在宇宙间已经存在了好几亿年，很快就会变成一颗超新星，然后燃烧殆尽。听到罗莉挑了一颗老恒星当礼物，我不禁难过了起来；父亲赶忙解释，在天文的领域，“很快”是指好几百万甚至好几千万年的时间。

相对而言，参宿七是一颗蓝色的恒星，体积比参宿四小，但是更亮。参宿七同样位于猎户座，在猎户的左腿上——很适合布莱恩，他是飞毛腿。

至于金星，它没有卫星，甚至连磁场都没有，但是有一个类似地球的大气层；只不过，金星上热得要死，平均温度在摄氏两百六十度以上。“因此，哪天要是太阳快烧完了，而地球也变得越来越冷，大家可能会想搬到金星上取暖，到时候，”父亲看着我说：“那些人可能要向你的后代申请核准啰。”

后来，我们谈到那些相信圣诞老公公神话、收到一堆廉价塑胶玩具作为礼物的小孩，不禁哈哈大笑。“再过几年，当这些小孩收到的这些垃圾坏掉了，或被他们遗忘了以后，”父亲说：“你们还拥有自己的星星呢。”

傍晚，当太阳滑落到帕伦山脉后方，蝙蝠就开始出外活动，在小屋上方的天空中盘旋。住我们家隔壁的一位老太太警告我们，千万不要随便接近蝙蝠。她称呼蝙蝠是“会飞的老鼠”，还说，曾经有一只蝙蝠被她的头发给缠住了，结果发狂地猛抓她的头皮。可是，蝙蝠那丑丑的长相、飞翔的姿态，以及翅膀疾速拍动的样子，我倒是很喜欢。父亲说，蝙蝠身上有一种可以侦测声纳的器官，有点类似核子潜艇上的声纳侦测器。有时候，我和布莱恩会拿小石头往上丢，希望它们误以为是小虫子飞过去，而被石头打下来；这样，我们就可以养蝙蝠当宠物，在它们的爪子上绑一条长长的线，让它们还能四处飞翔。可是，这些蝙蝠太聪明了，从来不会上当。

有一天，母亲告诉我们，她肚子里的孩子觉得自己够大，想赶快出来成为我们家一份子了。傍晚，当蝙蝠又开始出外活动，一边俯冲一边发出尖锐的叫声时，我们已经收拾好行李，准备离开密德兰，前往布莱斯。车子才刚上路，爸妈就因为母亲这一胎怀了多久的问题吵得不可开交。母亲说，她已经怀了十个月身孕，父亲却说她记错了——也许父亲已经有点醉意了；稍早，他帮某人修理传动装置，用赚得的工钱买了一瓶龙舌兰。

“我怀胎的时间一向比别的女人久，”母亲说：“像当初，罗莉就在我肚子里待了十四个月。”

“听你在鬼扯！”父亲说：“罗莉是大象啊？”

“别取笑我或我的孩子！”母亲大叫：“有些胎儿早产，我的胎儿则是晚产。这几个孩子这么聪明，就是因为他们的脑子有更长的时间发育成长。”

后来，父亲提到怪胎之类的话，母亲就说父亲是个自以为什么都懂的王八蛋，居然不相信自己的老婆很特别。父亲说，连那个耶稣基督的老娘都没有怀胎这么久，更何况是她。听到父亲亵渎神明，母亲很生气，一只脚跨到驾驶座，猛踩煞车。车子一停，她马上冲出车外，没入漆黑之中，当时已经是三更半夜。

“疯婆娘！”父亲大叫：“你他妈的，给我滚回车上！”

“有种抓我回去啊，硬汉！”母亲边跑边叫。

父亲猛地转动方向盘，车子从马路驶进沙漠。罗莉、布莱恩和我都知道，只要父亲发起飙来，车子一定会颠簸得很厉害，于是我们紧紧抓住彼此的胳臂。

父亲探头到车窗外，命令母亲回车上，还高骂她妓女、贱货。母亲不愿意回车上，继续跑，身影在灌木丛间忽隐忽现。从不讲脏话的她，只能用废物或酒鬼之类的话回敬父亲。忽然，父亲停下车，然后踩下油门，放开离合器，车子往母亲疾冲过去。母亲大叫一声跳开。父亲跟着转向，继续追着母亲跑。

那天晚上没有月亮，我们只有在母亲跑进车头灯的光线范围里时，才看得到她的身影。母亲不时回头看，眼睛睁得好大，好像遭到猎捕的动物。我们几个又哭又叫，求父亲停车，但他不肯。其实，我虽然担心母亲，但我更担心她肚里的小孩。车子在多坑洞与多石头的地面上颠簸地行驶着，路上的灌木丛把车子的两侧刮得嘎嘎作响，沙子也不断从车窗外灌进来。最后，母亲被父亲逼到了几块大石头旁，没有去路，我好怕父亲会把母亲给撞死，还好没有。父亲跳下车，抓住母亲，将她使劲拖回来，甩进车里。车子又一路颠簸地从沙漠回到马路上。没有人说话，只有母亲哭哭啼啼地说，她当初怀罗莉真的怀了十四个月。

第二天，他们便和好如初。午后，母亲还在客厅里帮父亲理发。父亲脱下衬衫，在椅子上往后一靠，低下头，头发往后梳。母亲一边剪，父亲一边说哪里还太长了。理完发，父亲把头发往回梳，对母亲的理发功夫大肆称赞了一番。

我们租的房子，是一栋以煤渣块盖成的一层楼建筑，位在布莱斯镇的边缘。房子外头，有一个椭圆形的大型塑胶招牌，还有一个回力镖，上面写着：LBJ 公寓。我以为 LBJ 指的是罗莉、布莱恩和珍妮特（Lori，Brian，Jeannette），但是母亲说，那是总统名字的简写，还有，这个总统是个骗子和战争贩子[①]。这栋公寓的房客，有几个是卡车司机和牛仔，但大多是从外地来工作的人和他们的家人。房子的隔间

---

① 应该是指美国第三十六任总统约翰逊（Lyndon Baines Johnson）。

材料，是薄薄的石板，因此很容易听到隔壁在讲什么。母亲说，这是住这里的好处之一，不用上学就可以学会一点西班牙语。

布莱斯镇位在加州，但距离亚利桑那州很近。镇上的居民老爱说，布莱斯镇位于凤凰城西边两百四十公里、洛杉矶东边四百公里，一个前不着村、后不着店的地方。不过，他们这么讲的时候，语气中往往带着点得意。

不过，爸和妈倒不是那么喜欢布莱斯。太文明了，他们说，而且很不自然。像布莱斯这样规模的城镇，没道理存在于莫哈韦沙漠以外的地方。邻近科罗拉多河的布莱斯，当初会兴起，是因为十九世纪时有个人为了发财，想出了个把沙漠变成农田的构想，于是建造灌溉沟渠，引进科罗拉多河的河水，在一堆仙人掌和山艾树之间，种起莴苣、葡萄和花椰菜。这些农地的灌溉沟渠宽得像壕沟一样。每一次父亲开车经过，就忍不住大骂："这样做太变态了，违反了大自然嘛。想住农村的就滚去宾州，想住沙漠的就吃仙人果，而不是吃什么卷叶莴苣。"

"没错，"母亲这时候会附和道："仙人果的维生素还比较多呢。"

住在像布莱斯这样的大镇，意味着我必须穿鞋，也必须上学。

上学其实挺不赖的。我念的是一年级，每一次校长走进我们教室，我的老师库克小姐就点我起来大声朗读课文。不过，同学们不怎么喜欢我，因为我太高、太瘦，也太苍白；而且，每一次库克小姐问问题，我总是太急着举手。开学后没几天，有一次放学回家，四个墨西哥裔的女同学一路跟踪我；等到我走进离 LBJ 公寓不远处的一个小巷子里，她们一拥而上，对我拳打脚踢，扯我头发，撕我衣服，还笑我是“老师的宠物”和“火柴棒”。

晚上回到家,我的膝盖、手肘和嘴唇都破了皮。“看样子,你好像跟人干架了,”父亲说。他坐在桌边,正和布莱恩合力拆卸一个旧闹钟。

“比试比试而已啦,”我说。每一次父亲和别人打了架也总是这么说。

“你跟多少人打?”

我谎称:“六个。”

“你的嘴唇没事吧?”父亲问。

“这点小伤?”我说:“你才应该看看,她们被我揍成什么样了。”

“不愧是老爸的女儿!”说完,父亲继续拆他的闹钟,布莱恩则不时转过头来看我。

第二天放学后,我走进那条巷子,那几个墨西哥裔女孩又等在那里了。不过,就在她们准备出手时,布莱恩从一株山艾树后跳了出来,手中挥舞着丝兰树的树枝。那时候的布莱恩,身高比我矮,和我一样骨瘦如柴,鼻头长满雀斑,红褐色的头发垂到眼前。他身上的裤子是罗莉穿过再传给我,我穿过后又传给他的。腰围对他来说大了点,好像随时要从他瘦小的屁股上滑下来似的。

“快滚!不然就打断你们的狗腿!”又是老爸的经典台词。

那几个女生觑着布莱恩,大笑几声,然后走上前去,将他团团围住。一开始,布莱恩尚能成功抵挡她们的攻势;后来,他手上的树枝断了,几个女生的拳脚马上密集落下。我从地上捡起一颗最大的石头，丢出去，击中一个女生的头，她跪倒在地。由于我出手很重，我以为她被我打破了头。她的一个朋友走过来，把我推倒在地，踹我的脸。之后，她们一哄而散，被我打伤的那个女孩扶着头一拐一拐地离去。

布莱恩和我坐起身子。他的脸上沾满沙子，蓝色的眼珠子快凸了出来，脸上还沾了几滴血。我想要抱抱他，又觉得这样做很怪。布莱恩站起来，示意我跟他走。走着走着，我们来到一道用铁链围住的篱笆前，这是布莱恩那天早上才发现的，就在我们住的公寓旁边。穿过铁链，原来这里是莴苣菜园。我跟着布莱恩在一排排大片的绿叶间穿梭来去。最后，我们索性坐下来饱餐一顿。这里的莴苣叶大而多汁，我们一直吃到胃疼了才停下来。

"我想，她们大概被我们吓坏了吧，"我对布莱恩说。

"我想也是。"

布莱恩不是个喜欢自吹自擂的人，但是，我看得出来，他对他那天的表现相当得意——和四个比自己块头更大也更凶狠的人干上一架，虽然她们都是女生。

"打仗啰!"布莱恩大喊，一边把他吃了一半的莴苣当手榴弹一样扔向我。于是，我们开始在菜园的田埂里跑来跑去，不时挖起土里的莴苣互丢。忽然，一架小飞机出现在我们头上，是洒农药用的。我们向飞机招手。一会儿，一阵烟雾状的东西从飞机后头飘了出来，洒在我们头上。一摸，是白白细细的粉末。

搬到布莱斯两个月,终于,母亲要生了——根据母亲的说法,她已经怀了十二个月的身孕。她住院两天后,我们全家一起去接她。到了医院,父亲停下车,却不熄火,要我们几个小孩留在车上,他自己一个人进去。等了一会儿,父亲搭着母亲的肩膀跑出来,母亲怀里抱着一个包袱,嘴上咯咯笑着,笑声听起来带着点罪恶感,好像刚从廉价商店偷了一块糖果。看来,他们再一次以雷克斯·沃尔斯的作风逃跑了。

于是我们加速逃逸。罗莉迫不及待地问:“男的还是女的?”

“女的,”母亲回答。

母亲将婴儿抱给我,还说我可以一直抱着她回家,因为我年纪够大了,再过几个月就六岁了。我看着怀里的婴儿,她的皮肤粉嫩粉嫩的,虽然很皱,但是好美。她有一双蓝色的大眼睛,几绺柔细的金头发;还有她的指甲,我第一次见到如此细小的指甲。妹妹的身体不规则地抽搐着,好像在纳闷母亲的肚子哪里去了。我在心里对她许诺:我一定会好好照顾她,永远永远。

妹妹出生后,有好几个星期一直没有名字。母亲说,她想先好好研究研究,就像她作画前,要先仔细研究她的主题一样。为了名字的问题,我们起了很多争执。我说,我想叫她罗西塔,这是我们班上最漂亮的女生的名字。母亲反对,她说这个名字太墨西哥味了。

“对名字怎么可以有偏见呢?”我抗议。

“这不是偏见,”母亲说:“是命名准确与否的问题。”

后来母亲说,奶奶和外婆一直很生气爸妈没有用她们的名字来为罗莉或我命名，因此这次母亲决定，她要给这个女儿取名为莉莉·露丝·莫琳。莉莉是外婆的名字，厄玛·露丝是奶奶的名字。不过，我们都叫妹妹莫琳，母亲也喜欢我们这么叫。因为，莫琳这个名字是从玛丽变化来的，而玛丽正是母亲的名字。由此可见，母亲其实是用自己的名字来为妹妹命名，只是不希望被别人轻易发现。父亲说，这样做虽然皆大欢喜，但是有两个人例外。一个是他母亲，因为奶奶很讨厌露丝这个名字，她宁愿这个孙女儿叫厄玛；另一个是外婆，她要是知道自己的名字和亲家母的名字连在一起，一定会气得半死。

莫琳出生后几个月，有一天绿车厢的刹车灯发生故障了，一辆巡逻车出现在旁边，示意我们停车。父亲不停，反而继续冲刺。不能停车，父亲解释，要是警察发现我们的车子没有登记、没有保险，连车牌都是从别的车上换过来的，一定会逮捕我们。在公路上疾驶了一阵，车子忽然来了个大回转，害得我们以为车子就要翻了。巡逻车不甘示弱，回转后继续跟上。我们的车子以高达一百六十公里的时速，在布莱斯镇上风驰电掣，一下子闯红灯，一下子又在单向道上逆向行驶，吓得其他司机猛按喇叭或靠边停车。又转了几个弯，车上开进一条巷子，里头刚好有一间空的车库可以藏身。

警笛的声音，在几条街以外响起又逐渐远去。绿车厢已经被盖世太保盯上了，父亲说，于是，我们丢弃了车子，走路回家。

第二天，父亲宣布，布莱斯的气候实在是太炎热了点，他决定再度启程。这一次他知道要去哪里。他研究过了，内华达州北部有个镇叫做战役山，那里有黄金，他打算用他的探矿器好好找一找。终于，我们要发大财了。

爸妈租了一辆优合卡车。不过，由于前座只能坐两人，罗莉、布莱恩、莫琳和我只能坐在后面。母亲说，这将是一趟有趣的大冒险，但后车厢里没有任何光线,因此我们必须尽我们的所能娱乐彼此;但是,不准讲话。因为,法令规定,优合卡车后面不能载人,要是有人听到我们的声音,可能会报警处理。这趟旅程,走公路的话,大概要花十四个小时;可是,由于我们中途可能会绕到别处去看风景,因此大概要再多花几个小时。

我们开始打包行李。行李不多,主要是探测器的零件、几张椅子,母亲的油画作品和美术用品。出发前,母亲用一块淡紫色的毯子把莫琳包起来,交给我,我们几个小孩便爬进后车厢里。父亲关上门,眼前漆黑一片,只闻到浓重的霉味和大量的灰尘。屁股底下,是凹凸不平的木板,还有我们用来包裹行李的、磨损而脏污的毯子。在黑暗中,我们用手碰触彼此。

“探险开始啰!”我小声地说。

“嘘!”罗莉示意。

车子发动了,好颠簸。莫琳忽然放声大哭。为了让她安静下来,我摇她、拍她,她还是哭。于是我把她交给罗莉,罗莉在她耳边哼歌,讲笑话给她听,同样无效。最后,我和罗莉求她别哭了,还是没用,我们只好用手把耳朵给捂住。

过了一会儿,后车厢里变得越来越冷、越来越不舒服。引擎的运转,让地板震个不停,每次车子一撞到东西,我们就往上弹。几个小时过去了,我们大家都好想尿尿,心想,父亲会不会停车休息一会儿呢?忽然,砰的一声,车子撞到了路面的一个大坑洞,卡车的后门顺势被撞开。风开始灌进来,发出阵阵的呼啸。因为怕被风给卷出去，我们每个人都紧紧挨着探测器。看看外头，月亮出来了。借着车尾灯的光线，我们可以看到来时的路，在银白色的沙漠中一路蜿蜒。脱了锁的门，荡过来、荡过去，还不时发出哐啷哐啷的巨响。

受到行李的阻隔，我们敲不到前座的面板来引起爸妈的注意，只好用力拍打两侧车身，并使出吃奶的力气大喊。可是，没有用，他们听不到，引擎声太吵了。

布莱恩爬向车尾，想趁其中一扇车门荡回来时将它拉回来；不料，这扇门马上往外一荡，将布莱恩往外拖了几步。眼看布莱恩就要被门给甩出去了，幸好他及时往内一跳，朝我和罗莉爬过来。

在无计可施的情况下，罗莉和布莱恩只好紧紧抓着已用绳子牢牢系住的探矿器，而我则把自己卡在角落里。怀中的莫琳，很奇怪地，居然停止了哭泣。看来，我们只能一直撑下去了。

然后，远方出现了一对车头灯，逐渐向我们靠近。过了几分钟，车子已经紧跟在后，车头灯的光线落在我们身上。一会儿，车主开始按喇叭，闪灯光，接着继续往前，越过了我们。这辆车的司机一定是在给爸妈打信号吧。我们的车子开始减速，最后停了下来。父亲急忙跑过来，手里拿着手电筒。

“发生了什么事？”父亲看起来火很大。我们试着解释，后面的车门会打开不是我们的错，但父亲还是很生气，也很惊慌；事实上，他惊慌的程度超过他生气的程度。

“那人是警察吗？”布莱恩问。

“不是,”父亲回答:“算你们好狗运,否则你们绝对会被拖进监狱。”

小便完了,我们爬上车,父亲关上门,黑暗再度包围我们,只听到父亲上锁和重复确认的声音。引擎发动了,我们再度踏上旅程。

战役山最早是个矿场。一百年前，一群想要靠淘金致富的人，在这里安家落户。不过，要是真有人在这里发了大财，想必也早搬到别处去享福了。这个地方，老实讲，只有两样东西是雄伟的，一是头顶上辽阔的天空，二是嶙峋的、紫黑色的塔斯卡若拉山脉，在远方与眼前的这片平坦沙漠相连接。

不过，这里的主要街道倒是很宽，但是不长，只有几条街而已。街上，停了几辆被太阳晒得褪了色的汽车和小货车。街道两旁，都是些低矮的、平顶的土坯建筑物或砖造房屋。唯一的一盏路灯，从早到晚一直闪着红光。走在街上，你可以看到一家药房、一家杂货店、一家福特汽车经销商、一个灰狗巴士的公车站牌、两间大赌场、一家“猫头鹰俱乐部”和一家“内华达旅社”。在辽阔的天空下，这些建筑物显得很渺小；而且，由于阳光过于明亮，招牌的霓虹灯在大白天即使打开了，看起来也好像没有打开似的。

我们的新家在镇郊，一栋两层楼高、灰绿色的木造房屋。这里原本是火车站，因此很靠近铁轨，从前面的窗户边就可以和外面的工程师打招呼。我们的这个新家，母亲自豪地说，是镇上最古老的建筑物之一，住在这里，你会觉得自己真的到了边疆。

爸妈的卧室在二楼，原本的站长办公室。我们几个小孩则睡在楼下，原本的候车室。旧的厕所还在，只不过有间厕所的马桶被拆掉了，换上了浴缸。厨房，是售票亭改建而成。原本的一些长板凳，仍然钉在没有粉刷的木板墙上。凳子上，一些黑亮黑亮的痕迹隐约可见。这些痕迹，是当初那些探矿者、矿工及其妻小在这里等候火车时，臀部在上面不断摩擦所造成的。

由于我们买不起家具，只好想一些克服的方式。譬如，离我们家不远处的铁轨旁，有一些废弃的大型木制卷轴（用来捆工业缆线的那种），就被我们拖回家当桌子用。“有这些免费的桌子可以用，笨蛋才会花钱去家具店买桌子。”父亲一边说，一边在这些桌子的顶部用力敲了敲，好让我们看看这些桌子有多坚固。

另外，我们还找了一些箩筐和比较小的卷轴充当椅子。床呢，则以大型的硬纸板纸箱（譬如装冰箱的那种）代替，我们每人一个。刚搬进这里没多久，有一次爸妈在讨论，是不是应该买真正的床给我们睡，结果我们异口同声地回答：不需要，我们很喜欢这些箱子，因为它们，上床睡觉变成了一种冒险。

刚搬进这里没多久，母亲认定，家里需要一台钢琴。正好，隔壁镇有一家酒馆刚刚结束营业，愿意将店里的一架平台钢琴低价卖出，父亲于是向邻居借了一辆小货车把钢琴载回来。我们用木板搭起一道斜坡，让钢琴从车上滑下来；可是，钢琴太重，无法徒手将它抬进屋里。父亲心生一计，找来绳索和滑轮做成滑轮装置，将其中的一端接在前院里的钢琴上，然后穿过屋子，通到后门，将另一端接在货车上；之后再由母亲负责将货车往前开，我们几个孩子则帮忙父亲将钢琴推上斜板，穿过前门，最后拖进屋内。

终于，大家各就各位，父亲高声问道："都准备好了吗？"

"没问题！"母亲大喊。然而，从未掌握开车诀窍的母亲，竟然在油门上大力一踩，车子迅速往前冲。我们一个踉跄，钢琴滑出我们手中，飞进屋里，撞破门坎。父亲扯开喉咙叫母亲慢下来，但母亲也许没听到，车子持续快速前进。钢琴在地板上刮出尖锐的摩擦声，钢琴内的弦也乒乒乓乓发出巨响，然后撞破后门的门坎，最后在后院的一株荆棘丛旁停下来。

父亲飞快冲进后院，对着母亲大吼："你他妈的在干什么？我不是叫你慢一点吗？"

"我刚刚时速只有四十公里啊！"母亲辩解："我在公路上开这种速度，你又嫌太慢！"一回头，看到钢琴端坐在后院里，母亲才知道自己干了什么好事。

接着她建议反向开车，把钢琴拖回屋内。父亲说不行，前门距离铁轨太近了，没有足够的空间让货车前进。于是，我们只好作罢，让钢琴留在它现在的位置。心血来潮时，母亲会拿出乐谱，搬一张卷轴制成的椅子，在钢琴上大弹特弹一番。"太幸运了，很多钢琴家都还没有机会在户外演奏呢，"母亲说："更何况，现在全镇的人都可以欣赏到音乐了。"

父亲在一家重晶石矿场找到了一份电工的工作。每天他一大早出门，下午也早早回家，回家后，他会和我们一起玩。父亲教我们玩牌。他告诉我们，玩牌的时候眼神要保持不变，才不会被别人猜出你的牌是好是坏；可是，我做不来，父亲说我的眼神像红绿灯一样容易读懂。不过，我虽然不太会虚张声势，有时候还是可以赢一手，因为，我很容易激动。即使拿到一副不怎么样的牌，例如一对五，我也会激动不已，让布莱恩和罗莉以为我拿到了一对 A。父亲还会自己发明游戏，譬如“因为所以游戏”：父亲先提出两个真实的陈述，再让我们根据这两个陈述回答问题，答案可以是“信息不充分，所以无法做出结论”，但必须说明为什么。

要是父亲不在家，我们就自己发明游戏。我们没有多少玩具。事实上，在战役山这样的地方，也不需要什么玩具。我们会发明什么游戏？譬如，找一块硬纸板当雪橇，在狭窄的楼梯间从上往下滑。或找一条军毯当降落伞，从火车站的屋顶一跃而下，并遵照父亲告诉我们的，假装自己是真的跳伞员，在着地的时候两脚相扣。有的时候，我们会在火车即将通过时，拿一块废金属（或一毛钱硬币，如果那天想奢侈一下的话）放在铁轨上，等火车呼啸而过，上前察看。经过大车轮的碾压,金属已经被压得又平又亮,手一摸,还烫的呢。

不过,相较之下,我们最喜欢做的事还是沙漠探险。通常,我们会在破晓时分、天还蒙蒙亮的时候起床,这也是一天当中我最喜欢的时段。有时候父亲会和我们一起去,这时候他会高喊一、二、三、四,指挥我和布莱恩像军人一样在山艾树间踢正步,立定以后再做伏地挺身,或以父亲的手臂为单杠做引体向上。不过,大部分的时候,我和布莱恩都是自己一个人去沙漠探险的。这座沙漠,蕴藏了各式各样神奇的宝藏。

尽管我们搬来战役山是为了黄金,但这座沙漠还蕴藏了很多其他的矿物,如银、铜、铀,以及父亲说用来制造钻油设备的重晶石。爸和妈只要看看岩石和土壤的颜色,就知道地底下蕴藏了什么矿物。他们也教我们如何辨别,如红色的岩石含有铁,绿色的含有铜等等。另外,这里的绿松石含量也很丰富,多到我和布莱恩可以把自己的裤袋塞到爆。除了矿物,这里还可以找到箭镞、化石、被太阳烧烤太久而变成深紫色的旧瓶子、褪色的土狼头骨、龟壳、响尾蛇的音响器官和褪下来的皮,以及牛蛙的尸体。这些牛蛙的体积非常庞大,但因为在烈日下曝晒太久,已经干掉,而且轻得像纸一样。

星期天晚上,父亲身上如果有钱,会带我们上猫头鹰俱乐部用餐。俱乐部的招牌上面写着:本俱乐部“举世闻名”;一只戴了顶主厨帽的猫头鹰,指向俱乐部的门口。走进俱乐部,一侧的一个房间里,摆了一排排的吃角子老虎机,机器不断传来哐啷的声音,并发出闪烁的灯光。“绝对不要玩吃角子老虎,”父亲说:“那玩意儿靠的是运气,只有容易上当的笨蛋才会去玩。”很懂统计的老爸，告诉我们，赌场把赢钱的机会都押在吃角子老虎上。他自己就不赌那个东西，他比较喜欢赌扑克牌或撞球，这两种赌戏靠的是技巧，不是运气。“有人说：‘你拿到什么牌，就只能玩什么牌’，发明这句话的人一定是个不入流的骗子。”

进入猫头鹰俱乐部，常常可以看到一些脖子晒得通红的男人聚在一块儿抽烟喝酒。这些人都认识父亲，只要父亲一进门，他们会用一种听似嘲谑但其实是友善的口吻对着父亲嚷嚷：“这家店一定是快倒了，才会让你这种王八蛋进来。”

“哼！比起你们这些粗鲁的野狼，我至少可以让这里的生意变好一点。”那些人听到父亲如此回应，也往往笑得前俯后仰。

我们总是挑其中的一间红色包厢坐。看到我们，这里的女侍总是赞叹道：“小朋友，你们好有礼貌喔！”因为，我们常常说“先生、女士、请、谢谢”之类的话——爸妈教的。

“不仅如此，他们还聪明得很呢！”父亲这时候会骄傲地大声宣布：“地球上从来没出现过这么优秀的小孩。”我们客气地笑笑，然后开始点菜，如汉堡、辣热狗、奶昔，以及分量很足、闪着油光的洋葱圈。食物陆续端上桌，女侍又拿了一个冒着热气的金属容器，把奶昔倒入我们的杯子里。“吃得这么丰盛，看来你们最近一定大赚了一笔，”女侍一边说一边对我们眨眨眼。每一次离开猫头鹰俱乐部时，我们总是吃得好饱，饱得都快走不动了。这时候父亲会说：“那我们就像鸭子一样慢慢晃回家吧。”

父亲工作的那家重晶石矿场有一个小卖部。每个月，矿场的老板会把我们赊的账和租金从父亲的薪水中扣除。周初，我们会到小卖部去，把一袋又一袋的食物带回家。母亲说，只有被广告洗脑的人，才会去买现成的意大利面或调理包。母亲买的都是最基本的食材，如面粉、玉米粉、奶粉、洋葱、马铃薯、一袋二十磅装的米，或黑白斑豆、盐、砂糖、烤面包用的酵母、罐装的竹荚鱼、罐装火腿、一大条的博洛尼亚大腊肠，或切片的水蜜桃（当甜点吃）。

不过，母亲不是很喜欢下厨，她的理由是："与其花一个下午，煮一顿一个钟头就吃光的饭，还不如花同样的时间，创作一幅可能流传千古的画。"因此，她大约一个星期煮一次饭，而且一煮就是一大锅，比如一大锅的鱼、一大锅的白米饭，或一大锅的豆子（尤以后者最为常见）。我们会一起帮她拣豆子、挑沙子，等豆子在水里浸了一个晚上之后，母亲再以猪腿骨为汤底熬煮。煮好了以后，这便是我们一整个星期的食物——包括早餐、中餐和晚餐。要是豆子变酸了，我们就多加一点调味料，想当初在LBJ公寓，那些墨西哥人就是这么做的。

但是，我们买太多食物了，每到发饷日，父亲能够领到的钱总是不多。有一次结算下来，他甚至欠矿场十一分钱，最后父亲只好向对方要求赊账。这段日子，父亲很少像以前那样晚上跑出去喝酒，总是待在家里陪我们。用过晚餐，我们全家人会趴在板凳上或地上看书；房间的中央，还放了一本字典，方便我们查阅不懂的字。有时候，我会和父亲一起讨论字典上的定义。要是我们不同意编纂者的定义，就会坐下来写信给出版商。之后，出版商会回信辩护自己的立场，父亲就再回一封更长的信;出版商如果再回,父亲就再写,直到石沉大海为止。

而母亲呢,她什么东西都读,包括狄更斯、福克纳、亨利·米勒、赛珍珠,甚至詹姆斯·米切纳——尽管她会不好意思地说,她知道米切纳的作品不是什么伟大的文学作品,但是没办法,她就是忍不住想看。相对地,父亲比较偏好科学、数学、传记及历史方面的书籍。至于我们几个小孩,则是母亲从图书馆借什么回来,我们就读什么。每个星期,母亲都会上图书馆一趟。

比较而言,布莱恩喜欢看厚厚的历险故事,如格雷所写的东西。罗莉特别钟情于《小猪佛莱迪》和全系列的《绿野仙踪》。而我,很喜欢怀尔德所写的故事,和一系列从孩童的眼光描述重要历史时刻的《从前从前》,但最爱的还是《神驹黑美人》。当我们全家人聚在一起读书的时候,火车会轰隆隆地驶过,震得房屋和窗子嘎嘎作响。噪音虽大,但只要我们沉浸在书本的世界里,几分钟后,这些声音就听不见了。

爸妈把我们送进玛丽布莱克小学就读。校舍是一栋长长的低矮建筑，里头有一座天气炎热时就变得黏糊糊的柏油操场。在我那二年级的班上，同学大多是矿工或赌徒的孩子。由于经常在沙漠中玩，膝盖多半脏兮兮的，还结了不少痂，头上的刘海不太整齐，可想而知是在家里剪的。我们的老师佩姬小姐，个头矮小、脸色苍白、脾气暴躁，动不动就拿戒尺狠狠打学生一顿。

佩姬小姐教我们的东西，爸和妈几乎都已经教过我了。不过，为博得同学的好感，我不再像以前在布莱斯上学的时候一样，总是把手举得老高，抢着回答问题。可是，父亲骂我太混，觉得我需要接受挑战，因此有时候会要求我用二进位制做我的算术作业。结果，我只好在上课前把作业重做一遍，把二进位转换成阿拉伯数字。有一天，我时间不够，只好把二进位版的作业交了上去。

"这是什么鬼东西?"佩姬小姐质问。她盯着我作业簿上的圆圈和线条，双唇紧闭，抬起头，用一种怀疑的眼神看着我。"你在开我玩笑吗?"

我向她解释，这是二进制，是电脑用的数字系统，我父亲说，这比其他数字系统都要优越。佩姬小姐瞪着我。

"我交代的作业不是这个。"她的口气很不耐烦，还命令我放学后留下来重写作业。这件事我没有告诉父亲,因为我知道,他知道了一定会跑到学校,和佩姬小姐就各种数字系统的优缺点理论一番。

我们这个地方有个昵称叫作铁轨,放学以后,邻近的小孩都会聚在一起玩红绿灯、捉迷藏、足球、红海盗或其他不知名的游戏。想跟大家一起玩,你必须跑得快,跟得上大家,而且跌倒时不要哭。住在这附近的人家,经济通常相当拮据。但尽管贫穷的程度有别,小孩子的模样倒是都相差不多:瘦巴巴的身材,黝黑的肤色,身上穿着褪了色的短裤和破烂的内衣,脚上的布鞋则可能破了也可能没破。

对我们这些小孩子而言,最重要的事情有两件:谁跑得最快?谁的父亲不是孬种?说到这个,我父亲不但不是孬种,还会出来跟我们一起玩,和我们东跑西跑,把我们丢到空中;或一个人和我们全部的人玩摔跤却从来不会受伤。有时候,附近的小孩会跑到我家来敲门,问:“你爸可不可以出来,跟我们一起玩?”

包括罗莉、布莱恩、我,甚至莫琳在内,想去哪里和做什么,几乎都可以随心所欲。母亲认为,大人不应该给小孩子太多的约束和限制。父亲虽然会拿皮带抽我们,但他这么做从来不是因为生气,而是因为我们顶嘴或违背命令;不过,这种情形很少发生。我们要遵守的规则只有一条:路灯亮了就该回家;并记得“用用你的大脑”,母亲如是说。母亲认为,让孩子做自己想做的事有个好处,就是让他们有机会从犯错中学习。母亲不是那种看到孩子回到家时全身脏兮兮、玩了泥巴,或者因为跌倒而受伤,就担心得半死或大惊小怪的母亲。有一次，我在我朋友卡拉家爬篱笆时被一根旧钉子割伤大腿，卡拉的母亲认为应该把我送到医院里缝伤口，并注射破伤风疫苗，我母亲看了看那道深深的伤口后却说："没关系啦，一点皮肉伤而已。现代人太爱上医院了，连膝盖破皮也要去。唉，美国人变得越来越娘娘腔了。"说完，她叫我出去继续玩。

在沙漠中探险时，我发现了不少石头，其中有些漂亮得令我爱不释手。于是，我开始进行收藏。在布莱恩的协助下，我收集了石榴石、花岗石、黑曜石、墨西哥乱纹玛瑙，和越来越多的绿松石。这些绿松石，有些被父亲做成项链送给了母亲。此外，我们还发现大片大片的云母。把这些云母磨成粉，擦满全身，然后站在内华达的太阳底下，你会闪闪发亮，仿佛全身贴满了钻石。有很多次，我和布莱恩以为找到了黄金，吃力地将一整篮亮晶晶的矿石拖回家，最后才发现搞错了，那些其实是黄铁矿——外号叫做"傻子眼中的黄金"。尽管如此，父亲认为，其中有些黄铁矿品质极佳，值得收藏。

在这所有的矿石里头，我最爱的是晶洞。母亲说，晶洞是塔斯卡若拉山脉在数百万年前，也就是中新世火山爆发后的产物。从外观上看，晶洞平凡无奇，只是一颗圆形的石头；可是，拿槌子和凿刀把它敲开，你会发现里面是空心的，像一个洞穴，洞穴的墙壁上附着了许多亮晶晶的白水晶或紫水晶。

这些石头，我都收藏在我家后院，母亲那一台因为风吹雨打而有点残破的钢琴旁。有时候，家里的宠物死了，或看到有动物横死街头，罗莉、布莱恩和我会加以安葬，并拿这些石头来妆点它们的坟墓。此外，我也会把这些石头拿出来卖。不过，我出的价钱好像高了些，比方说一块打火石就要好几百块，因此客人不多——事实上，跟我买过石头的人只有一个，就是我父亲。有一天，他带了一口袋的零钱从家里走出来，看到石头上的标价后吓了一跳。

“亲爱的，如果把价格降低一点，你的存货会流通得比较快喔，”他说。

我告诉他，这些石头都珍贵得很，与其削价卖出，我宁愿留在身边。

“听起来，你已经想得很透彻啰。”父亲露出狡猾的笑容，然后说，他看上了其中一块粉晶，可是钱不够。于是我把价格从六百块降为五百块，还说愿意让他赊账。

垃圾场，也是我和布莱恩很喜欢光顾的地方。我们会在废弃的火炉、冰箱、破损的家具和成堆的空轮胎中寻宝，追逐住在废车中的老鼠，或在满是浮渣的池塘中捕蝌蚪、捉青蛙，看鹫在我们头上盘旋，小鸟般大小的蜻蜓在空中翻飞。树这种东西，在战役山基本上是不存在的；不过，垃圾场有个角落里倒是堆满了腐木和铁道的枕木，因此很适合攀爬或刻下名字留念。我们管这个地方叫“树林”。

垃圾场的另一角，放置着有毒或危险的废弃物，在这里可找到废电池、旧鼓、油漆罐、及其他标示着骷髅头的瓶瓶罐罐。我和布莱恩认为，这里头有些东西应该很适合用来做科学实验，于是收集了好些瓶瓶罐罐，装在箱子里，再搬到一个我们称为实验室的废弃屋中。我们把很多东西混在一起，并期待它们爆炸，可是没有。我们决定再进行另外一次实验，看看有没有其他的易燃物。

第二天放学后，我们又来到我们的实验室，随身还带了一盒父亲的火柴。我们打开几个罐子，将点燃的火柴丢进去。没有反应。但我们不放弃，再接再厉。这次，我们把许多不同的、布莱恩说是核子燃料的液体，倒进同一个罐子里，点亮火柴，丢进去。一道火焰咻地往上一蹿，像喷射机的后燃器一样。

我和布莱恩被震倒在地。再站起来的时候，一面墙已经着火。我对着布莱恩大喊，赶快离开这儿。但是他说，我们得把火扑灭，否则会惹上麻烦。他一边说一边对着火猛丢沙子。火势往门口延烧过去，干枯的木门很快就被火焰吞噬。小屋后面的墙上有一块板子，我用力一踢，踢出了一个缝，从中挤了出去。回头一看，布莱恩没有跟上来，我赶快跑到街上求救。真巧，父亲刚好下班回家。我告诉他状况，再一起跑回小屋。父亲将刚刚那道缝又踢开了一点，将呛个不停的布莱恩从里头拉出来。

原本以为父亲会火冒三丈，但是没有；相反，他相当沉默。我们站在街上，看火焰将小屋吞没。父亲一手搂着我，一手搂着布莱恩，然后说，还好他刚好从附近走过，多么不可思议的巧合啊。父亲指着火焰的顶端，跳跃不定的火舌似乎融进了一个闪耀却又看不见的空间，透过这块空间看过去，前方的沙漠显得闪烁飘忽，宛如海市蜃楼。这块空间，父亲告诉我们，在物理学上称做“秩序与混沌的交界”。“在那里，规则是不存在的，又或者，物理学家还没有把规则给找出来，”父亲说：“你们两个啊，今天都离它太近了一点。”

爸妈没有给我们零用钱，需要钱的时候，我们就到路边去捡拾啤酒罐或啤酒瓶，再拿去退钱，一个两毛。此外，布莱恩和我也会去收集废金属，再卖给收破烂的，一磅一块钱，铜的话一磅三毛。有了这些钱，我们会到猫头鹰俱乐部旁的杂货店去，那里有成排好吃的糖果可供选择。为了让刚刚赚来的十毛钱发挥最大效益，我们常常一待就是一个小时。有时候挑好了，却在付账前又改变心意，再去挑另外一样，最后搞得杂货店老板不耐烦了，要我们做好决定赶快走人。

布莱恩最爱的糖果，是大块的塔特糖，他常常一舔就是好久，舔得舌头都流血了。而我虽然喜欢吃巧克力，但巧克力很快就吃光了，所以我通常买“甜爹”。这种糖基本上可以吃上半天，而且糖果的小棍子上总会附上一首逗趣的小诗，用粉红色字体写的，如：假如不想让你的腿睡着，你最好穿上聒噪的袜子，它们的声音是不会被踩熄的。

离开糖果店，我和布莱恩最喜欢去窥视一家叫绿灯笼的店，就在公路旁，外观是墨绿色的，房子很大，门廊已经有点下陷。母亲说这是一间“猫屋”（即妓院），可是我从来没有在那里看到过猫，只看到一些女人身着泳装或短洋装，在门廊上或坐或躺，对路过的车子招手。

有时候，路过的车子会停下来，然后从车里走出一个男人，一溜烟闪进屋里。绿灯笼的门上，一年到头都挂着圣诞节的装饰灯，母亲说，这正是猫屋的标志。我想不透里头的人到底在干吗，问母亲，母亲又不肯明说，只说他们在干坏事。绿灯笼这个谜，对我而言，因此更增添了迷人的魅力。

为了解这个谜，我和布莱恩有时候会躲在公路另一边山艾树的后面，趁人们出入时用力往里头瞧；可是，瞧了半天，总是瞧不出什么名堂。有几次，我们甚至偷溜到附近，想要透过窗户看进去；可惜，窗户被漆成了黑色。还有一次，阳台上一个女人看到我们，对我们招招手，我和布莱恩尖叫一声，拔腿就跑。

有一天，布莱恩和我又来到这里窥视，同样躲在山艾树后。这一次，我刻意用激将法，问布莱恩，有没有胆量去跟躺在门廊上的那个女人讲话。小我一岁的布莱恩，那时候已经快六岁，天不怕地不怕的。他拉拉裤子，将吃了一半的糖果交给我保管，穿过街，往女人的方向走去。那女人留了一头乌黑的长发，眼睛上的睫毛膏厚得像沥青似的，当时她穿了一袭蓝底黑花的短洋装。原本，她侧躺在门廊的地板上，一只手支着头，听到有人走向她，她翻过身，趴着，下巴靠在手上。

从我藏身的地方，我看得到布莱恩在跟她讲话，可是我听不到他们在说什么。忽然，女人将一只手伸向布莱恩，我屏住呼吸，这个在猫屋里干坏事的女人会对布莱恩做出什么事？结果，她把手放在布莱恩的头上，拨拨他的头发。成年女人总喜欢对布莱恩这么做，因为他有一头红色的头发,还长了雀斑。布莱恩讨厌人家这么对他,因此通常会把对方的手拨开。可是这次不同。他没有拨开女人的手,还待在那里跟她聊了一会儿。最后,布莱恩跨过公路,回到我们原本的藏身之处。他脸上完全没有害怕的表情。

"发生了什么事?"我很好奇。

"没什么。"

"你们聊了些什么?"

"我问她,你们在绿灯笼里面干吗?"布莱恩回答。

"真的?"没想他真的这么问了,我好佩服。"她怎么说?"

"没说太多,只说,这里的女人会让来这边的男人舒服舒服。"

"喔? 还有吗?"

"没了。"布莱恩踢着地上的尘土,似乎不想继续这个话题,接着补了一句:"对了,她人还不错。"

此后,布莱恩每次见到绿灯笼的那些女人在门廊上,都会挥手跟她们打招呼,而那些女人也同样会挥挥手,并报以热情的笑容。可是,对于这些女人,我还是有点害怕。

我们在战役山的家里住了好多动物，包括流浪猫、流浪狗、流浪猫生的小猫、流浪狗生的小狗、无毒的蛇、我们在沙漠中捉到的蜥蜴、乌龟，都在我们家来了又走，走了又来。甚至，有一阵子，我们还跟一只看起来颇温驯的土狼住在一起。有一次，父亲带了一只受伤的鹫回来，我们还替它取了“霸子”这个名字。霸子是我们养过的宠物当中最丑的一个。每次用碎肉喂它，它就别过头去，用黄颜色的眼珠子恨恨地瞪着我们，然后高鸣几声，用力拍着它没有受伤的翅膀。翅膀复原了以后，霸子飞走了，我心里暗自庆幸。从此以后，每一次有鹫群在我们头上绕飞，父亲就说霸子在里头，他认得出来，霸子是回来向我们道谢的。可是我知道，不可能，它不可能回来，那只鸟彻头彻尾是个忘恩负义的家伙。

由于我们买不起宠物食品，这些动物只好吃我们的剩菜剩饭，虽然我们的剩菜剩饭通常不多。“不喜欢可以走啊，”母亲说：“它们住在这儿，不代表我必须把它们服侍得无微不至。”而且，不让它们养成依赖的习性，事实上是对它们好，哪一天要是我们必须离开这里，它们才有办法独自存活下去。自力更生，是老妈希望所有动物都学会的一件事。

顺应自然，是母亲秉持的另外一个重要信念。在我们家，随时都飞满了苍蝇，但是母亲拒绝加以捕杀。她说，苍蝇是大自然供应给鸟和蜥蜴的食物，而鸟和蜥蜴又是大自然供应给猫的食物。“杀死苍蝇等于把猫饿死。”在她看来，让苍蝇活着，跟买猫罐头给猫吃是一样的，而且成本更低。

有一次，我去我同学卡拉家玩，发现她家连一只苍蝇都没有，我问她母亲怎么回事。

卡拉的母亲指着挂在天花板上一个金灿灿的玩意儿，自豪地说，是因为这个叫杀虫器的东西。这东西加油站就买得到，他们家每个房间都有一个。它会释放出一种有毒物质，把苍蝇通通杀死。

“那你们家的蜥蜴吃什么？”我问。

“我们家也没有蜥蜴。”

回家后，我告诉母亲，我们也应该去买一个跟卡拉家一样的杀虫器。母亲拒绝：“会杀死苍蝇的，绝对不是什么好东西。”

那年冬天，父亲买了一辆福特公司出产的 Fairlane，而且是加大马力的。一个星期后，天气转寒，父亲宣布要带我们去“火锅”游泳。火锅是个天然的硫磺泉，位于镇北的沙漠中，周围是嶙峋的岩石和流沙。这里的水温相当高，还散发出一股腐败的蛋的气味。由于泉水富含矿物质，边缘处凝结了许多白垩状的东西，宛如珊瑚礁。父亲老爱说，我们应该把这个地方买下来开发成水疗中心才对。

踏入温泉，越到深处水温越高。此外，火锅的中央处非常深。战役山附近的一些人甚至说，火锅根本没有底，它和地心是相通的。曾经有几个醉鬼和调皮的青少年淹死在这里，猫头鹰俱乐部里的客人说，他们的尸体浮出水面时已经煮得烂熟。

布莱恩和罗莉都会游泳，但我不会，我从来没有学过。浩瀚的水体总是令我感到害怕，它们看起来是如此地不自然，在这座沙漠城镇中更是如此。记得有一次，我们住进一家有游泳池的汽车旅馆，我虽然鼓起勇气下水，还把整座池子绕过一趟，但我其实是抓着游泳池的壁缘前进的。这个火锅更可怕，它不像游泳池有整齐的边缘，在这里，没有任何东西可以攀附。

终于，我还是踏进了水中，走着走着，水已经到了我肩膀的高度。我感觉胸口温热，但脚下的石头好烫，让我想继续前进。我掉过头，看看父亲，他也看着我，脸上没有笑容。我试着迈向更深处，可是有东西扯住我。父亲纵身往水里一钻，哗啦啦向我游来，“你今天一定得学会游泳。”

父亲一只手搭着我，领着我一起前进——事实上是他拉着我走。我吓死了，紧抓着父亲的脖子，把周围的皮肤都抓白了。抵达了另一边，父亲说：“你看，水没有那么可怕，是不是?”

接着我们折返。但是这次，一走到水中央，父亲就把我的手指从他脖子上扳开，然后推我一把。我双手在空中乱抓，接着跌进水里，水好烫、好臭。我本能地吸了口气，一股水猛灌入鼻中、口中，再流进喉咙。肺部像是烧了起来，真烫啊。我的眼睛是睁开的，硫磺水把它们刺得生疼，可是，水色混浊，我的头发也散乱地粘在脸上，因此看不到任何东西。忽然，一双手把我拦腰抱住，拖到较浅的地方。我呛得很厉害，一边吐水、一边咳嗽，节奏不平稳地呼吸着。

“没事没事，”父亲说：“喘口气就好了。”

好不容易稍微恢复正常，却被父亲一把抓住，再度拖回火锅中央。他大喊：“不会游就沉下去！”我再度沉入水中，热水又灌满了我的鼻腔胸腔。我双腿乱踢，双手乱抓，挣扎着要游到水面呼吸新鲜空气。我伸手想抓住父亲的手，他却故意退开，于是我再度沉入水中；这一次，父亲的手并没有在我身边。

同样的状况一再发生。终于，我恍然大悟，原来父亲是来真的，他把我从水中救起，是为了把我再度丢回水中。于是，我不再找他的手，甚至刻意避开。我用脚踢他，用双臂往前推，最后，我居然能够在没有他搀扶的情况下划起水来了。

“你办到了，宝贝！”父亲兴奋地大叫：“你会游泳了！”

我蹒跚地走出水中，在一堆钙化了的石头上坐下来，胸膛剧烈起伏。父亲走过来想抱我，但我拒绝。我不想理他，也不想理母亲和罗莉和布莱恩。在我快要溺水的时候，母亲居然若无其事地漂浮在一旁的水面上！还有布莱恩和罗莉，他们居然在这个时候凑过来向我道贺！为了跟我和好，父亲不断说他爱我，说他绝不可能让我淹死，说人总不能一辈子都依赖别人，说每个父母能教给孩子最重要的一课，就是“如果你不想淹死，你最好学会怎么游泳”；说要不是因为这个原因，他怎么可能像刚才那样对我？

终于，我的呼吸恢复了正常。想想，父亲说得对，他刚刚会那样对我，找不到别的理由了。

“告诉你一个坏消息，”有一天探险回家，我听到罗莉这么说：“爸失业了。”

这次的这份工作，父亲做了将近六个月——有史以来最长的一次。听到罗莉这么说，我心想，我们和战役山大概缘分已尽，再过几天可能又要搬家了。

“不知道我们接下来会住在哪里？”我说。

罗莉摇摇头：“不，我们会继续待在这里。”父亲强调，他没有真的失业，是他自己故意让老板炒鱿鱼的，因为他希望有更多的时间可以寻找黄金。其实，他有各式各样赚钱的计划，也正在着手各项发明，还有好些打工的机会在等着他。只是，最近这阵子大家裤带可能要勒紧一点了。“每个人都得帮忙负担家计，”罗莉说。

除了收集瓶子和废铁，我开始想，我还可以为家里贡献些什么？“对了，我可以把我收藏的石头用便宜一点的价钱卖出去。”

沉默了半晌，罗莉的眼光往下瞥，看着我说：“那样不够。”

“那我们就少吃一点嘛。”

“我们又不是没这么做过，”罗莉说。

这一次，我们又这么做了。当矿场的小卖部拒绝让我们赊账后，我们很快就弹尽粮绝。偶尔，父亲得到一个打工的机会，又或者赌赢了一点钱，我们就又有饭可吃，但总是维持不了几天，这些钱很快就花得一干二净，冰箱也再度高唱空城计。

以前，只要家里食物没了，父亲总会帮我们想出各种果腹的点子或办法，譬如从柜子后面找出一罐没人知道的马铃薯，或出去一个小时，再带回一大把蔬菜炖给我们吃——虽然他从不交代这些菜的来源。可是这次，他开始上演失踪记，三天两头不见人影。

"爸呢?"已经一岁半的莫琳老是这么问，这几乎是她学会讲的第一句话。

"爸出去找工作和找食物啊，"我会这么回答。可是我怀疑，父亲是不是因为养不起我们，所以不想待在我们身边? 尽管如此，我还是告诉自己不要抱怨。

拿这件事问母亲，她也只会耸耸肩，说她没办法无中生有。于是，我们几个小孩只好把挨饿这件事藏在心里，虽然我们老在想着食物，以及如何找到食物。下课休息时间，当同学都跑到外头玩，我会偷偷溜回教室，看看其他同学的便当里有没有什么东西是吃掉了不会被发觉的，譬如一包饼干或一个苹果，找到了就囫囵吞下肚，根本没有时间好好品尝它的味道。有时候到朋友家玩，我会找机会上厕所，然后趁厨房没人的时候，从冰箱或柜子里拿点食物，再躲进厕所里吃，吃完了还不忘在离开前冲马桶。

不只是我，布莱恩也一样，成了"食腐动物"。有一次我发现他在后院里呕吐，纳闷得很，我们已经好几天没东西吃了，怎么还吐得出来？他告诉我，他溜到邻居家里偷了一大罐腌黄瓜，被邻居逮个正着，邻居没有要把他扭送法办，却要他把整罐腌黄瓜吃下肚，以示惩戒。布莱恩要我发誓，绝对不去跟父亲打小报告。

失业了几个月，有一天父亲居然拎了一大袋的杂货回家，里头有一个玉米罐头、半加仑奶粉、一条吐司面包、两罐辣火腿、一包砂糖和一条人造黄油。不过，父亲才踏入家门几分钟，玉米罐头就不见了。一定是家里人偷的，只不过，做贼的人到底是谁，没有人知道，只有当事人心知肚明。父亲没有时间调查此事，因为他忙着做辣火腿三明治。辣火腿三明治，是我们当天的晚餐，我们一边吃三明治，一边把奶粉泡成的大杯牛奶咕噜吞下肚。第二天放学回家，我发现罗莉正在厨房里用汤匙舀着杯子里的东西，不知道在吃什么。我打开冰箱一看，东西全都不见了，只剩下半条人造黄油。

“罗莉，你在吃什么？”

“人造黄油，”罗莉说。

我皱起鼻头。“真的假的？”

“真的，还加了糖，味道跟糖霜一样。”

我弄了一点来吃。才怪，味道哪像糖霜。由于砂糖没有完全溶解，吃起来一粒一粒的，油油的，还会在口中留下一层黏黏的薄膜。尽管如此，我还是把它全部吃光了。

晚上母亲回到家，打开冰箱，发现东西不见了。“人造黄油呢？”

“被我们吃掉了，”我说。

母亲很生气,说她留下那条人造黄油是用来涂吐司的。可是,吐司我们都吃完啦,我接腔。母亲又说,她原本想,如果有邻居借我们面粉,她可以烤一点面包的。可是,瓦斯公司已经切断我们家瓦斯了,我又说。

"这我知道,"母亲说:"可是,我们还是应该留下那条人造黄油啊,要是瓦斯又恢复供应了,怎么办?要知道,奇迹是有可能发生的。"因为我和罗莉的自私,这下子就算有了面包,也没有黄油配了,母亲指责我们。

我认为,母亲的话一点道理都没有,不禁猜想,或许她自己想独吞那条人造黄油。想到这里,我甚至开始怀疑,昨晚的玉米罐头可能就是她偷的,不禁怒从中来。"有什么办法?整个家就只有那鬼东西可以吃啊!"我提高音量:"更何况,我快饿死了,**快饿死了**!"

母亲望着我,一脸惊愕。我打破了我们家的一道默契:假装我们的生活是一场充满趣味、永无止境的冒险。母亲扬起手,我以为她要打我,但是没有。她坐下来,头枕着胳臂,趴在卷轴做成的桌子上,肩膀开始抽动。我走过去,碰碰她的胳臂。"妈?"

她甩开我的手。再抬头时,她的脸已经红肿。"你们饿肚子,不是我的错!"她大吼:"不要怪我。你们以为我喜欢这样的生活吗?"

夜里父亲回家后,母亲和他大吵了一架。母亲大声吼着,她受够了,为什么所有的过错都要她来承担?"这什么时候变成了我的问题?"她大叫:"你为什么不帮帮忙?只会整天在猫头鹰俱乐部里鬼混,好像这不是你的责任一样!"

父亲解释,他出去是为了赚钱,他很多发财的机会都已经快要实现。但万事俱备,只欠东风,他需要钱来实现那些梦想。战役山蕴藏了很多黄金,但都深埋在矿床里头。这些金矿不是用探矿器就可以筛选出来的,他最近在研发一项技术,希望能够用氰化物溶液把岩石里的金子过滤出来。可是,这需要钱,他希望母亲去跟外婆借点钱来开发这项技术。

“你又要我再去求我妈?”

“他妈的,罗丝玛丽!我们不是求她施舍,”父亲跟着大吼:“我们是要她**投资**!”

母亲说她受够了,外婆借钱给我们已经太多次了。外婆说过,要是我们没办法养活自己,可以到凤凰城和她一起住。

“或许我们真的应该搬过去,”母亲说。

这句话可真的刺激到父亲了。“你是说,我没办法养活自己的家人?”

“问问你的孩子啊!”母亲怒道。

我们几个小孩,此刻正坐在旧火车站供乘客坐的长凳上。父亲转过头来看我。我没看他,眼睛直盯着地板上的刮痕瞧。

两人的争吵一直持续到第二天早上。楼下,我们几个小孩躺在各自的箱子里,听他们在楼上吵闹不休。母亲不停地说,这个家已经穷到只剩人造黄油可以吃了,而现在,连人造黄油也没了。她已经受够父亲那些荒唐的美梦、愚蠢的计划和空洞的承诺了。

我转头看罗莉，她正在看书。“告诉他们我们喜欢吃人造黄油，也许他们就不吵了。”

“没有用，”罗莉摇摇头：“那只会让妈觉得我们是站在爸那边，结果只会更糟。别插手，让他们自己解决。”

罗莉说得没错。每次爸妈吵架，我们最好假装他们没有在吵架，或他们的争吵没什么大不了，很快他们就会和好如初，甜蜜地抱在一起拥吻和跳舞。但这次不同，这次的争吵简直没完没了。吵完了人造黄油，两人接着争论母亲的画作到底丑不丑，再争论我们过这样的生活到底是谁的错。母亲说，父亲应该再去找份工作。父亲回说，她要是希望这个家有人打卡上班，有教师证的她也应该贡献一份心力，不要整天只会坐在家里画那些乏人问津的画。

“梵高生前也从来没卖出过一幅画！”母亲气愤地说：“告诉你，我可是艺术家！”

“是勒，艺术家！那你就不要再叽叽歪歪地发牢骚了，要不然，去绿灯笼卖屁股啊！”

两人的吼叫声实在太大了，连街坊邻居都听得到。罗莉、布莱恩和我，彼此对望了一会儿。布莱恩往门口的方向点点头，我们便一起走出去，开始为蝎子造沙堡。我们以为，要是我们若无其事地在前院里做我们的事，邻居或许也会以为爸妈的吵架没什么大不了的。

不过，由于叫骂声持续不断，邻居开始出来在街上围观。有些人纯粹是好奇而已。在战役山，父母吵架是家常便饭，一般来说没什么大不了的；可是这次，爸和妈的争吵，即使用当地的标准来看，都太激烈了。有些邻居觉得应该插手劝架。“别管闲事,让他们自己去解决,”某人说:“没有人有权去干涉人家。”于是,邻居们有的倚着车子的挡泥板,有的靠着篱笆的柱子,有的坐在小货车的尾板上,仿佛在观赏一场斗牛竞技。

忽然,母亲的一张油画从楼上的窗户里飞了出来,接着又飞出她的画架。楼下的邻居争相躲避。接着,母亲的双脚出现在窗户边,接着是她的身体。母亲作势要打父亲的脸,被父亲一手挡住。

“救命啊!”母亲大叫:“他想谋杀我!”

“去你的,罗丝玛丽,给我进屋里来!”

“不要伤害妈妈!”罗莉说。

母亲在窗户边荡来荡去,黄色的棉裙在腰部挤成一团,白色的内裤因而外露。我很担心她那老旧宽松的内裤会掉下来。眼看母亲可能失足坠落,几个大人发出惊呼,可是,一群围观的小孩却觉得母亲宛如吊在树上的黑猩猩,开始模仿猴子的叫声,又搔搔肢胳窝,发出阵阵傻笑。布莱恩脸色发青,拳头紧握。我拉住他,虽然我也很想揍那群小孩一顿。

再抬头一看,母亲晃荡得太厉害了,连鞋子都掉落在地,看样子她很有可能从父亲手中滑落或把父亲也顺势拉下来。罗莉转过头来,对我和布莱恩说:“赶快上去。”我们赶紧冲上楼,死命抱住父亲的腿,以免他被母亲的重量拖出窗外。最后,父亲终于把母亲从窗户外拖了进来。母亲瘫倒在地。

“你爸,他想要杀我,”母亲大声哭诉:“他想要看我死。”

“我没推她，”父亲抗议：“是她自己跳出去的，我可以对天发誓。”父亲站在母亲上方，双手手心朝上，辩解着自己的清白。

罗莉轻抚母亲的头发，替她擦干眼泪。布莱恩靠在墙边，无奈地摇头。

我则是不停地说：“没事了，没事了，大家都没事了。”

第二天早上，不同于以往，母亲没有睡到日上三竿，而是和我们一起早早起床。原来，她那天要去应征工作。应征地点在战役山中学，就在玛丽布莱克小学对面。战役山一向很缺老师，拥有学位的母亲马上获得录用。父亲说，这个地方老师不多，而且素质良莠不齐。然而，尽管师资缺乏，仍不时有老师遭到开除，比方说佩姬小姐。几个星期前，她扛了一把上了膛的来福枪出现在学校走廊上，被校长逮个正着，结果遭到开除，虽然她辩称此举是为了督促学生做功课。

巧的是，就在她被踢出学校那段时间前后，罗莉班上的老师也开始不见人影，学校于是指派母亲去教这一班。班上的学生都很喜欢她。对于教育，母亲的想法和她的育儿理念是一致的。规定和管教，她认为会压抑一个人的成长，因此要让孩子充分发挥潜能，最好的方法就是给他们自由。学生有没有迟到，功课有没有做，她不在乎。而且，只要不伤害到任何人，学生就算调皮捣蛋，她也并不介意。

母亲很喜欢拥抱学生，让学生知道他们在她眼中是很棒、很特别的。她告诉墨西哥裔的学生，千万不要觉得自己比不上白人小孩，也告诉纳瓦霍族或阿帕切族的学生，他们应该以自己高贵的印第安血统为傲。一些被认为有问题或智能不足的学生，功课开始有了起色，其中有些甚至像流浪狗一样老爱黏在母亲后头。

尽管受到学生爱戴,母亲却很不喜欢教书。为了教书,她必须把当时还不满两岁的莫琳托给一个女人带,这个女人的丈夫因为贩毒而在州立监狱服刑。不过,母亲痛恨教书的真正原因在于,当初是外婆逼她选择这条路的。外婆原本也是老师,她担心母亲无法靠她的艺术家美梦糊口,所以逼她取得教师资格。母亲一直觉得,外婆对她的艺术天分很没信心,如今当了老师,不等于承认外婆一直是对的?因此,晚上她总是唉声叹气、闷闷不乐,早上又故意晚起或者装病。罗莉、布莱恩和我只好努力叫她起床,监督她穿好衣服并准时到校。

“拜托,我已经是个成年女人了,”她几乎每天早上都这么说:“难道不能做我自己想做的事?”

“教书很好玩,收获也多,”罗莉说:“你会越来越喜欢的。”

其实,除了恨透教书,母亲还有一个问题。学校的其他老师和校长比提小姐,都认为母亲是个很糟的老师。他们有时候经过母亲教室探头一看,却发现学生在玩捉迷藏,丢黑板擦,母亲则站在讲台上像陀螺一样原地打转,还把一根根的粉笔从手上甩出去;原来,她是在说明离心力。

比提小姐戴了一副和项链串在一起的眼镜。每个星期,她都会上维尼穆卡的美容院理发。她提醒母亲必须管教学生,每周提出教学计划,维持教室的整洁,并及时批改学生的作业。可是,母亲总是少一根筋,常常在教学计划上填错日期或弄丢学生作业。

比提小姐于是向母亲提出警告,她要是再不改进就会遭到学校开除。罗莉、布莱恩和我，只好开始助母亲一臂之力。放学后，我会到母亲班上去替她擦黑板、清理黑板擦，拾起掉落在地上的学生作业。晚上，我们三姐弟再帮母亲批改学生的作业和考卷。不过，母亲只让我们改是非题、选择题和填空题，问答题则由她亲自批阅，因为她说，问答题这种东西没有标准答案。我喜欢改作业，这让我觉得自己像个拥有谋生能力的大人。罗莉也喜欢帮母亲准备教学计划，检查表格有没有填错，并更正母亲的拼字或算术。

“妈，Halloween(万圣节)这个字，你拼错了，”罗莉边说边拿出橡皮擦和铅笔加以改正。“字中的 e 有两个，字尾没有不发音的 e。”

罗莉的聪明，令母亲惊叹不已。“你姐姐每一科都拿 A。”有一次母亲这么跟我说。

“我也是啊，”我回答。

“是啦，不过，她不像你必须努力用功才能有这样的好成绩。”

母亲说得没错，罗莉确实聪明过人。能够这样帮助母亲，大概是罗莉最喜欢做的事了。罗莉不是运动型的人，她不像我或布莱恩那么喜欢到沙漠探险。不过，只要是跟铅笔或纸有关的事情，她都喜欢。常常，她和母亲完成了教学计划，就坐在桌边为彼此素描；或从杂志里剪下动物、风景或满脸皱纹的人的照片，放进母亲的档案夹里，作为她日后作画的素材。

没有人比罗莉更了解母亲，也因为了解母亲，她并不在意被母亲当作体罚的对象。当比提小姐去母亲的班上视察她上课的情形时，母亲会对罗莉厉声斥责，好证明自己有能力管教学生。有一次，她甚至把罗莉叫上前去，当着全班同学的面用一块木板打她。

听到这件事，我不禁好奇地问："你上课调皮捣蛋吗？"

"没有。"

"那妈妈干吗打你？"

"没办法，她不想吓唬别的小孩，又非得处罚学生不可，"罗莉说。

母亲开始教书后，我以为，我们终于有能力添购新衣、上自助餐厅用餐，甚至买一些额外的奢侈品了，如班上同学每年合拍的纪念照。一直以来，爸和妈从来没有能力让我们购买这些照片，虽然有几次，母亲曾经从装照片的袋子里偷拿照片出来。这一年也一样，母亲虽然有了薪水可领，但我们还是没有买——也没有偷——班上同学的合照。不过也好。有一次，母亲不知道在哪里看到了一篇报道，说蛋黄酱对头发很好，于是便在摄影师要来学校拍照的那天早上，往我头发上抹了好几坨蛋黄酱。母亲当时并不知道，这些蛋黄酱是应该洗掉的；于是，那次的合照中便出现了一个头发结块、双眼圆睁的丑八怪。

尽管如此，我们的生活还是有所改善。父亲虽然被矿场开除，但我们还是付得起房租，再加上这栋旧火车站并没有太多家庭抢着要，所以我们能够继续住在这里。如今，我们家的冰箱里终于有了食物，虽然不见得能够撑到月底——没办法，爸和妈从来不懂得节约，常常一个月还没过完，家里的钱就花得一干二净。

母亲的薪水还造成了另外一个问题。父亲虽然乐见母亲赚钱养家，但他认为自己是一家之主，因此坚持要母亲把薪水交给他。打理家中财务是他的责任;他说,更何况,他的黄金过滤技术研究需要资金赞助。

“得了吧,你唯一做过的研究,是肝脏吸收酒精的能力有多好,”母亲会这样回嘴。尽管如此,直接挑战父亲的权威对母亲来说似乎难如登天。不知道为什么,她就是很难跟父亲说“不”;就算说了,父亲也会以骂、哄、拐、骗等手段来对付母亲。最后,母亲只好采取回避战术,告诉他薪水支票还没拿去兑现,支票放在学校忘记拿回来了;不然就是把支票藏起来,再找机会偷偷拿去银行。支票兑现了以后,她又谎称钱弄丢了。

没过多久,父亲开始每到发薪日就出现在校门口,等我们放了学,再开车载我们直接驶向银行的所在地维尼穆卡,好让母亲立刻把支票拿去兑现。而且,父亲坚持一定要亲自护送母亲进银行。母亲会要我们几个小孩也一起去,好找机会把一些现金偷偷塞给我们;因为,一回到车上,父亲就会把她的皮包搜过一遍,把里面的钱搜刮一空。

有一次,父亲找不到地方停车,只好让母亲自己一个人上银行。从银行出来后,她脚上一只袜子不见了。上车后她说:“珍妮特,我待会儿给你一只袜子,你要把它放在安全的地方好好保管。”说完,她手伸进胸罩内,抽出一只袜子,袜子的开口处打了结,趾头的部分则凸凸的。“把它藏在没有人找得到的地方,你知道,我们家很缺袜子的。”

“去你的,罗丝玛丽,”父亲怒道:“你以为我是笨蛋啊?”

"怎么了?"母亲双手一摊。"我送只袜子给女儿也不行啊?"母亲再次对我眨眼,怕我没领会她的意思。

回到战役山,父亲坚持要到猫头鹰俱乐部吃饭庆祝。到了俱乐部,他为我们每个人都点了牛排。牛排的美味,让我们忘了这顿饭的钱足够我们吃一个星期。吃完饭,母亲把桌上的残羹剩菜一一扫进皮包,这时候父亲说:"嘿,小山羊,你那只袜子可不可以借我一下?"

我望望桌边的家人。没有人看我,除了父亲——他露齿而笑的样子,仿佛一头鳄鱼。我交出了袜子。母亲做出一副被打败的样子,头都快掉到桌上了。父亲为了表现自己才是一家之主,故意留了十块钱小费要给女侍;不过,母亲在离去时又把这张钞票偷偷放回了自己的皮包。

很快,家里的钱又用光了。有一天,父亲开车载我和布莱恩上学,发现我们俩都没有带便当。

"你们的便当呢?"

我和布莱恩面面相觑,耸耸肩。

"家里没东西吃了,"布莱恩说。

父亲露出震惊的表情,好像头一次听到自己的子女挨饿似的。

"他妈的,你妈只会把钱花在美术用品上!"父亲先是假装喃喃自语,然后又提高音量说:"我的小孩怎么可以挨饿?"我和布莱恩下车后,身后响起父亲的声音:"别担心,你们什么都不用担心。"

中午用餐时间,我坐在学校的自助餐厅里,假装在帮布莱恩讲解功课，以免有人过来问我们为什么没有吃饭。忽然，父亲出现在餐厅门口，手中提了一个大塑胶袋。他四处张望，看到了我们，朝我们走来，一边向在餐厅值班的老师大声说道："我的孩子今天忘了带便当到学校。"他把袋子放在我们面前的桌上，从里面拿出一大条面包、一整包大腊肠、一罐蛋黄酱、一罐半加仑的柳橙汁、两个苹果、一罐腌黄瓜，还有两条棒棒糖。

"我什么时候让你们失望过?"父亲问我和布莱恩，然后转身离去。

一个微弱到父亲听不到的声音，从布莱恩口中冒出："有喔。"

"爸总该开始负担一点家计了吧，"望着空荡荡的冰箱，罗莉这么说。

"他有啊，"我说："他打工赚了钱带回家啊！"

"算了吧，他拿去喝酒的钱，比他赚的钱还多，"布莱恩一边说，一边削着木头，木屑纷纷掉在厨房外的地板上。不知道从何时开始，布莱恩养成了随身携带小刀的习惯，常常一边想事情，一边削着废弃的木头。

"乱讲，他才没有把赚来的钱全都拿去喝酒呢，"我说："那些钱大部分都拿去研究氰化物过滤技术了。"

"研究过滤技术? 他才不需要呢，"布莱恩说："他已经是专家了。"说完，他和罗莉不约而同放声大笑。我恨恨地瞪着他们。父亲的状况，我比他们每个人都清楚，这个家跟父亲最有话聊的就是我了。虽然我已经七岁，不再相信魔鬼那一套，但我们偶尔还是会一起到沙漠里去抓魔鬼，缅怀一下过去。他会告诉我他所有的计划，让我看一页页的图表、计算和地质图。在这些地质图上，你可以看到一层又一层的沉积物，而黄金，就藏在这些沉积物里头。

父亲告诉我，在几个子女当中，我是他最喜欢的一个，可是他要我保密，不可以告诉罗莉、布莱恩或莫琳，这是我跟他的秘密。“说真的，亲爱的，有时候我会觉得，这个世上只剩你一个人还相信我，要是连你都不相信我了，我真不知道要怎么办才好。”我告诉他，也在心里对自己许诺：我相信他，我永永远远都会相信他。

母亲开始教书后几个月，有一次，我和布莱恩又经过绿灯笼。天边的夕阳把天空染得粉紫粉紫的。傍晚的沙漠，气温总是疾速下降，那天也不例外，不过几分钟的光景，燠热的空气已经变得沁凉。一个肩膀上披一件滚边披风的女子，正在绿灯笼的前廊上抽烟。她向布莱恩招手，但布莱恩没有回她。

“唷呵！布莱恩，是我，蜜糖！金洁啊！”她高呼。

布莱恩没有理她。

“她是谁？”我问。

“爸的朋友，”布莱恩回答：“一个笨蛋。”

“为什么说她笨蛋？”

“《冒失鬼》漫画里的字，有些她居然看不懂，你说笨不笨？”

接着布莱恩告诉我，前阵子他生日时，父亲带他去了一家杂货店，让他任意挑选自己想要的礼物，他挑了一本《冒失鬼》。后来，父亲又带他去内华达旅馆。这家旅馆在猫头鹰俱乐部附近，招牌上写着：干净、现代化。当晚，父亲找来金洁和他们一起用餐。吃饭的时候，金洁笑个不停，嗓门又大，还不时碰碰父亲，碰碰布莱恩。吃完饭，他们三人一起上楼，进了旅馆的一个房间里。这是间套房，有一个小小的客厅，还有一个卧室。父亲和金洁进了卧室，留布莱恩在客厅里看他新买的漫画。不知道过了多久，父亲和金洁出来了，金洁在布莱恩身旁坐下。布莱恩没有抬头，眼睛一直盯着漫画书瞧，虽然这本漫画他已经从头到尾看过两遍了。金洁宣称，她也喜欢"冒失鬼"。父亲要布莱恩把漫画送给金洁，说这是绅士风度的表现。

"可是漫画是我的呀！"布莱恩说："还有，她一直要我把一些比较艰深的字念给她听。都大人了，连漫画都看不懂！"

看布莱恩对金洁如此嫌恶，我想，金洁一定还做了些什么，应该不只是抢走布莱恩的漫画而已。会不会，布莱恩已经弄懂了像金洁或绿灯笼的其他女人，到底是做什么的？会不会，他已经明白了母亲说那些女人很坏是什么意思，所以才如此生气？"绿灯笼里那些人，你已经知道他们在干吗了吗？"我问。

布莱恩凝视着远方，没有说话。随着他的视线望过去，远方的塔斯卡若拉山脉已经融入暮色当中。"她赚那么多钱，漫画应该自己花钱买啊，"布莱恩摇着头说。

有些人喜欢拿战役山这个地方开玩笑。东岸曾经有一家大报举行一场比赛，要从全国各地选拔出一个最丑陋、最偏僻、最荒凉的乡镇，最后的冠军得主就是：战役山。即便是住在这里的人，也不怎么瞧得起这个地方。他们会指着加油站旁一根柱子上一块红黄两色漆成的大看板，用一种骄傲又轻蔑的语气说："就是那里，我们就住在那个鬼地方！"

可是，我在战役山的日子过得倒是蛮愉快的。算一算，我们在这里已经住了快一年，我也把这里当成了自己的家，我有记忆以来第一个真正的家。父亲的氰化物过滤技术已经接近完成阶段；布莱恩和我在沙漠里玩得不亦乐乎；罗莉和母亲经常在一起作画、阅读；已长出一头淡金色像丝一样细致头发的莫琳，则常常不包尿布就四处乱跑嬉戏，还拥有一群想象中的朋友。过去那种在三更半夜赶忙收拾行李然后逃跑的日子，我以为已成了过去式。

我八岁生日刚过没多久，铁轨附近搬来了一户人家，比利·狄尔和他父亲。比利大我三岁，身材瘦高，留平头，头发是黄褐色的，眼睛是蓝色的，但是不帅。最特别的是，他有一颗不对称的头。我们的邻居柏莎(她拥有一半的印第安血统,住在火车站附近一间小屋里,还在院子里养了大约五十条狗),她说这一定是因为比利的母亲在他婴儿时期很少帮他翻身,从早到晚一直维持着同样的姿势,日子一久,靠床的那一侧自然就变得有点扁了;不过,这你必须从正面直视比利才注意得到,但很少人有机会这样做,因为比利老是动个不停。他爱把万宝路牌的香烟放在卷起的袖子里,要抽的时候,就拿出印有裸女弯腰图案的 Zippo 牌打火机。

比利和他父亲住的屋子,是用沥青纸和波浪纹马口铁片搭建而成,地点在铁轨的另一头。比利从来不提他母亲,他也很清楚地让大家知道这是他的禁忌。因此,我从来不知道他母亲是跑掉了,还是过世了。比利的父亲白天在重晶石矿场工作,晚上则流连在猫头鹰俱乐部里,因此比利大多数的时间是没人管教的。

过没多久,柏莎开始用“平头魔”或“铁轨之狼”之类的外号称呼比利。柏莎宣称,比利曾经放火烧她的狗,还剥了邻居几只猫的皮,并把粉红色的猫尸挂在晾衣服的绳子上吓人。比利说柏莎是个大骗子,他没有做过那些事。我不知道我究竟该相信谁,毕竟,比利是个有案底的不良少年。他曾经因扒窃和破坏汽车等罪,在里诺①的一家收容所待过,这是他亲口告诉我们的。搬来铁轨后没多久,他经常围着我转,而且老盯着我看,还告诉其他小孩他是我男朋友。

“不！他不是我男朋友!”这时候我会大声抗议,虽然心中暗自窃

---

① 里诺(Reno),美国著名的“离婚城市”,在内华达州西部。

喜——有人想当我男朋友。

搬到这里几个月后，有一天比利告诉我，他要让我看一个很滑稽的画面。

“我可不想看剥了皮的猫，”我说。

“才不是呢，”比利说：“我要让你看的画面真的很滑稽，我保证你看了一定会笑得半死。如果不看，就代表你害怕了。”

“谁说的，我才不怕呢。”

比利要让我看的滑稽画面，是他的家。走进他家，光线晦暗，还散发出一股尿骚味。而且，他家比我家乱多了，虽然乱的方式不同。我们家的乱，是东西太多，有一大堆纸啦，书啦，工具啦，铅管啦，美术用品啦，以及各种颜色的米罗维纳斯雕像。比利的家不同，他家几乎是家徒四壁。没有家具，没有用线轴做成的桌子，就只有一个房间，地上两张床垫，旁边还摆了一架电视。看看墙上，同样空无一物，既没有图，也没有画。天花板上，吊着一颗裸露的灯泡，旁边还挂着三四张螺旋状的捕蝇纸，捕蝇纸上布满苍蝇，把底下有黏性的黄色表面都给遮住了。地板上，散落了一地的空啤酒罐、空威士忌酒瓶，和几盒吃了一半的维也纳腊肠罐头。比利的父亲，正躺在一张垫子上呼呼大睡，鼾声忽大忽小，嘴巴张着，胡茬上停了几只苍蝇。再往下看，他的裤子在靠近膝盖的地方，湿了一块，裤子的拉链没关，一根丑陋的小鸡鸡掉了出来。我目瞪口呆，半晌没有出声，一会儿才问他：“你讲的滑稽的东西是什么？”

“你没有看见吗？”比利指着他父亲说：“他**尿床**了！”说完开始

大笑。

我感觉我的脸变烫了。“你怎么可以这样笑自己的父亲！怎么可以！”

“哼，少跟我说教了，”比利说：“好像你自己有多高贵呢！你爸也一样啦，酒鬼一个。”

那一刻我好恨比利，真的好恨。我很想告诉他关于二进制数、玻璃城堡、金星，以及我父亲做过的一切一切特别的事；我很想告诉他，我父亲和他父亲完全是两个世界的人，可是我知道，这些他是不会懂的。我往外冲，冲到一半又停下来，转过身来对他大吼：“我爸才不像你爸，他喝醉的时候**从来不会**尿床！”

晚上吃饭的时候，我把这件事告诉大家，包括比利那恶心的父亲，和他们住的那个肮脏的狗窝。

母亲放下手中的叉子。“珍妮特，我对你很失望，你怎么这么没有同情心！”

“同情心！有必要吗？他是个坏孩子，是个不良少年。”

“没有人生下来就是不良少年，”母亲说。他们会变成那样，是因为小时候没有得到关爱，没人爱的小孩长大了可能会变成连环杀人犯或酒鬼。母亲意有所指地看看父亲，再看看我。她认为我应该对比利好一点。“毕竟，你们几个兄弟姐妹比他命好多了。”

再一次看到比利，我告诉他，我愿意当他的朋友，但不是女朋友，只要他保证不再取笑任何人的父亲。他答应了,但他还是千方百计想当我男朋友。他说,只要我当他的女朋友,他就会永远保护我,帮我出头,买昂贵的礼物送我;但要是我不答应,他说,我一定会后悔的。我告诉他,如果他希望我们的关系不只是朋友,那就算了,我宁可连朋友都不要当,反正我不怕他。

又过了大约一个星期,有一天,我和邻居的几个小朋友在外头玩,看着垃圾在一个生锈的大垃圾桶里燃烧。为了维持火势,我们扔进一堆又一堆的木柴,以及一块块轮胎的胎面。浓浓的黑烟冒上来,虽然令我们的鼻子感到刺痛,我们仍不禁大声叫好。

看着看着,比利忽然出现在我身边,拉我的手,要我到旁边去。我们俩走到一旁,他把手伸进口袋,拿出了一枚用绿松石和银子做成的戒指,说:“送你。”

我接过戒指,在手上把玩了一番。我母亲也收藏了一些绿松石和印度的银饰,但为了避免被父亲拿去典当,她把这些东西都放在外婆家。这些收藏大多是古董,而且价值不菲,有一个在博物馆工作的人三番两次从凤凰城来劝母亲把东西卖给他。每一次去外婆家,母亲就让罗莉和我试戴那些沉甸甸的项链、手镯和宝石缀成的腰带。比利的这枚戒指,跟母亲的某只戒指很像。我按照母亲教的,把戒指拿到口中,用牙齿和舌头鉴定鉴定,味道有点苦,看起来是真的没有错。

“这东西哪里来的?”我问。

“我妈的,”比利说。

这枚戒指真的很漂亮。造型简单大方，深色的椭圆形绿松石，被细细的银丝线缠裹固定在中央。我没有首饰，也很久没收到礼物了——除了金星以外。

我试着把戒指戴在手指上。太大了。没关系，我可以像那些高中女生一样，缠几条线在男朋友送的戒指上。可是我又担心，要是我收下了这个礼物，比利可能会认为，我答应当他女朋友了；如此一来，他一定会告诉其他小孩，到时候我要是否认，他就会指着戒指说那是证据。再转念一想，母亲大概会赞成我收下这个戒指吧，因为那样会让比利觉得好过一点。最后，我决定妥协。

“好，我收下了。不过，我不会戴。”

一朵灿烂的笑容绽放在比利脸上。

“不过，”我说：“这不代表我们就是男女朋友，也不代表你可以亲我。”

戒指的事，我没有告诉任何人，也没有告诉布莱恩。白天，我把它放在裤子的口袋里；晚上，再放到我用来放衣服的纸箱的最底层。

可是，比利这个大嘴巴已经把这件事到处宣扬了。他甚至告诉其他小孩，等到我年纪够大了，他就会立刻和我结婚。听到这个消息，我马上明白，接受他的戒指果然是个天大的错误，我最好把戒指还给他。可是我没有。我很想这么做，每天早上我都把戒指放在口袋里准备还他；可是，我办不到，这戒指实在太美了。

又过了几个星期，有一次，我和邻居的一些小孩玩捉迷藏。我发现了一个绝佳的藏身处，在一丛山艾树后面，有一个小小的工具间，从来没有人在这里躲过。当鬼快要数完时，工具间的门居然打开了，还有人想躲进来。是比利。可是，他刚才并没有加入游戏。

“你不可以和我一起躲在这里，”我发出气音嘶嘶地说：“你应该自己去找一个地方。”

“来不及了，鬼快数完了。”

比利二话不说挤了进来。这个工具间很小，即使是一个人蹲在里头，空间都快不够了，更何况两个人。我本来不想说的，但是，比利靠得我这么近，让我感到害怕。“太挤了，”我小声地说：“出去啦你！”

“不要，我不出去，塞得下的。”他变换双腿的位置，结果紧紧贴在我的腿上。我们俩靠得太近了，我可以感觉到他呼在我脸上的气息。

“太挤了，”我再一次告诉他：“你的气都吐在我脸上了。”

他假装没听见，还说：“绿灯笼里的那些人，你知道他们在里头干什么吧，嗯？”

外头，鬼开始抓人了，我可以听到他们的叫声，声音闷闷的听不清楚。真希望自己没有挑到这么完美的藏身地点。“当然知道，”我回答。

“那，他们在做什么呢？”

“那里的女人会做一些让男人舒服的事。”

“舒服的事？是什么？”比利停顿了一会儿，然后说：“看吧，你根本不知道。”

“我知道，”我说。

“要不要我告诉你?”

“我只希望你躲到别的地方去。”

“他们会先接吻,”比利说:“你接过吻吗?”

微弱的光线,从墙板缝隙中透了进来,比利细瘦的脖子上积了一圈圈的污垢。“当然,很多次了。”

“跟谁?”

“我爸。”

“你爸不算,家里以外的人才算。而且眼睛必须闭上,睁着眼睛接吻也不算。”

这真是我听过最愚蠢的事了,我告诉比利,眼睛要是闭着,怎么看得到你在和谁接吻。

男女之事还有太多我不懂,比利说。譬如,女人要是犯贱,不给男人亲嘴,有些男人会拿出刀子抵着她们,强迫接吻。不过,他不会这样对我的,他边说边把脸凑了上来。

“闭上眼睛,”他说。

“门儿都没有。”

比利硬把脸贴过来,抓住我的头发,把我的头扭到一边去,然后将舌头伸进我嘴里。好湿、好恶心。我奋力往后退,他却不断压过来,我越往后,他压得越用力。最后,他整个人压在我身上,我发觉,他的手指正在扯我的短裤,另一只手则在打开他裤子的纽扣。为了阻止他,我把手往下伸,摸到了一个东西,我知道那是什么,虽然那东西我从来没有摸过。

父亲曾经教我，被男人欺负时可以用膝盖踢他们胯下，可是，我现在没办法这么做，我的膝盖被卡在他的双腿外侧，我于是用力咬他耳朵。很痛吧，比利大叫一声，然后甩了我一个耳光。我的鼻子开始流血。

听到我们的吵闹声，外面的孩子跑了过来，打开门，我和比利赶紧从地上爬起来，一边整理衣服。

“我刚刚在和珍妮特亲嘴，”比利得意地大叫。

“才没有呢！”我说：“他说谎！我们刚刚是在打架，如此而已。”

是的，比利**说谎**——之后的一整天，我一直这么告诉自己。我没有真的吻他，至少，那个吻不算数，我的眼睛一直是睁着的。

第二天，我带着戒指，走向比利家。看到他的时候，他坐在屋外一辆废弃的车子里。经过沙漠烈日的曝晒，车子的烤漆已经褪色，从红色转成铁锈般的橘色。车子的轮胎，几百年前就已漏气，黑色的车顶也已剥落。比利坐在驾驶座上，从喉咙里发出引擎的声音，假装正在开车，操纵着一根幽灵般看不见的杆子。

我在附近站了一会儿，希望他先注意到我。他没有，我只好先开口：“我不想再跟你当朋友，你的戒指我也不要了。”

“谁稀罕，”比利说：“那戒指我也不想要。”他的视线穿过前方破掉的挡风玻璃，落在不知名的远方。车子的窗户没关，我把手伸进车内，手一放，戒指掉在他膝盖上，然后我转身离去。我身后响起哐啷两声，车门开了又关。我继续走。忽然，我的后脑勺一阵刺痛，像是被小石子打到。原来,比利用戒指丢我。我没理他,继续走。

“你知道吗?”比利大叫:“你被我强暴了。”

我转过头,站在车子旁的他,脸上的表情掺杂着受伤与愤怒,可是,他的个头似乎变小了。我搜索脑海,想找出一句刻薄的话来回敬他,可是我不知道“强暴”两个字是什么意思,最后只好说:“有什么了不起!”

回到家,我查了查字典,想知道强暴的意思,不是很懂,于是又查查解释这个词的那些字,还是不太懂。尽管如此,我知道这两个字的意思一定是不好的。通常,我碰到不懂的字会问父亲,再一起看看字典上的解释,然后讨论。这一次我不打算这么做,我有预感,这样做一定会引起轩然大波。

第二天,爸和妈去猫头鹰俱乐部打发时间,把莫琳交给我们。我们一边照顾她,一边在桌子旁边玩牌。玩着玩着,我们听到比利的声音,他在外面叫我的名字。罗莉看看我,我摇摇头,继续玩牌。可是比利还是一直叫个不停,罗莉于是走到前廊(也就是旧火车站登车的月台),叫他离开。“他带了一把枪,”罗莉折回屋里的时候说。

接着她抱起莫琳。就在这个时候,一块窗玻璃破了,比利的身影出现在窗户的破洞外。他拿起枪托敲掉剩下的玻璃,将枪口指向屋内。

“哼,不过是一把 BB 枪,”布莱恩说。

“我说过,你会后悔的,”比利朝着我扣下扳机。我的胸部一阵刺痛,好像被蜜蜂蜇了一下。接着,比利开始对我们每个人开火,动作迅速利落。布莱恩将桌子推倒,我们大家缩着身子躲在桌子后头。

砰！BB弹划过桌面。莫琳开始放声大哭。我转头看罗莉，她是老大，或许能想出什么应敌的好点子。罗莉咬着下唇，思考着。过了一会儿，她将莫琳抱给我，一个箭步冲了出去。比利马上将枪口朝向她，布莱恩站起来试图分散注意力，罗莉被射中了一两枪，但还是成功地跑上了二楼。再下来的时候，她手上多了一个东西——父亲的手枪。她举起枪，瞄准比利。

“少用玩具枪吓唬人了，”尽管嘴上这么说，比利的声音却有点颤抖。

“你错了，那是真枪，”我大喊：“我爸的枪。”

“就算是真的，”比利说：“她也没种对我开枪。”

“你想试试看吗？”罗莉冲着他说。

“好啊，有种就开啊，看看会怎么样。”

罗莉的射击技术没有我好，但她仍然朝比利的方向开了一枪。枪声响起时，我紧紧闭上眼睛，等到再睁开眼睛，比利已经不见踪影。

我们冲出去，心想会不会看到比利浑身是血躺在地上。没有，他躲到了窗户底下。看到我们，他拔腿就跑，跑到了四五十米远的地方，他转过身来，又开始对我们射击BB枪。我抢下罗莉手中的枪，瞄准目标，扣下扳机。我或许是太激动了，忘记父亲教过我的正确持枪方式，肩膀差点被枪的后座力震得快要脱臼。子弹落在比利前方几米的地方，引起一片尘土飞扬，他吓得往上跳了大概一米高，然后往另外一个方向拼命逃窜。

看到比利狼狈的模样，我们哈哈大笑。但是，好笑的感觉只维持了一两秒,接着我们站在原地,沉默地面面相觑。我发现,我的手抖得好厉害,枪都快握不住了。

不久,一辆巡逻车出现在家门口。爸妈从车上下来,表情凝重。接着,一位警官也下了车,陪同爸妈走到门口。我们几个兄弟姐妹坐在屋内的长凳上,摆出一副很有礼貌、很尊敬警官的模样。警官逐一看了看我们每个人,像在清点人数。我交握双手,放在膝盖上,想表现自己是个乖小孩。

父亲走到我们面前,以牛仔的蹲姿蹲下,一个膝盖着地,另一个膝盖上搁着交叉的两支胳臂。"发生了什么事?"

我回答:"我们是在自卫。"父亲说过,自卫是开枪射击他人的一个正当理由。

"原来如此,"父亲说。

警官告诉我们,有邻居报案,说看到几个小孩子互相开枪,警官说他想知道事情的经过。我们试着解释,事情是比利引起的,我们受到他的挑衅才采取自卫的行动,我们虽然开了枪,但没有杀他的意图。可是,警察先生好像对事情的细节不怎么感兴趣。他告诉父亲,第二天早上我们全家人必须到法院一趟,看看治安官怎么说,比利和他父亲也会过去。事情调查清楚之后,治安官会再做出适当的处置。

"我们会被抓走吗?"布莱恩问。

"那要看治安官怎么决定,"警官回答。

当晚,爸妈在楼上低声交谈了很久,我们几个孩子则躺在各自的箱子里。最后,夜深了,爸和妈走下楼来,脸上的表情依然凝重。

接着父亲说:“我们要到凤凰城去。”

“什么时候?”我问。

“现在。”

父亲说,我们每人只能带一样东西离开。我赶紧拿了一个纸袋,跑出去装我最喜欢的石头。石头太重了,于是我小心翼翼捧着纸袋的底部走回去。回到家,却看见布莱恩在和父亲吵架,原因是,布莱恩拿了一个空心灯笼装了好多绿色的塑料士兵玩偶。

“你要带这些玩具?”父亲质问。

“你自己说每个人可以带一样东西的,这就是我要带的东西,”布莱恩回答。

“我要带的是这个,”我举起袋子说。罗莉抗议,她说一堆石头不是一样东西,而是好几样东西,不然她也要把她收藏的书全部带走。我说,可是布莱恩的士兵玩偶也是一堆东西啊:“更何况,我只带最好的,不是全部。”

一袋东西到底算一样东西,还是好几样东西,一般来说应该会是父亲喜欢辩论的题目;可是,此刻他没这个心情,这些石头太重了。“你只能带一颗,”父亲说。

“凤凰城石头多的是,”母亲接腔。

最后,我挑了一个晶洞,再用双手捧着,晶洞里黏了好些小巧的白水晶。车子发动时,我透过后车窗看了火车站最后一眼,楼上的灯没关掉,微弱的光晕映在小小的窗子上。不知道还有多少家庭也曾经怀着淘金的美梦来到战役山,最后却好运用尽,像我们这样落荒而逃。运气这种东西,父亲说他不相信,但我相信。我们在战役山运气还算不错,希望能够继续维持下去。

开着开着,我们经过了绿灯笼,门上的圣诞装饰灯闪耀;再来到猫头鹰俱乐部,戴着主厨帽的猫头鹰兀自闪着霓虹灯光。最后,车子驶进沙漠,战役山的灯光逐渐消失在我们身后。黑漆漆的夜里,借着车头灯的光线,只看得到前方的道路,其余什么都看不到。

外婆的那栋白色大宅，外面有桉树环绕，走进屋里，可以看到绿色的百叶窗、高大的法式门、波斯地毯，以及外婆一弹起酒吧音乐时就几乎要翩翩起舞的大型平台钢琴。每一次住外婆家，她就会把我叫进卧室，让我坐在梳妆台前，帮我梳头发。梳妆台上摆满了各式各样小巧玲珑、粉色的香水瓶和粉盒。当我打开这些瓶子闻里头的气味时，外婆就拿起一把长长的金属梳子替我梳头。我的头发纠结得太严重了，她有一次边梳边骂说："你那懒惰成性的妈妈，从不帮你梳头发吗?"我告诉外婆，母亲认为小孩子应该为自己的仪容负责。算了，外婆说，反正你的头发也太长了。说完便拿了一个碗倒盖在我头上，然后将碗以下的头发全部剪掉。剪完了以后，她说，我看起来真像一个野丫头。

说到野丫头，外婆年轻的时候就是。不过，在生了两个孩子，也就是母亲和舅舅吉姆以后，她却跑去当老师，因为她不放心把孩子交给别人教。外婆的学校只有一间教室，地点在一个叫扬皮(Yampi)的小镇。可是，母亲恨透了老师的女儿这个身份。外婆老爱纠正母亲，不管在家里或学校都一样。而且，她对很多事情如穿着、谈吐、时间的分配、烹饪、家务和理财等等，都很有意见，因此两人打从一开始，就经常为了各种事情争吵。母亲觉得外婆很唠叨、很啰唆,还订了一大堆规矩和打破规矩时应受的惩罚。母亲当初快被这些规矩给逼疯了,所以她从来没有订任何规矩要我们遵守。

可是,我很爱外婆。长得人高马大、肩膀宽阔的她,有着一双绿色的眼眸和一个有力的下颚。她曾经告诉我,在所有的孙子女当中,我是她最喜欢的一个,还说我长大后一定会很有出息。我喜欢外婆,甚至喜欢她订下的一切规矩。譬如,她每天一大早就会把我们叫醒,高喊:“起床盥洗的时间到啰!”并要求我们梳洗完毕才能够吃早餐。她会用真正的奶油煮热乎乎的麦粥给我们吃,并监督我们用完餐后将餐桌和碗盘收拾及清洗干净。晚一点,她还会带我们去买新衣服或看电影。记得,我们看过的一部电影是《欢乐满人间》。

而现在,我们又要到凤凰城去找外婆了,我兴奋得从后座站起来,将身子往前靠到爸妈中间,问:“我们要去跟外婆一起住,是不是?”

“不是。”母亲的眼光投向窗外,但似乎没有落在一定的点上。“你外婆过世了,”她说。

“什么?”母亲讲的话,我其实听到了,但也许打击太大,我以为我没听到。

母亲把她刚刚讲的话重复了一次,眼光仍然落在窗外。我回头望望罗莉和布莱恩,两个人都睡着了。父亲正在抽烟,眼睛看着道路。我不信,就在我刚刚坐在那儿思念外婆,期待着再一次吃到麦粥,再一次让外婆一边骂一边帮我梳头发时,她居然过世了。我开始用力捶母亲的肩膀,质问她为什么没告诉我们。最后,父亲抬起手抓住我的拳头。“够了,小山羊。”父亲的另一只手拿着烟,搭在方向盘上。

我这么难过,母亲似乎很惊讶。

“你为什么没告诉我们?”

“讲了又能怎么样,”母亲说。

“她怎么死的?”我问。印象中,外婆家的人大多可以活到一百岁左右,可是外婆过世时才不过六十多岁。

医生说,外婆是死于白血病。可是母亲认为,外婆的死更有可能是放射线污染所造成的;因为,政府经常在外婆农场附近的沙漠中进行核弹测试。母亲说,她从前常常和吉姆舅舅带着盖格计数器,到沙漠中寻找有价值的石头,然后把它们存放在家中的地下室里,偶尔也把它们做成首饰送给外婆。

“没什么好难过的,”母亲说:“每个人迟早都要离开人世,更何况,你外婆这一生过得比多数人久,也还要丰富。”停了半晌,母亲接着说:“而且,我们现在有地方住了。”

外婆生前拥有两栋房子,一栋是她住的那栋有绿色百叶窗和法式门的房子;一栋则比较老旧,用泥砖盖成的,地点在凤凰城市区。由于母亲是长女,外婆在生前曾经问她想继承哪一栋。有绿色百叶窗的那一栋比较值钱,可是母亲却选择了另外一栋。这栋房子坐落在凤凰城的商业区,是开设美术工作室的绝佳地点。

另外,母亲还继承了一笔钱。有了这些钱,她大可以放弃教书的工作,并买下所有她想要的美术用品。

外婆过世是好几个月前的事了,从那时候起,母亲就一直想搬去凤凰城,可是父亲不肯,他的氰化物过滤技术就快有重大突破了。

“我确实是快要取得突破了,”父亲说。

母亲从鼻孔中哼了一声,然后说:“所以呢,你们和比利惹出来的麻烦,其实是好事一桩。我有预感,到了凤凰城,我的艺术生涯将大放异彩。”母亲转头看我:“嘿,我们又要展开新的冒险了,你说棒不棒?”母亲的眼睛发亮。“我看,我实在对刺激上了瘾。”

最后，车子在北三大街，外婆的家门前停了下来。真不敢相信，我们以后就要住在这里了。这个地方，简直是一栋豪宅，外婆生前还把它租给了两户人家。如今，它完全属于我们了。母亲说，这栋房子最初是座堡垒，建于近一百年前。涂有白色灰泥的外墙足足有一米厚。我对布莱恩说："这些墙绝对抵挡得住印第安人的弓箭。"

一进屋，我们几个小孩兴奋地四处乱跑，算一算，包括厨房和浴室在内，总共有十四间房。家中摆满了外婆留给母亲的许多东西，例如一张深色的西班牙餐桌、八张搭配用的椅子、一架手工雕刻的平台钢琴、摆在厨具架上的古董银制餐具组，以及外婆收藏在玻璃橱柜里的骨磁。为了让我们见识到这些骨磁的绝佳品质，母亲拿起一个骨磁盘对着灯光，她手掌的剪影清楚地映现在盘子上。

屋外，前院种了一棵棕榈树，后院则种了好些真的会长出果实的橙树。庭院里有树的房子，我们从来没有住过。我特别钟爱那棵棕榈树，它让我觉得自己好像置身绿洲。除了树以外，庭院里还种了蜀葵、夹竹桃等灌木丛，红白相间的花，好不美丽。庭院再过去，有一间库房，光这个库房，就和我们住过的某些地方一样大。库房的旁边，有一个足以容纳两部车的停车位。看来，我们真的发了。

北三街的居民大多是墨西哥人和印第安人，他们住的公寓，是原本住这里的白人在迁往郊区后，把宽敞的老房子分割而成的。这里的家庭大多人口众多，每一户好像都住了好几十人，你可以看到男人们喝着纸袋装的啤酒，年轻妇女哺育着年幼的婴孩，老妇人在破旧凹陷的前廊上晒太阳，以及成群的小孩。

北三街附近的小孩，上的都是五条街外的一所天主教学校，圣玛丽教会学校。可是母亲说，修女们会扼杀宗教的趣味，因此她希望我们改上一所叫爱默生的公立学校。尽管我们不住在那个学区，但校长禁不住母亲的苦苦哀求和花言巧语，最后答应让我们入学。

不过，我们住的地方没有公交到学校，因此上学必须走一段远路，可是我们不以为意。学校在一个高级地段，街上有成排的桉树遮阴。走进学校，校舍看起来像一座西班牙牧场，有红色的陶瓦屋顶，周围还种植了许多棕榈树和香蕉树。每到香蕉成熟的季节，学生在午餐时间就有免费的香蕉可吃。操场上绿草如茵，还有自动洒水系统定时浇水。另外，操场上的游乐设施之多，胜过我看过的每一所学校，里头有跷跷板、秋千、旋转木马、攀爬架、绳球①和田径跑道。

我被分到三年级，班上的导师萧小姐，有一头铁灰色的头发和一个严峻的嘴巴，还戴着一副镜框尖尖的眼镜。当我告诉她怀尔德的作品我已经全部读过，她挑起眉毛，一副怀疑的样子。后来，我把怀

---

① 绳球(tether ball)，用绳将一小球系在木杆上，两人用手或木棒反向击球，看谁先将球完全系在木杆上。

尔德的一部作品大声朗诵出来，她才相信，并把我编入一个资优生读书小组。

罗莉和布莱恩也一样，被编入了资优生读书小组。可是布莱恩不喜欢，因为他是全班年纪最轻、个头也最小的一个。罗莉和我不一样。对于被称为资优生，我们都暗自窃喜，虽然没有把心里的感觉给泄漏出来，还故意淡然处之。我们向爸妈宣布这项消息时，故意装作天使般纯洁的神情，双手交握，抵住下巴，眨巴眼睛，停顿了一会儿才吐出“资优”二字。

“嘿，可别把这件事当玩笑看喔，”父亲说：“你们当然资优，我不是一向这样告诉你们的吗？”

布莱恩斜睨了父亲一眼，慢条斯理地说：“要是我们真的那么资优，为什么你没有……”又把话吞了回去。

“没有什么？”父亲追问：“什么啦！”

布莱恩摇摇头，“没什么。”

爱默生小学有自己的护士，她帮我们三姐弟做了平生第一次的视力和听力检查。两项检查我都高分过关，护士阿姨说我有着“锐利的鹰眼和灵敏的象耳”。罗莉就不同了，视力检查表她看得非常吃力。最后护士阿姨宣布，罗莉患重度近视，需要佩戴眼镜，后来还寄上一封通知信告诉母亲这件事。

“鸡婆！”母亲不认同眼镜这种东西，她认为一个人如果视力不良，应该多多锻炼眼睛来加强视力，眼镜这种东西就像拐杖一样，只会让视力差的人更没有机会学会用自己的眼睛来观看世界。多年来一直有人劝她戴眼镜,她都拒绝了。不过,学校的护士后来又寄了一封通知表示,罗莉不配眼镜就无法入学;再加上眼镜的钱是学校出的,最后母亲只好屈服。

配眼镜那天,我们全家人一起陪罗莉到验光师那里。镜片好厚,让罗莉的眼珠子看起来又大又凸,简直跟鱼眼一样。她不断转头,左看右看,然后上看下看。

“怎么了?”我问。罗莉没吭声,一溜烟跑了出去,我也跟着出去。罗莉站在停车场上,不断盯着四周的树木、房舍和办公大楼瞧,眼里满是惊叹。

“你看得到那边那棵树吗?”罗莉指着差不多三十米外一棵美国梧桐问。我点点头。

“我不但看得到那棵树,还看得到树上每一片叶子。”罗莉骄傲地看着我。“你行吗?”

我点点头。

罗莉似乎不相信我说的话。“我是说叶子,不只是树枝喔,还包括每一片小小的叶子!”

我再一次点头。罗莉呆呆地望着我,开始号啕大哭。

回家的路上,她不停地看着,看着这所有她头一回看到的景象,这所有视力正常者因为看习惯而忽略了的景象。看到街上的招牌和告示,她会把上面的文字大声朗读出来,一会儿又兴奋地指着停在电线上的燕八哥。后来我们进入了一家银行,她又出神地望着挑高的屋顶看，一边描述着屋顶的八角形状。

回到家，罗莉坚持要我戴戴她的眼镜。她说，眼镜对她而言可以矫正视力，但对我这种视力正常的人而言则会造成反效果，如此一来，我就能了解她过去看到的世界是什么样子了。我戴上眼镜，周遭马上变成模糊一片。我试着走动几步，“碰”一声，我的小腿撞到了咖啡桌。啊！我总算明白，为什么罗莉不像我和布莱恩一样热爱沙漠探索了，她看不到！

罗莉要母亲也试试看。母亲戴上眼镜，眼睛睁得好大，东看看西瞧瞧，最后视线落在她自己的一张画作上，安静地端详了好一会儿，然后摘下眼镜还给罗莉。

“你有没有看得更清楚？”我问。

“不见得更清楚，”母亲回答：“不一样倒是真的。”

“或许你也应该配一副。”

“不用了，我喜欢我现在看到的世界。”

罗莉和母亲不同，她喜欢眼前这个更清晰的世界。她开始发狂般地画画，把所有她现在发现的美妙事物全都描绘下来，如学校屋顶上每一块弧形壁砖投射在地板上的每一道弧形阴影，或傍晚时被夕阳染得姹紫嫣红的晚霞。

戴上眼镜没多久，罗莉立下了一个志愿，她要跟母亲一样，当个画家。

新家才安顿好，母亲就开始积极投入艺术生涯。她在前院竖起了一个大大的白色招牌，上面有几个她细心漆成的黑底金边大字：

R. M. 沃尔斯美术工作室。前厅的两个房间，她分别改建成工作室和画廊，后面的两间卧室则成了储藏室，用来存放她收藏的所有艺术作品。三条街外的北一街上，有一家美术用品社，拜外婆留下来的遗产所赐，我们得以经常前去光顾，搬回一卷又一卷的帆布，让父亲钉在木框上。另外我们还买了油画颜料、水彩、丙烯颜料、石膏粉、丝网框架、墨、水彩笔、钢笔尖、炭笔、粉蜡笔，以及粉蜡笔画用的漂亮的布浆纸。甚至，我们还买了一个全身关节可以活动的木制人体模型，我们叫它爱德华。母亲说，我们几个孩子去上学时，爱德华可以充当她的模特儿。

母亲认为，在动手认真进行艺术创作之前，她应该先建立一个完整的美术资料库供参考之用。于是，她买来好几十个大活页夹及一叠叠的横格纸，再为每个活页夹指定不同的主题，包括狗、猫、马、农场动物、林地动物、花、蔬菜水果、乡村、都市、男脸、女脸、男体、女体，以及手啊脚啊臀部啊等各个身体部位。我们花了好多个小时翻看旧杂志，搜寻有趣的图片，一旦看到了，觉得可能有入画价值的图片，就举起来问母亲，她端详一秒钟就做出判决。一张照片要是过了关，我们就把它剪下来，粘在横格纸上，再找来大小适当的三孔活页夹，放入新照片，"喀"一声，合上孔夹。对于我们这样帮她，母亲给我们的犒赏是，帮我们上美术课。

除此之外，母亲在写作上也努力不辍。她买了好几台打字机备用，手动的、电动的都有，这些全都放在她的工作室里。她写的东西从来没有卖出去过一篇，可是她不时会收到鼓励的退稿信，她再用图钉把信钉在墙上。当我们放学回家,她通常在工作室里创作着。工作室要是很安静,代表她正在作画或构思可能的主题。要是听到打字机嗒嗒作响,代表她正在写小说、诗歌、戏剧、短篇故事,或附有插图的箴言集锦。举其中的一个箴言为例:“人生是一碗樱桃,里头掺杂了几粒核果——R. M. 沃尔斯的人生哲学”。

至于父亲,他加入了当地的电工工会。由于当时的凤凰城正在蓬勃发展,父亲很快就得到了一份工作。早上出门上班时,他总是头戴一顶黄色的头盔,脚踩一双钢趾靴,使他看起来更加英挺帅气。由于工会的关系,他现在收入比以前稳定多了,这一点是前所未见的。记得,头一次领薪水那天,他回家后把我们叫到客厅,说,我们几个小孩怎么把玩具乱扔在院子里呢?

“没有,长官,我们没有这么做,”我回答。

“是吗?我可不这么想喔,你们最好自己出去看一看。”

我们跑到前门一看,不得了,院子里居然停了三辆簇新的脚踏车。一辆红色的比较大,另外两辆比较小,一蓝一紫,蓝的是给男生骑的,紫的是给女生骑的。

一定是别人家的小孩留在那儿的吧,这是我的第一个念头。后来罗莉指出,这显然是父亲买给我们的,可我不信。我会骑脚踏车,是当初靠着借来的脚踏车而学会的,我们家从来没拥有过脚踏车,而我也从来没想过自己有一天会真的拥有一辆,更何况是新的。

我转过身,看见父亲双手抱胸站在门口,脸上露出狡猾的笑容。

“这些脚踏车不会是给我们的吧?”我问。

“不然呢,你觉得,你老妈和我坐得下这么小的脚踏车吗?”

罗莉和布莱恩,此时已坐上他们各自的脚踏车,在人行道上骑来骑去,我却还痴痴望着父亲送给我的那一辆。紫色的车身,亮闪闪的,白色的座椅,形状好似香蕉,铬制的把手像小公牛的角一样往外凸,白色的塑料柄上垂挂着紫色和银色的流苏。父亲在我身边蹲下来,问:“喜欢吗?”

我点点头。

“你知道吗,小山羊?你必须把你收藏的石头留在战役山,我对这件事还是感到过意不去,”父亲说:“可是,没办法,当初真的不能带太多行李。”

“我知道,”我回答:“更何况,我的东西不止一样。”

“难说喔。宇宙间的每一样东西,都可以分解成更小的东西,连原子和中子也不例外,因此,从理论上讲,你的论点应该是正确的——一组收藏品应当视为一样东西。只不过,很遗憾,理论不是总能够占上风。”

有了脚踏车,我们三姐弟便经常骑着到处跑。有时候,我们会用晒衣夹把纸牌夹在分叉杆上,让纸牌随着轮子的转动拍打在辐条上。如今视力已经恢复正常的罗莉,成了我们的领航员。她从加油站拿了一张凤凰城的地图,用来事先规划路线。于是,我们踩着我们的脚踏车骑经西荷旅馆,骑上中央大街,看方脸的印第安妇女把七彩的羊毛披肩摊在人行道上,贩卖珠串项链和鹿皮靴;骑到伍沃兹百货公司

（战役山所有商店的面积加起来都没有这个地方大），在走道和走道间玩捉迷藏，直到店经理赶我们出去；带着外婆的木制网球拍骑到凤凰城大学，捡别人遗留的球来玩；骑去市民活动中心，到我们已经光顾多次的图书馆，让已经认得我们的图书馆员热心地帮我们挑一些他们认为我们会喜欢看的书，我们再把书放进脚踏车的篮子里，心情愉悦地骑车回家。在回家途中，我们会骑在人行道中央，好像这里是自己家一样。

有了钱，家里便装设了一部电话。这是家里第一次装电话，每次电话一响，我们三姐弟就争先恐后抢着去接。抢到了电话的人，会故意用一副超级做作的声音说："沃尔斯公馆，我是管家，请问找哪位？"惹得旁边的人捧腹大笑。

除了电话，家里还有一台大型唱机，是外婆留下来的，放在一个木头柜子里。这台唱机可以同时放好几张唱片，一张播完了，电唱机的针臂会自动往外划，让下一张唱片掉下来。爸妈很爱听音乐，尤其是那种让人情绪激昂，想站起来手舞足蹈、摇头晃脑，或用脚打拍子的音乐。母亲经常上二手商店买一些波尔卡舞曲、黑人灵歌、德国进行曲、意大利歌剧或赶牛歌的旧唱片回来。此外，她也买了一双又一双的二手高跟鞋，母亲说是她的舞鞋。偶尔兴致一来，她就套上其中一双，挑一叠唱片，放入唱机，扭高音量，然后翩翩起舞。父亲如果在家，母亲就和他一起跳；父亲如果不在，她就一个人自得其乐，踩着华尔兹、吉特巴或德州两步舞的舞步，在马里奥·兰扎的歌声、低音号的嗡叭声，或某牛仔唱着“拉雷多的街道”的悲伤歌声中，从这个房间跳到那个房间，跳得不亦乐乎。

以外，爸妈还买了一台电动洗衣机放在天井里头。洗衣机的主体，是一个白色的搪瓷缸，底下有脚，需要水的时候，就用水管从花园里接水过来。当这台庞然大物开始前后扭动，整台机器就好像在天井的水泥地板上跳起舞似的。由于它无法循环运转，我们必须等里头的水全部流干之后，再把衣服放入绞干器——绞干器位于水缸上方，由两根橡胶管组成，运转的时候，马达会带动这两根管子不停旋转。冲洗的时候，就再把整个过程重复一遍，只是不放肥皂水，流出来的清水可以拿来灌溉院子里的草。

然而，尽管有这种种的便利，生活在凤凰城并非全是享受。譬如，这里的蟑螂多得数不清，这些体积硕大、翅膀油亮的蟑螂，生命力相当顽强。本来，家里的蟑螂只有几只，但由于母亲不是那么爱干净，蟑螂因此迅速繁殖，不久后便成群结队地横行于墙上、地板上和厨房的料理台上。想当初在战役山，我们有蜥蜴帮忙吃苍蝇，又有猫咪帮忙吃蜥蜴；但是现在，我们想不出有什么生物爱吃蟑螂，于是我建议：效法我们的左邻右舍，买杀蟑剂。但是，母亲反对化学战，她说，用杀蟑剂就像用杀虫器一样，到头来会毒害自己。

最后，母亲认为最佳的应敌策略是肉搏战。屠蟑行动定在晚上，因为这是蟑螂大举出动的时刻，地点则在厨房。出发前，我们准备好各自的武器，如卷起来的杂志，或者鞋子——当时的我虽然才九岁，但已经穿十号鞋了；布莱恩把鞋子称作“蟑螂克星”——然后蹑手蹑脚地溜进厨房。等到母亲把灯扭开,我们就立刻发动攻击。由于蟑螂实在太多,我们甚至不需要瞄准,只要往任何一个平面上随手一打,就会至少打死几只。

除了蟑螂,家里还有白蚁肆虐。发现家里有白蚁是搬进来几个月后的事。有一次,罗莉在客厅里一脚踏空,木头的地板应声破了一个洞。父亲将整个房子检查过一遍之后发现,白蚁的危害已经太过严重,无从补救,我们只能与之和平共存。于是,每一次经过客厅,我们都必须从凹洞旁绕过去。

但是,家里的每一处地板都遭到了白蚁的侵蚀,踩破地板的事件一再上演,新洞也持续增加。“妈的!家里的地板迟早会变成瑞士乳酪,”有一天父亲这么说,接着他吩咐我拿来他的钢丝钳、榔头和一些屋面钉。喝完手上的啤酒,他用钢丝钳剪开啤酒罐,用榔头敲平,再钉在地板的破洞上。但是不够用,于是父亲又出去买了一箱六罐装的啤酒,每喝完一罐,就修补地板的一个破洞。当地板又出现破洞时,他就再重复以上的动作,喝啤酒,敲榔头,喝啤酒,敲榔头……

北三街上住了不少怪人。例如，离我们家不远处，有一栋前廊上钉了几块三夹板以增加室内空间、但其实已经摇摇欲坠的大房子，里头住了一群吉卜赛人，老爱来我们家偷东西。有一次，布莱恩发现他的弹簧单高跷不翼而飞，后来看到一个吉卜赛老太婆踩着这个高跷在人行道上跳啊跳的。我们要她归还，她不肯，母亲于是和他们的族长大吵一架。第二天，我们家门口的台阶上出现了一只死鸡，喉咙已经割断——看样子，吉卜赛人想施法对付我们。母亲决定以牙还牙。她从装豆子的袋子中捞出一根猪骨头，走到吉卜赛人的屋前，站在人行道上，仿佛在进行驱魔仪式，挥舞着手中的猪骨，好像它是十字架，并高声诅咒：吉卜赛人要是胆敢再招惹我们家人，他们全族的人将会被倒塌的房子压死，再被地上的裂隙给吞入地心。第二天早上，布莱恩的高跷便完璧归赵，再度出现在我们家院子里头。

此外，我们住的这附近，也有不少变态。这些人大多是衣衫褴褛、体态佝偻的男子，他们会在街头巷尾游荡，在小孩上学或放学途中尾随在后，在小孩攀爬篱笆时替他们加油打气，或拿出糖果和零钱来引诱小孩跟他们玩。附近的小孩都管他们叫“怪胎”，见到他们时也会大声要他们闪远一点。不过，我又担心伤他们的心，因为我总是忍不住想，也许他们讲的是实话，他们只是想跟我们做朋友而已。

由于家里没有冷气，为了让空气流通，夜里，爸妈会把家里的前门、后门和窗户通通开着。也因为如此，我们偶尔会在早上起床后，发现前厅里躺着流浪汉或酒鬼。这些人可能是在深夜糊里糊涂闯进我们家，以为这栋房子已经废弃，便倒头呼呼大睡，等到被我们叫醒，才满脸歉意从地上爬起来。母亲老是说，放心，这些人只是喝醉了，不会造成伤害的。

这时候的莫琳已经四岁了，对于妖怪有着极深的恐惧，常常梦到有人戴着万圣节的妖怪面具闯进家里袭击我们。在我差不多快十岁那年，一天晚上，我在睡觉时感觉到有人在摸我的私处。一开始我恍恍惚惚，以为是和我同睡一张床的罗莉翻身时碰到的，朦朦胧胧中，我推开那只手。

“我只是想跟你玩一玩而已。”是男人的声音。

我认得这个声音。声音的主人是一个最近常游荡在北三街上、双颊凹陷、满脸胡茬的男人。他会在小孩放学回家途中尾随在后，还送过一本叫《农场幼齿春色》的杂志给布莱恩，里头尽是一些只穿内裤的小男生和小女生的照片。

“色狼！”我大叫，并用力踢这个男人的手。听到我的叫声，布莱恩迅速抓起他放在床边的一把小斧头，冲进我的房间，这个男人立刻夺门而出。那一天父亲不在家，而母亲是只要一睡着了就不省人事，布莱恩和我只好自己跑出去追。跑到人行道上，在街灯的淡紫色灯光下，我们看到那人在街角转了个弯，便消失不见。我和布莱恩追上前去，布莱恩边走边用斧头敲打路旁的灌木丛，可是，找了好几条街仍然不见此人踪影。在回家的路上，我和布莱恩互拍手掌，挥舞拳头，好似刚刚打赢了一场拳击赛。我们认为，自己刚刚进行了一场“捉狼行动”，这和“捉鬼行动”非常相似，唯一的差别是，这次的敌人是危险而真实的，不是出自小孩子丰富的想象力。

第二天父亲回到家，得知此事，气愤地说他一定要宰了那个下三滥。于是，父亲、布莱恩和我，开始展开认真的搜索。义愤填膺的我们，在街上努力找了好几个小时，但始终没有寻获。我后来问爸妈，睡觉时可不可以把门窗关上？他们断然拒绝，说我们需要新鲜空气，而且绝对不能向恐惧低头。

于是，我们家的门窗继续敞开，莫琳也继续梦到戴万圣节面具的男人，我和布莱恩则不时心血来潮，他拿刀子，我持球棒，展开缉拿活动，一心要把那些在街上骚扰小孩的色狼给扫除殆尽。

面对恐惧，面对偏见，面对心胸狭窄、思想保守、自以为是的人，绝对不能低头，这是爸妈非常强调的一件事。不需要理会那些蒙昧的羔羊，父亲如是说。有一次，母亲带我们几个小孩上市民活动中心的图书馆，由于天气燠热，她提议我们跳进大楼前的喷泉池里凉快一下。水太浅了，无法游泳，于是我们模仿鳄鱼的样子做出划水的姿态，最后引来一小群人驻足围观，他们义正辞严地向母亲抗议：喷泉内不准游泳。

“少管闲事！”母亲回答。本来，我已经有点难为情而准备从池子里爬起来了，她却说："别理那些老古板！"然后噗通一声跳进池子，溅起大量的水花，证明她根本不在乎那些人或他们的意见。

至于别人的侧目，她也从不在乎，即使在教堂也一样。尽管她说修女会扼杀宗教的乐趣，她自己也从未恪遵教会的每一样规定（"十诫"对她而言比较像是"十道建议"），但她却认为自己是虔诚的天主教徒，星期天也经常带我们上教堂做礼拜。圣玛丽教堂，是我看过最大也最漂亮的教堂。它是用土色的泥砖搭建而成，有两座高高的尖塔，一扇大大的彩绘玻璃窗；在进入它的两扇大门前，有两道蜿蜒的阶梯，上头还栖息了许多鸽子。别人家的母亲，做礼拜时都会盛装打扮，头上戴着黑缎做的连披肩头巾，手里拎着能够和她们脚上的鞋子相搭配的包包，绿的红的黄的都有。但是母亲认为，过度关心外表是肤浅的行为，上帝也是这么想的，因此她上教堂总是穿着上面有破损或沾了颜料的衣服。母亲说，重要的是一个人内在的灵魂，不是外表。确实，每当唱圣歌的时间一到，她就会把她内在的灵魂淋漓尽致地表达出来，唱得铿锵激昂，搞得坐在我们前面的人都不禁转过头来瞪她。

不过，当父亲跟着我们一起出现时，才是教会最头痛的时刻。父亲虽然生长在信仰浸信会的家庭，但他不信宗教，也不信上帝。他自己的说法是，他相信的是科学与理性，不是迷信和巫术。想当初，母亲还曾经跟他来过约法三章：除非他同意让小孩信天主教，自己也在重要的日子上教堂，否则她不生小孩。

但是，要父亲坐在教堂的长凳上听牧师讲述耶稣如何拯救拉撒路，看教友鱼贯上前领受耶稣的肉和血，对他而言是一种折磨；每一次他总显得坐立难安、嘴唇紧抿、怒火中烧。最后，他终于忍无可忍，扯开嗓门向牧师提出诘难。不过，他这么做不是为了挑衅；他会用一种友善的口吻向牧师大吼："嘿，神父！"牧师通常不理他，还是继续讲道，但父亲会锲而不舍。他会从科学的角度，针对宗教奇迹的可能性质疑牧师；要是牧师依然置之不理，他就真的会大发雷霆，开始破口大骂，说教皇亚历山大六世有私生子，教皇利奥十世荒淫无度，教皇尼古拉三世买卖神职，西班牙的异端裁判所假宗教之名行屠杀之实等等。接着，他又会说，但我们也不能期待太高啦，毕竟，教会是一群穿连身长袍的禁欲男人在经营的。这个时候，教堂的引座员就会过来要求我们离开。

"别担心，"母亲会说："上帝会体谅的，他知道你爸是个我们必须背负的十字架。"

都市里的生活，开始让父亲觉得不耐烦了。“我开始觉得自己像迷宫里的老鼠，”他告诉我。凤凰城里的每一样东西，包括考勤卡、银行帐户、电话费账单、停车计时器、报税单、闹钟、家长教师会议，都太井然有序了。不时，家门口还出现问卷调查员要来刺探你的私生活。父亲恨透了这些，也恨透了都市人。这些人住在窗户终年密封、装设有冷气的房子里，出了家门又驾着有冷气的车子，进到有冷气的办公大楼做朝九晚五的工作。那些大楼，父亲说，不过是装潢得富丽堂皇的牢狱而已。光看到这些人开车上班，父亲就觉得绑手绑脚，浑身不自在。他开始感叹，说现代人都变得太娇弱、太依赖了，以至于和大自然失去了联系。

说到大自然，父亲真的非常怀念。对他来说，在空旷的乡间徜徉，与未经驯服的动物为邻，是一种需求；和蜥蜴、土狼及蛇生活在一起，对灵魂有益。人本来就应该这样活着，父亲说，像印第安人一样与大自然和谐共处，而不是以地球的主宰自居，在森林里滥砍滥伐，将自己无法制服的动物消灭殆尽。

有一天，我们从收音机里听到一则新闻：一个住在市郊的妇女看到自己家后方出现一只山狮，便报警处理，狮子后来遭到警方射杀。

父亲听到这项消息激愤不已,一个拳头重重打在墙上。“那个死老太婆有生存的权利,那只山狮难道没有?怎么可以因为它是野兽就杀死它!”

生了一会儿闷气,灌了一罐啤酒,父亲要我们全部上车。

“去哪里?”我问。自从搬来凤凰城,我们还没有探险过,我好怀念。

“我是要让你们知道,”父亲说:“只要清楚自己在干吗,任何的动物,不管多大或多野,都不会有危险的。”

于是我们全部爬进车里。父亲开着车,又打开一罐啤酒,一边低声咒骂着胆小如鼠的都市人害死了一只无辜的山狮。车子来到市立动物园。我们几个孩子都没到过动物园,所以不知道要期待些什么。罗莉说,她觉得动物园这个东西应该立法禁止。母亲一手抱着莫琳,一手捏着素描纸。她说,这里的动物是牺牲自由来交换生活上的保障,每一次看到这些动物,她都会假装没有看到栅栏。

到了动物园大门口,父亲尽管口中嘟囔着:“看动物居然还要花钱,真是愚蠢。”但还是买了门票,带我们进去。放眼望去,大部分的兽笼都是用铁栏杆围出来的,里头有孤单落寞的大猩猩,有心浮气躁的熊,有暴躁易怒的猴子,还有焦虑不安、成群挤在角落里的瞪羚。栏杆外,许多小孩子都玩得很开心,他们呆呆地望着围栏里的动物,哈哈大笑,还拿花生丢这些动物。可是,看到这些可怜的动物,我却觉得喉头好酸,有一种想哭的感觉。

“我打算,”父亲说:“哪一天深夜溜进这里,放了这些动物。”

“我可以帮忙吗?”我问。

父亲伸手拨拨我的头发,说:“好,小山羊,就我跟你,我们一起来执行我们的劫狱计划。”

走着走着,我们在一座桥上停下脚步。桥下,有一个深潭,几只鳄鱼趴在周围的石头上晒太阳。“害山狮被杀死的那个死老太婆,一点儿都不懂得动物的心理,”父亲说:“只要让动物知道你不怕它,它就不会骚扰你。”

接着父亲指着体积最大、鳞片也最厚的一只鳄鱼说:“你们看着,我要和那只丑陋的鳄鱼举行一场对看比赛。”父亲站在桥上,对着那只鳄鱼怒目而视。一开始,鳄鱼好像睡着了,过了半晌才眨巴眼睛,抬头看父亲。父亲继续瞪它,眼神十分凶狠。一分钟后,这只鳄鱼甩甩尾巴,掉转头,划进水里。“你们看,就是要表现出你的气势。”

“说不定,它本来就要游走,”布莱恩用耳语的声量说。

“你这话什么意思?”我有点生气,“你没看到那只鳄鱼有多紧张吗？它被父亲吓到了。”

接着,我们跟着父亲来到了狮子的巢穴前,狮子们正在睡觉。让它们睡,父亲说。再往前走,我们看到一只非洲食蚁兽,它正忙着吞食地上的蚂蚁。动物吃东西的时候最好不要打扰他们,父亲说,于是我们继续走,来到了印度豹的笼子前。这座笼子,和我们家的客厅差不多大,外围还围了铁链当栅栏。孤单的印度豹在笼里踱来踱去,每走一步,肩膀的肌肉就跟着移动。父亲双手交抱胸前,仔细端详了一下。“厉害的角色。地球上的四只脚动物,就数它们跑得最快了,”父亲宣称:“它不喜欢待在这该死的笼子里,不过,它放弃了,不再发怒了。来,我们去看看它饿了没。”

父亲带我去小卖部。他告诉小卖部的小姐说,他想买一份生肉汉堡,因为他得了一种罕见的疾病,不能吃煮熟的肉。“听你在胡扯,”那个店员又告诉父亲,动物园内不准卖没有经过烹煮的肉,因为有些白痴会把这些肉喂给动物吃。

“喂你的屁股给动物吃啦!”父亲低声嘟囔着。最后,他买了一袋爆米花给我,我们再一起回到豹笼旁。父亲在铁链外蹲下来,面对豹子。豹子走近栏杆,好奇地端详着父亲。父亲一直看着它,但此刻的眼神与他先前瞪鳄鱼的那种凶狠不同。豹子也回望着父亲,最后索性坐下来。父亲起身,跨过铁链,在豹子附近的栏杆旁蹲了下来。豹子一动也不动,继续看着他。

忽然,父亲缓缓举起右手,靠在笼子上。豹子看着父亲的手,没有移动。接下来,父亲冷静地将手穿过笼子的铁栏杆,伸到豹子的脖子上。豹子用脸磨蹭父亲的手,好像希望被人抚摸。父亲也如它所愿,用抚摸大狗的方式结结实实地摸了它几下。

“形势已经在掌握中,”父亲招手要我们过去。

我们从铁链下穿过,在父亲的身边蹲坐下来,看他抚摸豹子。几名游客开始过来围观,其中一个人叫我们退到铁链外头,我们没有理会。我蹲着的位置,和印度豹的距离非常接近。我的心跳得好快,可是我并不害怕,只觉得兴奋不已。我可以感觉到豹子呼在我脸上的热气。此刻它正直视着我,琥珀色的眼珠子透露着坚定,又掺杂了几分哀伤，好像它知道自己再也看不到非洲的大草原了。

“我可以摸摸它吗?”我问。

父亲牵起我的手，慢慢地、慢慢地挪动到豹子的颈项旁。好柔软，又有点粗粗的。豹子转过头，把潮湿的鼻子凑到我手上，一条大大的、粉红色的舌头从它嘴里伸出来，舔我的手。我愣住了。父亲扳开我的手指，让我把手掌打开，豹子的舌头又舔上我的手心，那种触感温温热热的、又带着点粗糙，好像浸过热水的砂纸，我觉得又刺又痒。

“我猜它喜欢我喔，”我说。

“是啊，它喜欢你，”父亲说:“也喜欢爆米花残留在你手上的盐和奶油。”

围栏外，这时候聚集了一群人，有个女人甚至激动地抓我的衣服，想把我拉到铁链外。“没事的，”我告诉她:“我爸常常做这种事。”

“那他应该被抓起来，”这个女人高声说。

“走啰，”父亲说:“文明人要造反了，我们最好溜之大吉。”

我们爬过铁链。回头一看，那只印度豹还沿着笼子的边缘跟着我们。在我们还没能来得及穿越围观的人群之前，一个身穿深蓝色制服的彪形大汉已经往我们的方向跑来。他跑步的样子有点滑稽，一手放在腰间的枪上，一手放在腰间的警棍上，还大声宣读着动物园的规定，说曾经有白痴因为爬进笼子里被动物给咬死了，要我们马上离开。警卫跑到父亲身边，伸手抓他的肩，父亲一把甩开他，摆出战斗姿势，但是被几个围观的人拉住了手。母亲说，照警卫的话去做吧。

父亲点点头,做出和平的手势,然后带领我们穿越人群,走向出口。父亲摇摇头,露出不屑的笑容,好像是在说,和这些笨蛋打架反正也是浪费力气,不值得啦。离开的时候,我可以听到围观的人窃窃私语,说那个醉汉简直是疯了,这几个肮脏顽皮的小鬼实在是无法无天等等。可是,谁在乎呢?他们没有一个人被印度豹舔过手。

大约在这段时间，父亲丢了工作。但是他说，没什么好担心的，凤凰城这么大，发展又快，他很容易就可以在别的工地找到工作——如果跟他有关的谣言还没有传到那里的话。没错，他后来是找到了一个工作，但是又被开除，第三个工作也一样。最后，电工工会甚至将他除名，他只好开始打零工，或做些以日计酬的工作。外婆留给母亲的钱，没多久便花得一干二净，我们又开始拮据度日。

尽管如此，我倒没有饿肚子。学校中午提供的热食，一份要价两角五分，这我们通常负担得起。要是负担不起，我会告诉我四年级的老师艾里丝太太说，我忘了带钱；结果她却说，她手中的纪录显示，午餐钱已经有人帮我付了。这样的巧合尽管不可思议，但我不会追问那个人是谁，以免逼走我的好运。于是，我有了热腾腾的午餐可以吃。这顿午餐，有时候是我一整天里吃的唯一一顿饭，可是没关系，一天一餐我活得下去。

一天下午，我和布莱恩放学回家，打开冰箱，里头空空如也，于是我们便到屋后的巷子里，去找找看有没有空瓶子可以退。巷子的另一头，是一栋仓库的卸货处，那里的停车场上放了一个绿色的大型垃圾桶。眼看四下无人，我和布莱恩合力推开垃圾盖，往上爬，再跳进去。原本我担心,里头可能装满了许多恶心发臭的垃圾,没想到却发现了一个宝藏,令我们喜出望外:几个硬纸板盒子里,装了许多散装的巧克力,其中有些已经发干泛白,有些则覆满了神秘的、绿色的霉菌;尽管如此,大部分都是完好的。于是我们抓起这些巧克力狼吞虎咽,饱餐一顿。从此以后,每当母亲忙得没有时间做晚餐,或家里的食物吃光了,我们就会到这里,看看还找不找得到巧克力。奇妙的是,我们常常找得到。

不知道为什么,北三街上和莫琳年纪相当的小孩,竟然一个都没有。尚且年幼的她,无法跟着我或布莱恩到处乱跑,因此多半时间只能骑着父亲买给她的红色脚踏车蹓跶,或和她想象中的朋友一起玩。她这些幻想中的朋友,每一个都有名字,莫琳会同他们讲上好几个钟头的话,和他们一起欢笑,一起谈天说地,甚至斗嘴。有一次,莫琳泪眼汪汪地回到家。问她怎么了,她说刚刚和苏西吵了一架——苏西是她幻想中的一个朋友。

莫琳小布莱恩五岁,由于没有年纪相近的兄弟姐妹,母亲认为她需要特别的照顾,于是决定让她上幼儿园。但是,母亲又不希望自己最小的女儿穿的是姐姐哥哥穿过的、从廉价商店买来的二手衣服,于是又下了一个决定:去服饰店顺手牵羊。

“什么!那样做不是犯法吗?”我问母亲。

“不见得,”母亲回答:“只要有正当理由,违反一点规定,上帝是不会介意的。杀人有所谓正当杀人,偷窃当然也有所谓正当偷窃啰。”

问题是，如何顺手牵羊？母亲告诉我们她的盘算：进服饰店后，她会挑几件衣服，带莫琳进试衣间试穿，出来后再告诉店员，这些衣服她都不喜欢。就在这个时候，罗莉、布莱恩和我要故意在一旁大吵大闹，好分散店员的注意力，母亲再乘机将衣服塞到她手上的雨衣底下。

靠着这个方式，我们帮莫琳弄到了三四件新衣，但有一次却不幸穿帮。趁着我和布莱恩作势要扭打在一起，母亲将一件衣服偷塞到雨衣底下，结果被售货小姐发现了。售货小姐转过身去，问母亲是不是打算买她手中的那件衣服。母亲别无选择，只好乖乖掏钱。离去的时候，母亲故意大声嚷嚷：“一件童装要十四块美金？抢劫啊！”

除了顺手牵羊，父亲也想到了一个捞钱的妙计：当银行的客户从外面的车道窗口提款时，交易的资料要经过几分钟才会输入电脑里头，因此，同一个户头如果同时有两个人分别从银行内的一般窗口和银行外的车道窗口提领，便可以多捞一笔。这样的方法，罗莉觉得根本与犯罪无异；可是父亲说，这样做，只是以智谋战胜那些用高利贷压榨平民百姓的肥羊而已。

终于，我们决定这么做了。母亲在银行门口让父亲下车，父亲下车前还提醒我们：“脸上要装出天真无邪的样子。”

我有点担心。“要是被抓到，我们会不会被送进少年犯看护所？”

母亲向我保证，这样做完全合法：“账户透支的情形随时都在发生。就算被抓到了，我们只要付一点账户透支费就行了。”母亲进一步解释，我们这样做，其实有点像跟银行贷款，只是略过了那些繁琐的文件而已。可是，车子开到柜台前面时，母亲变得如坐针毡，当她把提款单从防弹玻璃窗口送进去时，还神经质地咯咯笑着。大概是拐那些有钱人的钱让她很兴奋吧，我心想。

窗口内的女人把现金交给我们，母亲再把车开到银行前面。一分钟后，父亲气定神闲地走了出来，爬进前座，转过头，扬起手，一张张钞票从他大拇指上快速滑过，父亲脸上露出狡诈的笑容。

父亲之所以很难找到稳定的工作，根据他自己一贯的说法，是因为凤凰城的电工工会极为腐败。工会的经营权，掌握在黑社会手上，而这些人又控制了城里的所有营建工程，因此要得到一份正当的工作，要先将组织化犯罪赶出去才行。然而要打击犯罪，父亲必须暗中搜集一些情报，而搜集情报的最好地点，正是这些帮派份子经营的酒吧。于是，父亲开始在这些地方流连忘返，消磨掉他大部分的时间。

每次父亲一提起他的研究，母亲的眼睛就滴溜溜地转，最后我也不禁开始怀疑，父亲到底去干些什么事了。他经常喝得酩酊大醉回家，这时候，母亲通常会躲到一旁去，把安抚父亲的工作交给我们几个子女。一旦发起酒疯，父亲会动手砸窗户、摔碗盘、摔家具；等到发泄完所有怒气，环顾四周，看到满地的疮痍和立在一旁的我们，才意识到自己刚刚干了什么好事，于是疲累又羞愧地垂下头，然后“砰”一声，膝盖着地，趴倒在地。

父亲瘫倒之后，我会试着去清理现场，但母亲总是阻止我。她说，她看过一些讨论如何协助酗酒者的书，书上说，酗酒者往往忘了自己干了什么好事，要是有人帮他们收拾善后，他们就会以为什么事情都没有发生过。“你们应该让你们老爸看到，他害我们一家人过得有多悲惨。”可是，酒醒后，父亲总是装作若无其事，好像满地的疮痍并不存在，而家里也没有人会跟他谈这件事。于是，我们只好学着去习惯满地的碎玻璃和破家具。

父亲醉晕之后，母亲会要我们过去搜他口袋。有一回，我翻过父亲的身子，从口袋里掏出一把零钱，再扳开他的手指，取出握在他手中的酒瓶。里头的酒还剩下四分之一，我看了看那琥珀色的液体。母亲是滴酒不沾，父亲却嗜酒如命，我很好奇，酒这东西到底有什么魅力，让父亲如此难以抗拒？我打开瓶子，一闻，多么恶心、刺鼻的气味！可我还是鼓起勇气，啜了一口。烟熏似的味道，好浓、好呛、好辣！我的舌头简直快烧了起来。我赶紧跑进厕所，吐掉，然后漱口。

“我刚刚喝了一口酒，”我后来告诉布莱恩：“这绝对是我这辈子尝过最难吃的东西。”

话才说完，布莱恩一把抢下我手中的酒瓶，将剩下来的酒全部倒入厨房的水槽中，再带我走进屋外的库房，打开一个标示着“玩具”的木箱，里头装满了空酒瓶。布莱恩说，每一次父亲醉倒后，他就拿走父亲手中的酒瓶，把酒倒光，再藏在这个箱子里，等酒瓶累积到十个或十二个，再把它们拖到几条街外的一个地方，丢进垃圾桶。布莱恩知道，父亲要是发现了这些空瓶子，一定会暴跳如雷。

十二月初，有一天母亲宣布："我有预感，今年圣诞节我们会过得不错。"罗莉接着指出：可是，我们前几个月过得并不是太好喔。

"没错，"母亲又说："但这正是上帝在告诉我们，命运应该掌握在自己手中，正所谓天助自助者是也。"

母亲的预感是如此乐观，最后她决定，那年的圣诞节，我们要在圣诞节当天过，而不是像往常一样，延后一个星期。

母亲是廉价商店的购物专家，她会细读衣服上的标签，把盘子、花瓶翻过来研究底部的标示，甚至可以脸不红气不喘地向售货小姐说，你们这件标价两角五分的洋装其实只值一角——常常，店家便决定以那个价钱卖给她。圣诞节前的几个星期，她带我们去逛廉价商店，并给了我们每个人一块钱买礼物。最后，我用我那一块钱为母亲买了一个花瓶，为父亲买了一个玛瑙做的烟灰缸，为布莱恩买了一组汽车组装模型，为罗莉买了一本有关小精灵的书，也为莫琳买了一只填充老虎——老虎有一只耳朵快掉了，后来我和母亲合力把它缝好。

圣诞节那天早上，母亲带我们到一家卖圣诞树的加油站。最后，母亲看中了一株高高黑黑、样子有点干枯的黄杉。"这棵可怜的树看来今天是卖不出去啰，它需要有人来爱它，"母亲这样对售货员说，并表示愿意出三块钱买下它。售货员看看树，看看母亲，又看看我们几个小孩。当时，我身上的衣服掉了几颗纽扣，莫琳的 T 恤在接缝处也破了几个洞。"太太，这棵树已经降价到一块钱了，"售货员说。

把黄杉扛回家后，我们拿出外婆的古董装饰，包括各种颜色的球、玻璃制成的松鸡、里头会冒泡的长灯管来加以妆点。我等不及想拆礼物,可是母亲不准,她说一定要遵照天主教的仪式来庆祝圣诞节,午夜做完弥撒后才能够拆礼物。圣诞节当天,所有的酒吧和酒铺都不开张,这一点父亲很清楚,所以事先准备了不少存货。圣诞节那天,早餐还没下肚,他已经打开了他的第一罐百威啤酒,等到做弥撒的时间将近,他已经喝到站都站不稳了。

既然父亲醉成这样了,我向母亲建议,不如这次就饶了他,别逼他去做弥撒了。母亲不听,她认为,在这个特殊的节日,上教堂去和上帝打声招呼更显得重要。最后,父亲只好步履蹒跚、跌跌撞撞地跟着我们一起上教堂。弥撒的过程中,牧师谈到了无罪受孕、处女怀孕的奇迹。

“处女怀孕?听你他妈的在放狗屁!”父亲开始大呼小叫:“那个正点的犹太姑娘玛丽亚,一定是被男人给上了!”

弥撒仪式霎时中止。每个人的眼睛都睁得大大的,唱诗班的成员不约而同转过身来,一个个瞠目结舌,讲道的牧师也无言以对。

父亲得意地笑了笑。“而耶稣基督呢,是全世界最受爱戴的私生子!”

教堂的引座员,神情严肃地把我们一家人请出教堂。回家的路上,父亲一只手搂住我的肩膀说:“我说宝贝女儿啊,哪天要是你男朋友脱掉你的裤子,让你当上母亲,你不妨对天发誓,你没有跟男人上床,你会怀孕是无罪受孕,是奇迹,接着你就可以每个星期天去向人募捐了。”

我不喜欢父亲讲这种话,想推开他,他反而把我搂得更紧。

回到家,我们试着安抚父亲的情绪。母亲拿出她准备送给父亲的一份礼物,一个二十年代制的、苏格兰犬造型的黄铜打火机。父亲接过打火机,喀喀喀拨弄了几下,甩一甩,再高高举起,就着灯光仔细端详了一番。

"我们来把圣诞节真正点亮吧!"说完,他将打火机投向黄杉。干燥的针叶立即点燃,阵阵火焰从树枝里蹿出,伴随着噼里啪啦的声响,圣诞树上的装饰品也爆炸开来。

有几秒钟的时间,大家都吓呆了。母亲最先回过神来,叫我们赶快拿毯子和水过来灭火。灭火不难,问题是,为了灭火,我们也推倒了圣诞树,砸毁了大部分的装饰品,打烂了大家的礼物。从头到尾,父亲一直坐在沙发上,哈哈大笑。他告诉母亲,他这样做其实是在帮她的忙,因为,树木是异教徒的崇拜象征。

终于,火灭了,烧焦的黄杉全身湿淋淋地躺在地上,冒烟。除了父亲,我们其他人都站在那里,没有做声。没有人气得跑去扭父亲的脖子,没有人对他大吼大叫,也没有人骂他亲手摧毁了这个全家人筹备了好几个星期、可能是有史以来最棒的一次圣诞节。一如往常,只要父亲发起疯来,我们每个人就会板起面孔,冷漠以对,尽管风格各自不同——那年的圣诞夜也一样。

那年春天，我就要十岁了。不过，生日在我家从来不是什么大事。有时候，母亲会插几支蜡烛在冰淇淋上，全家再一起唱生日快乐歌。偶尔，爸和妈会准备一点小礼物送我们，譬如一本漫画、一双鞋、一条内裤；不过，更多时候，我们的生日是完全被他们遗忘的。

因此，我很惊讶父亲居然记得我十岁的生日。那天，父亲把我叫到后阳台，问我最想要什么。“这是个很特别的日子，你很快就要变成大人了。你长得真的好快，小山羊。再过不久，你就可以自己独立了。在你离开爸妈以前，我希望还能够再为你做些什么，如果我办得到的话。”

我知道父亲的意思。他不是要买什么小马啊、洋娃娃屋啊之类贵重的礼物送我，他是在问我，在我即将长大成人之前，他可以为我做些什么，来让我的童年留下美好的回忆。我想到了一个东西，那个东西我真的很想要，而且可以让我们全家人的生活大大改观，只是，我没有勇气提出这个请求。光想到要把它从我口中大声说出，我就感到忐忑不已。

父亲看出我的迟疑。他蹲下来，抬头看我。“是什么呢？你的心愿？”父亲说：“说出来，别客气。”

“这个愿望……很大哦。”

“说啦，别啰唆。”

“我不敢。”

“你知道，你的愿望如果是做得到的，我一定会帮你达成；就算是很难做到的，我也会尽我的全力，拼了这条老命也不在乎。”

我抬头看天，亚利桑那的蔚蓝天空中，有几团薄薄的乱云。我将视线固定在远方的云朵上，深吸一口气，然后说：“你觉得你有可能戒酒吗？”

父亲一言不发，直盯着水泥地板看，半晌才回过头来，眼里有一种受伤的神色，仿佛一头丧家之犬。“你一定非常以老爸为耻吧？”

“没有的事，”我赶忙说：“我只是觉得，这样妈妈会比较快乐，家里的经济也会宽裕一点。”

“不用解释了，”父亲的声音近乎耳语。他站起身，走进院子，坐在橙树底下。我跟过去，在他身边坐下，伸出手，但是，还没碰到他的手，他就说：“不介意的话，宝贝，我想自己一个人在这边静一静。”

第二天早上，父亲告诉我，接下来的几天，他想自己一个人在卧室里独处，我们几个小孩最好整天在外面玩，不要去打扰他。这一天过去了，没什么异状。第二天，当我放学回来，却听到卧室里传来一阵可怕的呻吟。

“爸？”没有人回答。我推开房门。

我看到父亲全身捆了绳索和皮带绑在床上，不知道是他自己绑的，还是母亲帮他绑的；只见他扭来扭去，想拉掉或踢掉身上的镣铐，口中喊着“不要这样对我！”“不要再折磨我了！”“老天爷啊！”之类的话。他脸色惨白，满头大汗。我又叫了他一声，他没听到，也没看到。我走进厨房，找到一个柳橙汁的空罐子，装满水，放在房门口，以免他渴了没水喝。母亲看到我，叫我去外面玩。我告诉母亲，我想帮忙，母亲说我什么忙也帮不上。我没理她，继续守在门口。

父亲的恍惚状态持续了好几天。每天一放学回到家，我就盛满一罐水，然后在卧室门口找好位置，一直守候到上床就寝为止。这段时间，布莱恩和莫琳会在外头玩，罗莉则一直待在屋子的另一头，母亲在她的工作室里作画。关于父亲目前的状况，没有人多说什么。一天晚上，大伙儿正在吃晚餐，父亲惨叫一声，声音凄厉无比。我看看母亲，她却若无其事地继续搅着碗里的汤，这下子我终于忍无可忍。

“想想办法吧！”我对着母亲大吼：“拜托你帮帮他！”

“除了他自己，没有人帮得上忙，只有他自己知道如何对抗他内心的魔鬼，”母亲回答。

一个星期快要过去，父亲的意识总算恢复正常，还要我们进卧室去陪他聊天。他整个人斜倚在枕头上，样子十分苍白、消瘦，我从未见他如此。他接过我手中盛水的罐子，一双手抖得好厉害，几乎快拿不住了。好不容易喝了口水，水又从嘴角流淌下来。

过了几天，父亲开始能走动了，但胃口很差，双手依旧抖个不停。我问母亲，我是不是犯了大错？也许我不应该要他戒酒的？母亲要我别担心,说人有时候在健康好转以前,会出现更严重的病征。又过了几天,父亲看来几乎恢复正常了,只不过,他现在变得有点退缩,甚至腼腆。他常常对着我们笑,搓我们的肩膀,有时候还因为站立不稳而需要我们搀扶。

有一天,我对罗莉说:"我们以后的生活,不知道会变成什么样子呢?"

"老样子,"罗莉回答:"他以前也戒过酒,但总是维持不久。"

"这次会维持下去的。"

"你怎么知道?"

"因为这是他给我的礼物。"

整个夏天,父亲都在休养身体。有时候,他会一连好几天坐在橙树下看书。初秋,他的气力几乎已经完全恢复。为了庆祝重获新生,并远离酒精的诱惑,父亲决定带全家到大峡谷露营一段时间。届时,我们会避开国家公园的看守人,在河边找一个洞穴住下,在河里游泳、钓鱼、生火烤鱼。母亲和罗莉可以写生作画,父亲、布莱恩和我则可以攀登悬崖,研究大峡谷的地质组成,就像以前一样。父亲说,以后我们几个小孩就不用去上学了,他和母亲比学校那些脑袋装大便的老师更懂得教书。父亲还说:"小山羊,到时候,你就可以收集到一套绝无仅有的石头收藏品了。"

听到父亲这个主意,大家都乐得很,布莱恩和我更兴奋得马上在客厅地板上手舞足蹈起来。我们开始收拾行囊,将毛毯、食物、餐盒、鱼线、莫琳随身携带的淡紫色毯子、罗莉的纸和笔，以及母亲的画架、帆布、刷子和颜料全部装上车；后车厢装不下的，再捆绑在车顶。父亲说，你永远不知道在峡谷的角落里会遇上什么野兽，于是把母亲那套用果树树材精雕细琢而成的弓箭也带上。父亲还说，等从大峡谷旅行回来，我和布莱恩保证会成为射箭高手，就像那些印第安小孩一样。不过，父亲又追加一句，谁知道，也许我们根本不会回来，从此一辈子定居在大峡谷，也说不定。

我们第二天一大早就上路。车子驶过一栋栋样式相同的屋村住宅，来到凤凰城的北边，此时路上车辆大为减少，父亲的车也越开越快。“没有什么事，比飙车更爽了！”父亲说。

车子驶进沙漠，路旁的电线杆飞快往后跑。“嘿！小山羊，”父亲扯开嗓门：“你觉得这辆车最快可以跑多快？”

“比光速还快！”我将身子往前靠，看里程计上的指针不断攀升，时速已经高达一百四十公里。

“待会儿，让你看看那根小小的指针如何冲破里程计，”父亲说。

父亲更用力踩下油门。车窗此时已经摇下，地图、画纸和烟灰在我们的脸颊边啪啪翻飞。看看里程计，指针已经超过上面最后一个数字，一百六十公里，还持续朝前方的空白处迈进。车子开始抖动，父亲放在加速器上的脚没有放松的迹象。母亲双手抱头，要他放慢速度，父亲反而把油门踩得更用力。

突然，车子底下出现喀啦喀啦的声响。我回过头，看看有没有重要的东西掉出去，只见一道灰烟在我们身后飘扬。接着，在引擎盖的两侧,带铁味的白色蒸汽开始涌出,再飘过车窗。车子抖得越来越剧烈,又出现一阵可怕的声响,车子速度开始减慢,一会儿工夫,速度变得跟乌龟爬行没两样;最后,引擎完全熄火,车子又无声滑行了大约一米才完全静止。

"你看你干的好事!"母亲说。

父亲要母亲留在车里操控方向盘,再招呼我们几个孩子下车帮他把车子推到路边。父亲掀起引擎盖,和布莱恩开始研究起那油腻腻、正在冒烟的引擎,嘴巴里不时冒出一些零件的名称。我听不懂,只好上车跟母亲、罗莉及莫琳坐在一块儿。

罗莉白了我一眼,好像车子抛锚都是我害的。"你干吗老是要鼓励他?"罗莉质问我。

"放心,父亲会把车修好的,"我说。

结果,我们等了好久。这段时间,我注意到远方有只鹫在高空盘旋,便想起那忘恩负义的霸子。或许,我不应该把它想得这么糟糕,毕竟,它一只翅膀受伤了,而且一辈子都是以路边的腐尸为生,会忘恩负义或许情有可原。太多的不顺遂,会让人变得愤世嫉俗,动物也一样吧。

终于,父亲盖上了引擎盖。

"你修得好,对不对?"我问。

"当然,"父亲回答:"可是我需要合用的工具。"

接着父亲说,我们的大峡谷之旅得暂时延期了,此刻的当务之急,是回凤凰城去拿合用的工具。

“可是要怎么回去?”罗莉问。

搭便车是一种方法,父亲说,可是,要招到一辆车可以同时塞下四个小孩和两个大人,恐怕很难。不过,既然家里的每个人都身强体壮,也都不是爱哭鬼,走路回家应该不成问题。

“什么! 这段路将近一百三十公里呢!”罗莉说。

“是没错!”父亲接着说,只要一天走八小时,一小时走五公里,差不多三天就可以回到家。可是,除了饭盒和莫琳的毯子,其他的行李都必须留在原地,包括母亲的弓箭在内。这套弓箭是外公留给她的,母亲非常珍惜,父亲于是叫我和布莱恩把它藏在旁边的灌溉沟渠里,等我们从凤凰城回来再来拿。

一路上,父亲背着莫琳。为了提高我们的士气,父亲一边喊着“一、二、三、四”,可是母亲和罗莉不愿意照着拍子走,他最后只好放弃。结果,一路上,除了我们的脚踩在沙石上的声音和风吹过沙漠的呼啸声,听不到半点声响。走了不知道几个小时,眼前出现一家汽车旅馆的广告板——上一次经过这个招牌,是车子抛锚前一分钟左右。路上,偶有一两辆车呼啸而过,父亲虽然伸出大拇指,车主都置之不理。近午时分,路上出现了一辆蓝色的大型别克,铬制的保险杠在阳光下闪闪发亮,车子的速度逐渐放慢,最后在我们前方的路肩停了下来,一位发型时髦的女士摇下车窗。

她大叫:“可怜喔! 你们还好吗?”

她问我们要去哪里,我们说凤凰城,她说愿意载我们一程。爬进别克轿车,冷气好冷,冷得我手上、腿上都起了鸡皮疙瘩。这位女士从脚边的小冰箱里拿出了几罐可口可乐和几个三明治，要罗莉和我传着吃。父亲说他不饿。

接着这位女士又说，她女儿开车经过公路时，看到了可怜的一家人在路边走着，她得知后告诉她女儿："我不能把那些可怜人丢在那儿，那些可怜的小孩恐怕会渴死，唉，真是可怜！"

"我们并不'可怜'，"我说。"可怜"二字，她未免讲了太多次。

"当然当然，你们不可怜，"这位女士急忙解释："我不是那个意思。"

她就是那个意思。因为，她沉默了下来。接下来的途中，大家都没有多说什么。到了凤凰城，才下车，父亲一转眼就不见了。我坐在家门口的台阶上等他回来，但是，一直到上了床，都没见到他人影。

三天后，正当我和罗莉坐在外婆的老平台钢琴前，教彼此弹钢琴时，门口传来一阵沉重、凌乱的脚步声，转头一看，是父亲。他被咖啡桌绊了一跤，我们跑过去扶他，他不领情，还口出三字经，挥舞着拳头，步履不稳地冲向我们，问：你们那该死的王八蛋老妈在哪里？我们不肯说，他大发雷霆，拉开外婆收藏瓷器的橱柜，将里头精美的骨磁一一摔碎在地上。布莱恩闻声跑了进来，抓住父亲的腿，又被踢开。

摔完瓷器，父亲又拉开装银器的抽屉，将里头的刀、叉、汤匙乱扔一气，再举起一把椅子，砸向外婆的古董桌。“罗丝玛丽！你这个臭婆娘死到哪里去了？”他开始大呼小叫：“你们说，那臭婊子躲在哪里去了？”

母亲躲在浴室的浴缸里，蜷缩着身子。终于，父亲还是找到了她。眼见行迹败露，母亲一个箭步想逃，却被父亲给抓住衣服。两人一路从浴室打到客厅，母亲被父亲推倒在地。在刚刚散落一地的餐具中，母亲摸到了一把菜刀，随手抓起，在父亲面前晃着。

“想拿刀跟我比划？”父亲冷笑一声：“好啊，奉陪到底。”说完，他也捡起一把刀子，从左手扔到右手，再从右手扔到左手。说时迟那时快,他打落母亲手中的刀,再扔下自己的刀,将母亲扭倒在地。我们几个小孩冲上前去,在父亲的背上又捶又打,求他住手,但他不理,最后将母亲的双手反剪在脑后。

“罗丝玛丽,你这个女人真贱啊。”母亲不甘示弱,回骂父亲是臭酒鬼。“酒鬼又怎样? 你还不是爱得要死?”母亲否认,说她不爱。父亲不肯善罢甘休,不断问她爱不爱,最后母亲终于承认:是,她爱。顿时,两人的敌意烟消云散,好像从来没发生过一样。父亲开始放声大笑,热情地拥抱母亲,母亲也一样。天啊! 难道他们因为庆幸没有把对方给杀死,又重新坠入爱河了吗?

可是,我一点也没有心情庆祝。真不敢相信,在经历过先前的痛苦之后,父亲居然又开始酗酒。

由于父亲又重回酒鬼生涯,而家里又没有任何进账,母亲建议:我们何不搬到西弗吉尼亚州和爷爷奶奶一起住。在爷爷奶奶的约束下,父亲或许会乖一点。再不然,最起码他们可以给我们一点经济上的援助,就像外婆之前所做的一样。

母亲说,我们几个小孩会喜欢那里的,那边的森林里,有松鼠和花栗鼠与我们作伴,而我们也终于可以见到爷爷和奶奶这两个道地的土包子了。

母亲把西弗吉尼亚州的生活形容得像是另一场有趣的冒险,我们几个姐弟妹很快便举双手赞成。可是父亲不喜欢这个主意,他拒绝帮忙,让母亲自己一个人筹划。但我们有个当务之急,就是需要一部交通工具——大峡谷之旅夭折之后，我们并没有回去拿车子或其他的东西。可是母亲说，宇宙的运作就是这么奇妙，外婆留给她的一块在德州的土地，因为有公司想开采石油，于是出了好几百块钱向她承租钻油权。支票才到手，母亲便跑去买二手车。

在我们上学的途中，有一家汽车展售中心，每个星期三，当地的一家广播电台会通过收音机，在这里举办一项促销活动，由节目主持人和二手车业务员在空中高谈阔论他们的产品有多好，价格又多么实惠。为证明这一点，这个节目特别设计了一个"存钱罐特价活动"：头一个打电话进去的听众，可以用不到一千元的价格购得一部车。母亲相中了这个机会，还采取了一个万无一失的做法：将现金准备好，直接到这家汽车展售中心里坐镇。我们几个孩子则在对街的公园里等她，一边听收音机。

那天的存钱罐特价活动，标的物是一部一九五六年出厂的奥斯摩·比，母亲以两百块钱购得。当她的声音出现在空中时，她说，她一看到这部车就知道这笔买卖绝对划算。

可是，他们不让母亲试开车子。回家的路上，这部车走得颠颠簸簸，还熄火了好几次，只是我们无从得知，这究竟是因为母亲的开车技术不佳，还是她买到了一部中看不中用的烂车。

其实，想到要让母亲开车载我们长途跋涉、翻山越岭，我们几个小孩并不是那么跃跃欲试。母亲没有有效的汽车驾照，这是一点；再者，她开车技术一向很烂。以前，父亲如果喝得烂醉，车子就会交给她开；可是，车子在她手中好像从没有正常运作过。有一次，她开车载我们进凤凰城，煞车突然失灵，她只好叫我和布莱恩探头到窗外大喊：“煞车坏了！煞车坏了！”并且在行经十字路口时，寻找比较柔软的目标；最后，车子一头撞上一家超市后面的垃圾桶，我们只好下车走路回家。

关于这一点，母亲说，谁要是批评她的开车技术，就出来帮忙嘛。而现在，既然有了车子，第二天早上就可以出发。由于正值十月，学校才开学一个多月，母亲说，我们没有时间去告诉老师我们要退学或申请调取学校档案；不过没关系，等我们进了西弗吉尼亚州的学校，她就会出面替我们的学业成绩签字；更何况，新老师只要听到我们朗读课文，一定会明白我们个个都是天赋优异。

父亲仍旧不肯跟我们走，还说，我们走了以后，他要自己一个人进入沙漠，探勘矿物。我问母亲，离开以前，我们在北三街的房子要不要卖掉或出租？“都不要，这可是我的房子。”母亲说，拥有自己的房子有个好处，别的地方住腻了，可以搬回来换换口味；更何况，要搬家不代表一定要卖掉房子。至于她不想出租，是因为她不喜欢外人住在这里。总之，她希望这个房子保持原状。为了防止窃贼或破坏狂入侵，她吩咐我们在晒衣绳上挂几件衣服，在水槽里放几个脏盘子，让想要闯空门的人误以为这里有人住，而且随时可能回来，于是打消闯入的念头。

第二天早上，我们开始打包，父亲却坐在客厅里生闷气。我们将母亲的美术用品捆在车顶，再将锅碗瓢盆、毯子棉被通通塞到后车厢。西弗吉尼亚州的冬天很冷，会下雪，因此母亲到廉价商店为我们各买了一件保暖的大衣。至于我们的私人物品，母亲说，每个人只能带一件，就像当初离开战役山一样。我想带我的脚踏车，母亲说不行，脚踏车太大了，最后我选择晶洞。

离开前，我跑进后院去向橙树们道别，再跑回门口坐进车里。靠窗的两个位子，罗莉和布莱恩已经占领，我只好越过布莱恩坐在中间。莫琳则和母亲一起坐在前座。车子的引擎已经发动，母亲正在练习换挡，但父亲还在屋里。我靠向窗边，扯开喉咙叫他。过了一会儿，他出现在门口，双手交抱胸前。

“爸，跟我们一起走嘛，拜托你！我们需要你！”我高声恳求。

罗莉、布莱恩、母亲和莫琳也齐声附和，大喊：“我们需要你！你是一家之主，是我们的老爸！走啦走啦！”

父亲伫立原地，望着我们。过了大约一分钟，他弹落手上的烟蒂，关上大门，再大摇大摆走过来，告诉母亲：闪一边去，车子我开。

第三部

回到韦尔奇

想当初到了战役山，我们就不再为家里的车子命名了，因为父亲说，那些车子都太烂了，不配有名字。母亲说，她小时候在牧场上长大时，家里也从来不为自己养的牛命名，因为他们心里明白，这些牛最后是要宰掉的。车子没有名字，要丢掉它们时就不会那么难过。

因此，从存钱罐特价活动中买来的那辆奥尔兹，我们没有替它取名字，只管它叫奥尔兹；而且，我们在讲这几个字的时候，声音里既不会有喜悦，也不会有同情。这辆奥尔兹，打从买来时就已经是一辆破车。当我们开到距离新墨西哥州州界还有一小时的车程时，它就开始抛锚。父亲打开引擎盖，在引擎上摸摸弄弄了一会儿，车子又发动了；不过，不出几个小时，车子便再度抛锚。虽然父亲总能够令它再度发动，但它每小时最快只能够“跑”——父亲会说“走”——二三十公里。另外，由于引擎盖不断弹起，我们只好找条绳子把它固定住。

为了避开收费站，我们走的是二线道的小路，但由于车速太慢，后面的车子往往大排长龙，令驾驶员们气急败坏地猛按喇叭。在驶入俄克拉荷马州以后，有一片车窗忽然发生故障，摇不上去，我们便粘了几个垃圾袋上去。每天晚上，我们就睡在车里。一天深夜，我们到了马斯科吉，便在镇上一条空旷的街道上停车睡觉。早晨醒来，车子外围了一群人,几个小孩鼻子贴在车窗上,好奇地往里头看,几个大人则一边笑一边摇头。

母亲挥手赶他们走。她说:“要是连俄克拉荷马州的人都在嘲笑你,你就知道自己有多落魄了。”看看我们现在的模样,车窗上粘着垃圾袋,引擎盖用绳子捆住,美术用品绑在车顶,简直比俄克拉荷马州人还不如,母亲忍不住噗嗤一笑。

我拉起毯子盖住头,一直到离开了马斯科吉才肯现身。“哎呀,干吗这么认真呢?”母亲说:“人生这出戏,原本就悲喜交加,喜剧上演时,何不乐在其中呢?”

我们花了整整一个月的时间横穿美国,仿佛我们乘坐的是宽轮大篷车。一路上,母亲不时要求绕道去看风景,说是要拓展我们的眼界。于是,我们去了阿拉莫,听母亲说,这块土地是“戴维·克罗基特和詹姆斯·鲍伊从墨西哥人手上抢来的,他们也因此遭到了报应”;去了博蒙特,看钻油设备像巨鸟般在油井里载浮载沉;也去了路易斯安那州,并在母亲的吩咐下,爬上车顶摘了几株挂在树枝上的铁兰。

车子越过密西西比河,转而向北,驶向肯塔基州,再转头向东。这里的地理环境,不再是四周由嶙峋山脉环绕的平坦沙漠,而是高高低低、如床单甩动时起伏有致的山坡地。最后,车子驶进丘陵地,越开越高,进入阿巴拉契亚山脉。由于山路陡峭崎岖,我们必须不时停下奥尔兹,让它喘口气。十一月了,树叶已经转成褐色,并开始掉落,寒凉的雾气裹住山间。在这里，到处可见小河小溪，不像西部大多是灌溉沟渠。而且，这里的空气感觉很不一样，静悄悄的，好像比西部的空气更沉重、更稠密，也似乎更加阴暗。不知为何，大伙儿都安静了下来。

向晚时分，我看到前方的转弯处，路边的树上钉了几片手写的广告招牌，有修理汽车的，也有运送煤炭的。转过了这个弯，车子进入一个深谷。河流两旁，以及两旁的山坡上，坐落着一栋栋的木屋和小型的砖造房屋。

"欢迎来到韦尔奇!"母亲大声宣布。

车子沿着阴暗、狭窄的街道行驶了一会儿，最后在一栋偌大却破败的房子前停下来。由于房子盖在下坡处，我们必须再往下走一段阶梯。踏入门廊，门打开了，迎面而来的，是一个肥胖、苍白、有着将近三个下巴的女人，她灰白、干枯的头发用发夹别在后脑勺，嘴角叼着一根烟。

"儿子啊，欢迎回来。"说完，她给了父亲一个久久的拥抱，然后转过头，面无笑容地对母亲说："谢谢你喔，让我在进棺材以前，还可以看到我的孙子和孙女。"她轮流抱了我们几个姐弟妹一下下，嘴里仍然叼着烟。她的拥抱很僵硬，脸上因为流汗的关系，黏黏的。

"奶奶，很高兴见到你，"我说。

"不准叫我奶奶，叫我厄玛。"

"她不喜欢你们叫她奶奶，因为那会把她叫老了。"一个男人出现在奶奶身边，他看起来身体孱弱，头顶上竖着短短的白发。他声音十分含糊，我几乎听不懂他在说什么，不知道这是因为他口音重，还是因为他没有戴上假牙。“我叫泰德，”他继续说：“你们可以叫我爷爷，我不介意。”

爷爷身边还站了一个男人，一张脸红彤彤的，头戴一顶绣有 Maytag① 标志的棒球帽，帽檐下，冒出一绺凌乱的红发。他穿着一件红黑色的方格呢外套，但外套底下没穿衣服。他反反复复地说，他是我们的叔叔，名叫史丹利，还不停地抱我亲我，好像我是他几百年没见面的爱人似的。他讲话的时候，我可以看到他缺牙的粉红色牙龈，并闻到他吐出来的威士忌酒气。

望着厄玛、史丹利和爷爷，我努力搜寻他们和父亲相似的地方。没有。我不禁猜想，也许父亲又在恶作剧，安排镇上几个最古怪的人来扮演他的家人，几分钟后才哈哈大笑，说他真正的父母住在另一个地方，再带我们过去。最后，一个笑容可掬、头发香香的老奶奶出来迎接我们，还煮热腾腾的麦粥给我们吃。我又觑了父亲一眼，他脸上没有笑容，但脖子好像很痒，抓了又抓。

我们跟着厄玛、史丹利和爷爷走进屋里。屋里好冷，一股混合着霉味、烟味和臭衣服味的味道扑鼻而来。客厅中央摆了一个宽宽胖胖、熟铁制的炭炉，我们大伙儿伸出手，围拢在炭炉边取暖。厄玛从她家居服的口袋里抽出一瓶威士忌——自离开凤凰城以来，父亲的

---

① Maytag，为美国一家电制造商。

脸上首次露出愉悦的神情。

过了一会儿，厄玛带我们进厨房，她煮饭的地方。天花板上悬挂着一颗灯泡，刺眼的强光打在布满薄薄油渍的泛黄的墙上。煮菜用的炭炉上头有一块圆圆的铁片，厄玛拿起一根弯曲的铁棍插入铁片中央，举起，再用另一只手从墙边抓起一根火钳，将里头烧得红红的热炭翻弄了几下。接着，她将一锅用猪的背部肥肉炖煮的青豆放到炉子上，拿起锅铲翻炒，再倒入一大把盐。煮好以后，她在厨房的饭桌上摆出一盘饼干，又为我们几个姐弟妹各舀了一盘青豆。

豆子煮过头了，叉子一叉就散了，而且，过咸的味道令我难以下咽。我想起母亲曾经教我们，食物有点馊掉时可以捏着鼻子把它吞下，我准备依样画葫芦，厄玛却一把拍掉我的手，“要饭的没资格挑！”

厄玛说，楼上有三间卧室，但已经有将近十年没人上去过了，因为那里的地板已经快要烂掉了。史丹利叔叔主动表示，他愿意将他在地下室的房间让给我们，这段时间改睡玄关里的小卧床。“麻烦你了。我们不会待太久的，”父亲说：“过几天，我们找到了住处就搬。”

饭后，母亲带我们几个姐弟妹到地下室。房间很大，也很潮湿，墙壁是用煤渣块砌成的，地上铺着绿色的油布。这里有炭炉，有床，有沙发（爸和妈可以睡在这里），还有一组颜色像消防车一样红的五斗柜。柜子里，装了好几百本快翻烂的漫画，如：《李奇李奇》、《金龟子贝里》、《阿奇与呆瓜》、《小露露》①等等，是史丹利叔叔多年来的收

① 原书名分别为：*Archie and Jughead*、*Richie Rich*、*Beetle Bailey*、*Little Lulu*。

藏品。柜子底下,还放了好几瓮真正的私酿酒。

我们爬到史丹利的床上。由于四个人要同挤一张床,我们决定,我和罗莉朝其中一边睡,布莱恩和莫琳则朝另一边。这样一来,布莱恩的脚刚好搁在我的脸旁边,我一把抓住他的脚踝,咬起他的脚趾头。布莱恩又笑又踢,决定以牙还牙,也开始咬我的脚趾头,逗得我也嘻嘻大笑。叩叩叩!一阵响亮的声音,从头顶上传来。

“什么声音?”罗莉问。

“也许这里的蟑螂比凤凰城的还大,”布莱恩一句话惹得大伙儿哈哈大笑。叩叩叩!又来了。母亲上楼去察看究竟,回来时她说,那是厄玛用扫把在敲打地面,她嫌我们太吵了。“她规定,你们在她家绝对不能嬉闹,”母亲说:“那会令她神经紧张。”

“她好像不太喜欢我们,”我说。

“她老了,以前过得又苦。”

“可是,他们几个人都好怪喔,”罗莉说。

“我们会适应的,”母亲说。

不然就继续搬家,我心想。

第二天是星期天。起床后，我看到史丹利叔叔倚着冰箱，眼睛盯着收音机。收音机里传来奇怪的声音，但不是受到静电干扰所发出来的杂音，而是阵阵的尖叫与哭喊。“一个人在狂热祈祷时讲出来的话，真的只有上帝才听得懂，”史丹利叔叔说。

原来，讲话的是牧师。终于，他开始讲起“英语”——浓重的乡音，令他的英语和刚刚那狂热的祈祷语几乎同样晦涩难解。听了半天，才大概了解，他是在向那些他曾经以此种通灵方式帮助过的教友们募款。父亲走进厨房，听了一会儿后说：“我会变成无神论者，正是拜这种怪力乱神所赐。”

稍晚，爸妈要我们坐上奥尔兹，说是要带我们到镇上逛逛。韦尔奇四面都是陡峭的高山，往上看，你会觉得自己好像在一个碗的底部。父亲说，这里的山过于陡峭，不利于大规模农牧，别说要放牧牛羊，就算从事农耕，农作物的产量顶多也只能养活自己家人而已。因此，这里在二十世纪以前，可以说与世隔绝，直到北方一群土匪开了路进来，并引进廉价劳工到此开发丰富的煤矿，情况才有所改观。

车子在一座专供火车行驶的桥下停了下来，我们走到车外，观赏着流经本镇的主要河流。河水的流动速度很慢，河面几乎不见一丝涟漪。父亲说,这条河名叫塔格河。“我们夏天可以来这边钓鱼和游泳,”我提议。父亲摇头,说这个郡没有下水道,因此马桶里的脏东西全都会直接排进河里。有时候河水泛滥,水位最高可能淹到树梢,父亲指着河岸旁挂在树枝上的卫生纸,证明了这一点。所以呢,父亲接着说,塔格河是全北美洲排泄物细菌含量最高的一条河。

“排泄物是什么?”我不解地问。

父亲望了望河水,说:“就是大便啦。”

父亲带领我们沿着镇上的主要道路走着。狭窄的马路两旁林立着老旧的砖造楼房。路上的店铺、招牌、人行道和车子,全都覆盖了一层薄薄的黑色煤灰,为整个镇营造出一种几乎单一的色调,宛如一张老旧的黑白照。不过,尽管破败老旧,看得出韦尔奇也曾经繁荣过。譬如,山丘上有一座气势雄伟、以灰石砌成的法院,前头还有一个大大的钟塔。法院的对面有一家银行,拱形的窗户和熟铁制的大门显得豪华气派。

此外可以看到,这里的居民仍试图缅怀过去的光荣。在全镇唯一的一盏红绿灯旁,一张告示牌写着:韦尔奇是麦克道威郡的首府,有很长一段时间,麦克道威郡的煤矿产量在全世界一直名列前茅。再往旁边一看,另一个牌子上写着:韦尔奇拥有北美洲最大的户外市立停车场。

然而,再看看其他建筑物,如踢跶餐厅和波卡宏他电影院,广告招牌上的文字已经褪色,漫漶难辨。父亲说,这个地方在五十年代经济遭到重挫,之后便一蹶不振,未见起色。约翰·肯尼迪总统在当选后没多久来到这里，并在麦克道威街上亲手发出美国的第一批粮票，证明了一个一般人不大相信的事实：美国确实有些地方穷到足以饿死人。

从韦尔奇再往里走，父亲说，会通到阴湿、荒僻的山区，及其他即将绝迹的小矿镇。最近几年，韦尔奇很少有陌生人出现，即使有，他们带来的通常也是灾难，如遣散员工、关闭矿场、查封房屋，或抢走已经够少的饭碗。因此，外地人在这里不大受欢迎。

那天早上，韦尔奇的街道上静悄悄的，行人稀少，但不时还是会看到一个夹着鬈发夹的女人，或一群T恤上沾满机油的男人在某处门口闲晃。我想让他们知道，我们心怀善意，于是试着与他们作眼神接触，或向他们点头微笑；可是，他们没有人有任何回应，既不点头，也不说话，甚至连看都不看一眼。可是，一旦从他们身边走过，我马上可以感觉到好奇的眼神尾随在身后。

"没想到，"母亲感叹："这里比我们上次来的时候还要落后。"母亲所说的上一次，指的是他们刚结婚没多久，距离这时已经十五年了。

父亲从鼻孔里喷出一口气，觑觑母亲，好像在说："我当初怎么告诉你的？"但他并没有真的这么说，只是无奈地摇摇头。

忽然，母亲笑逐颜开地说："我敢打赌，这个地方一定没有画家，这样一来，我就没有任何竞争对手了，我的艺术生涯应该可以在这里大放异彩。"

第二天，母亲带着我和布莱恩来到位于镇郊的韦尔奇小学。进到学校，母亲胸有成竹地大踏步走进校长的办公室，告诉校长，她要推荐全美国最聪明也最具创造力的两名学生给这所学校。

校长的眼珠子往上一瞟，透过黑框眼镜的上方看了看母亲，但没有起身。母亲接着解释，我们离开凤凰城时太过仓促，忙乱中，很遗憾忘了把孩子的成绩记录和出生证明带来。

"但是我可以向你保证，我们家珍妮特和布莱恩绝对称得上天资聪颖，甚至天赋异禀，"母亲笑着对校长说。

校长看看我，看看布莱恩，再看看我们多日没洗的脏头发和身上单薄的衣服，脸上浮现出不屑和怀疑的神情。他推推鼻子上的眼镜，看着我，然后说："七岑巴速多扫？"

"对不起，你说什么？"我问。

"七岑巴速多扫！"他提高音量说。

母亲赶紧向校长解释："对不起，她听不懂你的口音。"校长皱起了眉头。母亲转过头来告诉我："他问你，七乘八是多少？"

"喔！"我大声回答："五十六！七乘八五十六！"接着又一股脑地说了好几个我知道的数学等式。

校长望着我，一头雾水。

“校长听不懂你在说什么啦！”母亲提醒我：“讲慢一点。”

后来，校长又问了几个问题，我听不懂，只好请母亲翻译；但是，我说出来的答案，校长也听不懂。问完了我，校长也问了布莱恩几个问题，他们同样听不懂彼此在说什么。

最后，校长认定我和布莱恩智商较低，而且有语言障碍，会造成沟通困难，于是把我俩编入特别班，和其他有学习障碍的学生一起上课。

第二天早上，我和布莱恩出门上学前，母亲叮咛我们：“让他们瞧瞧你们的厉害，别害怕比别人聪明。”

当公交车抵达学校时，由于前一天晚上下过雨，布莱恩和我一下车，鞋子就被积在轮胎凹痕里的水给浸湿了。我四处张望，想看看操场有哪些游乐设施，心想或许可以把我在爱默生小学学来的高超绳球技巧表现一下，借此交到几个新朋友。可是，我连跷跷板或攀爬架都没看到，更别说绳球用的木杆了。

韦尔奇的天气很冷，从我们来到这里的第一天起，就是如此。上学前一天，母亲把她在凤凰城廉价商店买来的外套拿出来。我发现，我外套上的扣子全掉光了；但是母亲说，这件外套是法国进口的，又是纯羊毛制的，有一点小瑕疵没关系啦。第二天，我站在操场边和布莱恩等待上课钟响时，只好双手交抱胸前，把外套裹得紧紧的。旁边，有一些小孩在盯着我们看，一边窃窃私语；不过，他们同样与我们保持着距离，好像还没决定好我们到底是敌是友。原本我以为，西弗吉尼亚州全是一些白种的乡下土包子，到了这里才惊讶地发现，原来这里黑人小孩这么多。像此刻，一个身材高挑、下巴突出、眼睛形似杏仁的黑人女生就在对着我笑。我向她点头致意，回以微笑，结果发现，她的笑容里竟带有一丝恶意。我胸前的双手交抱得更紧了。

我被分在五年级，一天有好几堂课，每堂课的授课老师和上课教室都不一样。入学头一天，我的第一堂课是西弗吉尼亚州历史。历史一向是我最喜爱的科目之一。因此，上课时我一直跃跃欲试，随时准备好要举手回答老师的问题。没想到，整节课下来，站在教室前方的老师只做了一件事：指着他身旁的西弗吉尼亚州地图，要学生把该州五十五个郡的名字回答出来。第二堂课，老师放了一部影片，内容是韦尔奇高中几天前踢的一场足球赛。两堂课下来，两位老师都没有把我介绍给班上同学，好像他们跟这些小学生一样，面对陌生人不知道要如何应对。

再下一堂课，是专门为有学习障碍的学生设计的英文课，授课老师是卡帕若西小姐。课才开始，她就告诉全班同学，同学们要是知道，这个世界上居然有人自认为比其他人还优秀，恐怕会大吃一惊。“这些人以为自己是天之骄子，别人要遵守的规定，他们却可以置之不理，譬如转学时不递交之前的学业记录。”说这话的时候，卡帕若西小姐若有所指地看着我，还挑了挑眉毛，接着她转头问全班同学：“认为这样做不公平的举手。”

全班同学都举手了，只有我没有。

“新来的同学好像不同意喔，”老师转头问我：“你要不要为自己辩护一下？”

由于我坐在倒数第二排，前面的同学都转过头来看我。我决定拿出我在“因为所以游戏”中学到的本领，让他们开开眼界。

“信息不充分，所以无法作出结论，”我回答。

“喔？是吗？凤凰城的人都这么讲话的啊？”凤凰城的凤字，卡帕若西小姐故意拉得很长，接着她将视线投向全班，捏起嗓子用尖尖的声音说：“信息不充分，所以无法作出结论。”

全班同学笑得前俯后仰。

我的肩胛骨传来一阵刺痛，转过头，原来有人拿铅笔戳我。是那个身材高挑、双眼如杏的黑人女生，她就坐在我后面。她的脸上又露出了我先前在操场上看到的那邪恶的笑容。

午餐时间到了，我走进餐厅，四处张望，搜寻布莱恩的身影。他不在，四年级的用餐时间不同。我只好一个人坐下来，拿出厄玛早上为我准备的三明治。咬了一口，索然无味，只有满嘴的油腻。再扳开两片吐司，里头只有一层薄薄的猪油，其余什么都没有，没有肉片，没有乳酪，也没有半片酱菜。尽管如此，为了拖延到操场上的时间，我故意慢慢地咬、慢慢地嚼，一边专心地盯着吐司上的咬痕。等到餐厅里只剩下我一个学生了，工友走进来，将一张张椅子搬到桌上，准备拖地。最后他走过来下逐客令，我只好乖乖离开。

走出餐厅，宁静的空气中结了一层薄雾。我抓住羊毛外套的两襟,往中间拉。三个黑人女生在刚刚那个杏眼女生的带领下,一见到我出现就靠过来。之后,又有大约五六个女生跟过来。不出几秒钟,我已经被团团围住。

“你觉得你比我们高一等吗?”高个子女生问。

“没有,”我回答:“我认为我们大家都是平等的。”

“你的意思是说,你跟我一样优秀?”高个子女生一拳揍上来。我没有抬手防卫,而是把外套拉得更紧,结果她发现了我的外套没有扣子。“嘿,她的外套没有扣子耶!”她高声嚷嚷。“没有纽扣”这个事实似乎让她变得更肆无忌惮,她在我胸口推了一把,我往后一跌,摔在地上。正当我要爬起来时,另外三个黑人女生开始踢我。我一个翻身,滚到一洼小水坑里。我一边大声叫她们住手,一边试着抵挡来自四面八方的好多只脚。另外的几个女生,在外围围成了一个圈圈,老师们根本看不到这里发生了什么事。我阻止不了她们,只好任她们踢,直到她们心满意足为止。

下午，我们姐弟妹放学回到家，爸妈便迫不及待地想知道我们第一天上学的情形。

“还不错啊，”这是我的回答。我不想告诉母亲实话，因为我没心情听她说教，说什么正向思考威力有多大等等。

“你看，”母亲说：“我就说，你会马上融入的嘛。”

至于布莱恩，他用耸肩回答了爸妈的问题，而罗莉则是压根儿不想说。

后来，我找到了个机会问罗莉：“你那些同学对你如何？”

“还好，”罗莉说完便别过头去，不想再谈。

接下来有几个星期的时间，我被人欺负的戏码天天上演。那个高个子女生名叫迪妮莎，每天早上，当大伙儿在柏油操场上等待上课钟响时，我都会看到她带着那独特的笑容盯着我。中午用餐时间，照例，我会瘫痪般用极慢极慢的速度吃我的猪油三明治，直到工友过来收拾桌椅，再尽量抬头挺胸地走出餐厅。接着，迪妮莎那伙人就会围上来，赏我一顿拳打脚踢。

在对我拳脚相向的同时，这几个女生还骂我穷酸鬼、肮脏鬼、丑八怪。她们这样讲我，老实说，我无法辩驳，我确实是又穷又脏又丑。我名下有三件衣服，全都是姐姐穿过再传给我，或从廉价商店里买来的；每个星期，三件中有两件，我必须穿两次。这些衣服因为洗过太多次，已经严重磨损，线头也开始脱落。此外，我也的确是脏兮兮的。这种脏不是以前在沙漠里的那种脏，沙漠里的脏是干的，我们在这里的脏却是黏的，还会从炭炉边沾上许多油垢。没办法，厄玛规定，我们一个星期只能够洗一次澡，洗澡水的量只有十厘米高，而且是我们几个姐弟妹共用。

我曾经考虑要不要跟父亲提起我挨揍的事，可是，我不想让他觉得我是爱哭鬼。更何况，自从来到韦尔奇，父亲好像没有一天清醒过。要是告诉他，我很怕他会闹到学校去，让事情变得更糟。

我倒是曾试着跟母亲提起，只是没有告诉她我挨揍的事，因为我担心如果说了，她同样会试着介入而让事情变得更糟。我只有告诉她，班上有三个黑人女生看不起我们家穷，故意刁难我。结果母亲说，我应该告诉她们，穷没有什么不对，美国历来最伟大的总统林肯就出身于贫苦家庭；还有，伟大的黑人领袖马丁·路德·金要是知道了她们的行为，一定会非常引以为耻。如此的高调言论，我知道对我不会有什么帮助，可我还是说了——马丁·路德·金一定会以你们为耻，我这样告诉她们。结果，三个黑人女生哈哈大笑，照样把我推倒在地。

晚上，当我和罗莉、布莱恩及莫琳躺在床上时，我会在脑袋里幻想复仇计划，譬如想象自己变得跟父亲在当飞行员的时候一样，一出手就把她们全部撂倒。放学后,我会到地下室旁的木柴堆前练习空手道,一边咒骂,一边对着这些木柴又劈又踢。可是,我还是会不时想起迪妮莎,对她感到万分好奇。有些时候,我会很想跟她成为好朋友。有几次,我曾经在她脸上看到很温暖的笑容,这时候她的脸好像完全变了个样。有这样笑容的人,本质应该是善良的才对,只是我不知道,要怎样才能让她那样对我微笑。

入学后一个月左右,有一次,我打算到山顶的公园玩,在阶梯上走着走着,忽然听到一阵低沉且凶狠的犬吠,从一次大战纪念碑的另一边传来。我冲上阶梯,看到一只体型庞大的土狗口吐白沫,正在欺负一个大概五六岁的黑人小男孩,小孩被逼到了纪念碑旁,没有退路。为了自卫,小男孩不住踢狗,土狗则呜呜狂吠,作势要扑过去。接着我发现,小男孩一直偷瞄着公园另一边的一排树,我知道,他一定是在心里盘算,从这边顺利跑到那边有多少胜算。

“别跑!”我大喊。

男孩抬头看我,土狗也一样,趁着这个当儿,小男孩死命地往树丛的方向跑。狗见状拔腿追赶,汪汪大叫,很快就追上小男孩,开始咬他的腿。

说到狗呢,这个世界上有疯狗,有恶狗,有杀人狗,只要和人斗上了,它们都一定会设法取你性命,拼个你死我活。可是我看得出来,眼前的这只狗并不坏,它无意置小男孩于死地,只是想逗他取乐,故意吓吓他,吼个几声,撕咬他的裤子,但没有真的要伤害他。看样子,它应该只是长久受到欺负,今天很高兴碰到了一个惧怕它的人而已。

我从地上拾起一根树枝,冲过去,对着狗大叫:“滚开!”接着我举起树枝,土狗见状,低鸣几声,夹着尾巴逃了。

小男孩痉挛似的全身抖个不停,我过去察看,他裤子虽然破了,但并没有受到皮肉伤。我问他愿不愿意让我送他回家,他说好,于是我蹲下来,把他背在背上。好轻啊!他的体重。一路上,小男孩没说什么,顶多只是用最简洁的字眼指示方向,如“往上”、“那里”之类的,他的声音小得我快听不到。

终于,我们来到了一处住宅区,这里的房子虽然老旧,但最近重新粉刷过,其中有些颜色是明亮的淡紫色或黄绿色。“到了,”我听到小男孩低声在我耳边说。我打量了一下眼前的房子,窗户边挂着蓝色的百叶窗,院子整理得干净整齐,但是很小,仿佛这里是侏儒住的。我放下小男孩,他一溜烟冲上楼梯,很快消失在门后。我转身离去。

谁知道,这时候正有一个人站在对街的某处前廊上,好奇地望着我。这个人是谁?是迪妮莎。

第二天吃过中饭,走到操场,那群女生又围过来了,可是,迪妮莎没有跟上来。在群龙无首的情况下,这群女生失去了斗志,最后并没有对我动手。一个星期后,迪妮莎忽然找我帮助她做英文作业。关于欺负我的事,她没有道歉,甚至连提都没提起,不过,她倒是谢谢我那天晚上把她邻居家的小孩护送回家。尽管如此,在我看来,她找我帮忙几乎就等于是道歉了。至于做作业的事,我不敢邀请她到我家来，因为厄玛已经清楚表明过她对黑人的态度，于是我提议星期六到她家去。

星期六那天，我准备要去迪妮莎家的时候，史丹利叔叔正好也要出门。史丹利叔叔从来没有钱学开车，但他工作的那家电器行有人要过来接他，他问我要不要搭便车。我告诉他我要去哪里，他皱起眉头："那里是黑鬼村，你去那里干吗？"

史丹利叔叔不希望他朋友载我去那里，我只好走路过去。下午从她家回来时，整个屋子空荡荡的，只有厄玛一个人在家——事实上她一向足不出户。当时她站在厨房里，搅拌着一锅青豆，还不时从口袋里掏出一瓶烈酒喝上几口。

"回来啦！怎么样，黑鬼村好不好玩啊？"

厄玛老是黑鬼长、黑鬼短的。厄玛和爷爷家位于科特街，正好在黑人区的外围。当初，黑人刚搬进这一区时，厄玛气得要死，她总是说，韦尔奇这些年来的没落都是黑鬼害的。尽管在厄玛家的客厅里，窗帘永远是拉上的，但在里面还是可以听到黑人从外面经过、说话和笑闹的声音。这时候，厄玛会抱怨："都是这群该死的黑鬼，害我这十五年来一直没踏出过这个家，因为我不想看到黑鬼，也不想被黑鬼看到。""黑鬼"这两个字，爸妈一向严格禁止我们使用。他们说，再粗俗的脏话，都比不上这个字眼龌龊。可是，厄玛是我祖母，她这么讲，我从来没表示过任何意见。

厄玛继续搅着锅里的青豆。"你要是继续这样下去啊，迟早会被认为是黑鬼的同路人。"

讲这话的时候，厄玛觑了我一眼，眼神非常严肃，好像正在教导我一个很重要的人生大道理，要我好好深思。她旋开酒瓶的盖子，带着沉思的表情灌了好大一口。

我感到胸中一股怒气不断膨胀，非得发泄出来不可："你不可以用那样的字眼，"我说。

厄玛一惊，整张脸垮下来。

"妈说，那些人跟我们没什么两样，只是肤色不同而已。"

厄玛恨恨地瞪着我。我以为她要举手打我，可是没有，她只是说："你这个忘恩负义的小混球。你今晚没饭吃了，给我滚到地下室去吧你！"

听到我指责厄玛的事，罗莉高兴地给了我一个拥抱。母亲却很担心："我们不必赞同厄玛对每一件事情的看法，可是我们在她家做客，再怎么说，都要礼貌一点。"

天啊，这一点可不像她。每次，她和父亲只要谈起他们讨厌或鄙视的人，管他是标准石油公司的老板，还是有权有势的胡佛①，他们总是毫不留情地大肆批判，对于势利的人或种族歧视者尤其如此，怎么现在反而要我们三缄其口，噤若寒蝉？他们不是一向鼓励我们大声说出自己的意见吗？可仔细想想，母亲说得对，不礼貌一点的话，厄玛是会把我们给扫地出门的。我忽然懂了，人会变得伪善，原来是

---

① 胡佛(J. Edgar Hoover)曾担任美国联邦调查局局长近半世纪之久。

这样来的。

“可是我讨厌她，”我老实告诉母亲。

“你应该对她多一点同情的。”母亲解释，厄玛自小父母双亡，之后又被亲戚们像皮球一样踢来踢去，还被当作下人使唤。对于童年，厄玛最鲜明的记忆是，在洗衣板上搓洗衣服，直到指关节流血为止。结婚的时候，爷爷为她买了一部电动洗衣机，让她感动得不得了，但是，这样的幸福并没有维持太久。

母亲感叹：“没办法，她摆脱不了过去，一辈子都活在悲惨的阴影中。”不过，我们不应该憎恨任何人，即使最可怕的敌人也一样，母亲说。“毕竟，每个人都有他好的一面，我们应该去发现一个人的可取之处，并且爱他。”

“是吗？”我回嘴：“那希特勒呢？他有什么可取之处？”

“他爱狗，”母亲的回答没有半点迟疑。

冬日将尽，爸妈决定，他们要开着奥尔兹回凤凰城，把我们留在那里的脚踏车和其他东西带回来，看看母亲那套留在灌溉沟渠里的弓箭是不是还在，并向学校申请调取我们的成绩记录。至于我们姐弟妹，则必须留在韦尔奇。爸妈说，罗莉是老大，要负责照顾弟妹；还有，我们都得听厄玛的话。

爸妈离开的那天早上，积雪正在融化。母亲的两颊红彤彤的，看得出来，即将展开的新冒险让她雀跃不已；父亲也一样，迫不及待地要离开韦尔奇。搬来这里后，他一直没找到工作，所以我们一切都得靠厄玛。罗莉提议他到矿场工作，但是父亲说，矿场是工会在控制的，而工会又是帮派在控制的，由于他先前在凤凰城曾经着手调查电工工会的贪污舞弊，如今被帮派列入黑名单，很难再加入工会。讲到这里，父亲附带提到，这次回凤凰城还有一个目的，就是继续搜集工会贪污的证据；因为，他以后如果想继续在矿场工作，唯一的办法就是推动矿工工会进行改革。

我多么希望可以跟爸妈一起回去啊！我好想回凤凰城，坐在我们家后院的橙树下乘凉，骑脚踏车上图书馆，在学校吃免费的香蕉，被老师当聪明的小孩看待，到沙漠里享受日晒，呼吸干燥的空气，跟着父亲攀登那陡峭嶙峋的山脉，进行他所谓的"地质探勘"。

于是我问，我们可不可以一起去？父亲回答，他这趟和母亲回去纯属公事，去去就回，我们几个小孩跟着只会碍事。更何况，现在还在学期中，不能带我们走。我指出，可是这以前从来不是问题啊！结果父亲回答，韦尔奇跟我们以往住过的地方不同，在这里，有些规定一定要遵守，违反的话会被大家排挤。

车子开走后，布莱恩问我："你认为，他们还会回来吗？"

"当然会，"我回答，虽然心里有同样的疑问。这些年来，我们好像越来越像爸妈的累赘了。再过几年，我和布莱恩就会变成青少年，跟现在的罗莉一样，到时候，我们还能一起挤在卡车后头浪迹天涯，或睡在纸箱里头吗？

我和布莱恩开始拔腿追赶。母亲回头向我们挥手，父亲也把手伸出车窗。我们一路追到科特街，车子加速，转弯，然后消失不见。

我告诉自己，他们会回来的，我必须这么相信，否则的话，他们可能会一去不回，永远离开我们。

爸妈走了以后，厄玛变本加厉。要是看不顺眼我们脸上的表情，她会拿大叉子敲我们头。有一次，她拿出她父亲的照片，说这是世上唯一爱过她的人。后来还絮絮叨叨地念着，她父亲死了以后，她在她叔叔伯伯、阿姨婶婶手中受了多少苦，我们现在的处境已经比她当初好太多了。

爸妈离开后一个星期左右，有一天，史丹利在玄关处睡觉，其他人则在客厅里看电视。还没吃早餐就开始喝酒的厄玛，这时候忽然说，布莱恩的短裤该补一补了。布莱恩作势要脱掉裤子，厄玛阻止他，说她不想看到布莱恩穿条内裤在她家里跑来跑去，也不想看到他像大姑娘穿裙子似的在腰间围着浴巾，他穿着裤子让她缝会比较方便。接着她说，针线包放在她卧室里，于是命令布莱恩跟她进去。

两人进去了大概一两分钟，我听到布莱恩轻声抗议。我过去察看，发现厄玛跪在地上，两手在布莱恩胯下又搓又揉，口中低声咒骂着:他妈的，你给我站好。布莱恩脸上挂着两行清泪，双手死命护住胯下。

我大叫:“住手！不要碰他！”

跪在地上的厄玛转过头，恶狠狠地瞪着我:“少管闲事，小贱人！”

罗莉听到争吵声，跑了过来。我告诉罗莉，厄玛刚刚对布莱恩做了一些猥亵的动作。厄玛辩称，她只是在帮布莱恩缝补裤子的内接缝而已，对于一个小姨子的胡乱指控，她没有必要多作辩解。

“我知道我看到了什么！”我继续说：“变态！”

厄玛一个箭步冲过来，举手要刮我耳光，罗莉抓住她的手，说：“冷静一点，大家冷静一点。”罗莉这时候的声音，跟在替爸妈劝架时一样。

厄玛甩掉罗莉的手，一掌重重挥过去，将罗莉的眼镜甩到房间的另一边。罗莉这时候十三岁了，她不甘示弱，回敬了一掌。厄玛再一拳过来，罗莉又一拳过去，打在厄玛下巴上。接着两人扑在一起，拳打脚踢，互扯头发，打得难分难解，我和布莱恩则在一旁替罗莉加油打气。最后，史丹利叔叔被吵醒了，他踉踉跄跄走进卧室，用力将两人分开。

之后，厄玛把我们全赶到地下室去。地下室有个门可以通往外面，所以我们也一直没有再上楼去。厄玛不准我们用她的厕所，我们只好等入夜后再到外头解决，或第二天到学校解决。史丹利叔叔有时候会偷偷煮几盘豆子送下来给我们吃，可是又不敢在下面待太久，以免厄玛认为他和我们站在同一阵线而对他发飙。

一个星期后，暴风雪来袭，气温陡降，地上的积雪足足有三十厘米厚。厄玛不准我们使用煤炭（她的说法是，我们不知道如何操作炭炉，而她又不希望她的家被我们烧毁），因此地下室冷得要命。罗莉、布莱恩、莫琳和我都很庆幸我们可以同挤一张床。每天放学回到家，我们就衣服不脱直接躲进被子里，缩在里头做功课。

爸妈回家那一天，我们已经上床睡觉了。我们没有听到停车的声音,只听到楼上的前门咿呀一声,然后是爸妈的说话声,接着是厄玛滔滔不绝陈述我们的罪状。等到厄玛说完,父亲气冲冲跑到地下室来,开始指责我们每一个人,包括我如何出言不逊,对厄玛顶嘴,及做出不实的指控;罗莉胆大包天,居然敢动手打自己的祖母;还有布莱恩真是个娘娘腔,惹出了这一切的是是非非。

我心想,父亲要是知道当时发生了什么事,一定会站在我们这边的,于是我开始解释。

"我才不管到底发生了什么事!"父亲大吼。

"我们只是想保护自己啊!"我说。

"布莱恩是个男人,他顶得住的!这些话我不想再听了,我一个字都不想再听了!听到了没!"父亲激动地摇着头,好像这样可以把我讲的话挡掉似的。甚至,他连看都不看我一眼。

发作完了,父亲回到楼上开始猛灌黄汤。我们几个小孩躺在床上。布莱恩想逗我笑,咬我的脚趾头,我踢开他,不想理他。有好一会儿,我们只是躺在黑暗中,默默无语。

总得有人先开口吧,于是我说:"爸今天好怪喔。"

"有厄玛这种老妈,不怪也难,"罗莉说。

接着我抛出了一个问题:"你们说,厄玛对布莱恩做的事,会不会也对爸爸做过?"没有人说话。

这是个令人毛骨悚然的问题,但也让很多事情得到了解释。包括:为什么父亲那么早就离家?为什么他老爱酗酒,而且动不动就大发雷霆?为什么在我们更小的时候,他从来没想过要回韦尔奇?为什么他一开始拒绝和我们回来，直到最后一刻才改变心意跳上车？为什么在我刚刚试图解释厄玛对布莱恩做了什么事情时，他那么用力地摇着头，好像巴不得把耳朵给封住似的？

“不要再想了，”罗莉对我说：“再想下去，会把你给逼疯的。”

她说得对，不想就不想。

爸妈告诉我们，他们回到凤凰城后发现，母亲在晒衣绳上挂衣服的计策并未奏效，我们在北三街的房子还是遭到了洗劫，绝大多数东西都不见了，其中当然包括我们的脚踏车。不过母亲说，那些窃贼很没眼光，错过了一些好东西，譬如外婆的一件三十年代制的、品质一流的马裤。为了将剩下来的少数东西运回来，爸妈去租了一辆拖车，但奥尔兹到了纳什维尔就抛锚了，他们只好把奥尔兹、拖车连同外婆的马裤丢在路旁，再搭巴士一路回到韦尔奇。

原本以为，爸妈回来后，可以跟厄玛和解的。没想到，厄玛对我们一点儿也不谅解，还说，我们就算像教堂里的老鼠安安静静躲在地下室，她也不想让我们再住下去。就这样，我们遭到了驱逐。“驱逐”是父亲的用语——“要不是你们做错事，我们也不会全家遭到驱逐。”

“反正，这里也不是伊甸园，”罗莉冷冷地回了一句。

被厄玛驱逐，我并没有很难过，比较难过的是脚踏车居然不翼而飞。“为什么我们不干脆回凤凰城呢?”我不解地问母亲。

“那里我们住过了，”母亲回答:“而这里，或许有很多大好机会在等着我们，也说不定。”

既然厄玛下了逐客令，爸妈只好出去找地方住。在韦尔奇，租金最便宜的公寓，在麦克道威街一家小吃店楼上，租金每个月七十五块钱，超出我们的预算。再加上爸妈希望家里有一块自己的户外空间，最后决定租不如买。问题是，我们没有钱付头期款，又没有稳定的收入，选择相当有限。没想到不出几天，爸妈就宣布房子已经找到了。“虽然不怎么富丽堂皇，但很温馨，”母亲说：“而且相当朴素。”

“朴素？有多朴素？”罗莉问。

母亲沉吟半晌，看得出正在思索如何措辞：“就是，室内没有装水管啦。”

我们决定周末去看看新家，由于父亲还没买好新车，只好徒步前往。我们先往山谷的下方走，穿过镇中心，在半山腰转个弯，再经过一排砖造房屋。这些房屋是在矿场加入工会后搭建起来的，面积不大，但都干净整齐。之后，我们越过塔格河的一条小支流，再爬上一条几乎未经铺设的单线道，这条路叫小霍巴特街。又拐了好几个弯，来到一段陡坡；由于坡度很陡，我们必须踮起脚尖，如果把重心放在脚后跟，走没多久，小腿肚就会很酸。

比起那些位于低处的砖造房屋，这里的屋子更加简陋——木造的房屋、歪斜的门廊、塌陷的屋顶、生锈的排水沟，以及逐渐剥落的沥青纸和沥青屋瓦。家家户户的院子里，几乎都养了一两条土狗，脖子上绑根绳子，系在树干或晒衣绳的杆子上，见到我们经过，就恶狠狠吠个几声。和镇上的大多数房舍一样，这里的屋子也都靠烧炭来取暖。家境较阔绰的，会有个专门囤放煤炭的小库房；家境较差的，便直接把煤炭堆放在门前。此外,每家的前廊都摆放了不少家具,像生锈的冰箱、可折叠的牌桌、挂毯、供人坐的沙发或汽车座椅,甚至破烂的大衣橱——其中一侧还挖了个洞,让家里的猫有个舒服的窝。

这条路快走到尽头,父亲才举起手,指着前方的一栋屋子。

“到了到了,”母亲说:“欢迎来到小霍巴特街九十三号,我们温暖的家。”

顺着父亲的手指看过去,我们每个人都看傻了。好小的一栋房子,矗立在一座很陡的陡坡上。整栋房子,只有后半部是贴在地面上的,前半部(包括凹陷的门廊)则颤巍巍地凸出在半空,底下有几根细长的煤渣块柱子加以支撑。看得出来,许久前房子曾经以白漆粉刷过,只不过,那些尚未剥落的漆如今都成了黯淡的灰色。

“还好,我和你妈过去好好训练过你们的胆识,这栋房子,”父亲说:“胆小鬼可住不起。”

父亲带领我们走向阶梯。底部的阶梯,是石头加混凝土做成的,由于先天施工不良,加上风雨的侵蚀,这些石阶严重地往街道的方向倾斜。走完这些石阶,还要爬上一座摇摇欲坠的梯子,才会到达屋子的前廊。

走进屋子,里头有三间房,大小相差不多,长宽各约三米,面向前廊。屋内没有厕所,但是在房子底下,某根煤渣块柱子后面,有一间大小如储藏室的房间,混凝土的地面上设置了一个马桶。这个马桶没有通向任何的地下水道或污水处理系统,底下只有一个约一百八十厘米高的坑洞。屋子里没有自来水,但是在马桶附近离地大约十厘米处有一个水龙头，要用水必须拿水桶在这里接水，再拿到楼上。另外，这个房子虽然接了电，但由于现在付不起电费，所以暂时还不能打开电源开关。

尽管如此，父亲安慰我们，从好的一面看，这栋房子售价只要一千块钱，屋主还不要求我们付头期款，一个月只要付他五十块钱就行了。所以，只要我们每个月按时缴纳，不出两年，这栋房子就是我们的了。

“真不敢相信，这栋房子有一天就是我们的了！”罗莉酸溜溜地说。

“拜托，你们已经很幸运了，”母亲说：“换做在埃塞俄比亚，这样的地方就可以让一堆人争得你死我活了。”更何况，母亲指出，这栋房子其实有不少吸引人的地方，譬如：客厅里有一座取暖和烧饭用的、熟铁制的炭炉，体型宽胖，熊爪形的炉脚造型别致；母亲认为，如果拿到懂得欣赏古董的地方，这座炉子一定价值不菲。不过，房子没有烟囱，排烟管只好从屋后的一扇窗户接出去。这扇窗子的上半部，有人用三夹板取代了原本的玻璃，并且在出口处绕上锡箔以防止煤烟蹿回屋内。不过，锡箔显然没有发挥太大功效，因为上头的天花板已经沾满了煤灰，乌漆抹黑的。更糟的是，不知道是谁自作聪明（说不定，就是当初在烟管出口缠锡箔的那个人），想要把天花板擦干净，结果只是把煤灰污垢带到别的地方去，虽然有几块区域变得比较白了，其他地方却显得更黑、更脏。

“这栋房子本身是不怎么样，”父亲语带歉意地说：“不过，反正我们也不会在里头住太久。”父亲进一步向我们解释，他和母亲之所以决定买下这块地，最重要的原因是这里有足够的空地兴建新家。父亲计划照他设计的玻璃城堡的蓝图立即动工，只不过，在正式动工以前，还有一些事情要做，譬如，有些地方的设计需要大量更动，太阳能的集电器也必须加大；因为，这里位于山的北面，而且四面环山，照不到什么太阳。

当天下午，我们便开始搬家——其实没多少东西要搬。父亲从史丹利叔叔工作的那家电器行借了一辆小货车，从爷爷的一个朋友那里接收了一个他们打算丢掉的沙发床，又从不知道哪里搜刮来了几张桌子、椅子。另外，父亲还用铁丝将几根管子吊在天花板上，便成了凑合用的小柜子，老实说挺别致的。

有炉子的那个房间，成了爸妈的主卧室、客厅、画室兼书房。我们把沙发床摆在这儿，但是，沙发床一打开，就无法再恢复原样成为沙发了。父亲在墙上较高处钉了几个架子，用来放置母亲的美术用品。母亲的画架就放在炭炉排烟管的下方，后窗的旁边，因为母亲说，这里有自然的采光——嗯，或多或少吧。母亲的打字机放在另一扇窗户下，窗边同样有一组架子，用来放她的手稿和尚未完成的作品。架子才刚钉好，母亲就把她用来记录故事构想的索引卡用图钉钉到墙上。

中间的房间是我们几个姐弟妹的卧室。一开始，我们是一起睡在前任屋主留下的一张大床上。后来父亲认为，我们年纪已经太大，不适合再共挤一张床，也不适合继续以纸箱为床；再加上地上空间不够，摆不下四个箱子，父亲于是决定动手做两组有上下铺的卧床。我们找来一些宽四尺、厚两尺的木板，在木板的两侧钻洞，用绳子从中间穿过，再在绳子上摆上厚纸板作为床垫。由于外表单调了些，我们又找来红色和黑色的喷漆，在床的侧面喷上一些线条繁复的花纹。父亲从外面捡来了一个废弃的梳妆台，梳妆台有四个抽屉，刚好我们一人一个。后来，他又为我们每人各做了一个有拉门的木盒，钉在我们床边的墙上，作为收纳个人物品之用。我的晶洞就放在这个盒子里。

新家的第三个房间是厨房，而且别具一格。厨房里有一个电炉，但线路配置似乎不大符合标准，不但插头品质不良，电线外露，开关还会发出奇怪的杂音，气得父亲大骂："妈的，当初替这栋房子接线的是海伦·凯勒不成。"由于这些线路实在乱得离谱，父亲根本懒得修理。

这间厨房后来被我们取了一个绰号，叫"漏电室"。原因是，有那么几次，很难得的，家里有钱付电费，因此有电可用，结果却有人在厨房里碰触到潮湿或金属的表面而触电。记得我第一次触电时，整个人休克过去，倒在地上不停抽搐。我们很快学会：进厨房就像冒险，一定要找几支最干最干的袜子或破布把手套住。要是不幸触电，也要像播报气象般大声宣布："炉子今天严重漏电"，或"记得多带几块破布"。

除此之外，厨房天花板有一个角落，像漏斗一样严重漏水。每次下雨，这边的石膏板就开始吸水、膨胀，然后中心的部分开始一滴滴地漏水。那年春天,拜一场豪雨所赐,这块天花板越胀越大、越胀越大,最后终于承受不住,石膏板连同雨水哗哗落下。但是,父亲从来不去修它。我们几个孩子只好自求多福,找来沥青纸、锡箔纸、木板和胶水来修补,可是,不管我们怎么补,雨水总是找得到地方渗进来,最后我们只好宣告放弃。所以,每一次外面下雨,厨房里也跟着下雨。

刚搬到新家时,母亲试着要让我们在这里的生活变得像是探险。原本住在这里的女主人留下了一部样式老旧、用脚踏板带动的缝纫机。母亲高兴地说,这太方便了,以后没电可用时,就可以用这部缝纫机自己缝制衣服了。而且,我们可以发挥创意,即兴创作,不见得非得按照特定的图样不可。刚搬进去没多久,母亲、罗莉和我便兴冲冲地帮彼此丈量身材,准备动手裁制衣裳。

经过了不知多久,衣服终于宣告完工。然而,完工的衣服又松又垮,左右不对称,两只袖子长短不一,袖口还开在背面的中央。我试着套上我那件衣服,哇,领口太窄,头穿不过去,母亲只好再剪破几道缝线,我才顺利穿上。尽管母亲口中直呼漂亮,但我可不这么认为。这件衣服,我告诉她,简直像特大号的枕头套,而我从袖口伸出去的两只手,则活像象鼻子。至于罗莉,她更是拒绝套上母亲给她缝制的衣服,不止不愿意穿出门,连在家里穿穿也不愿意。母亲最后不得不承认,缝纫,并非我们发挥创作能量的最佳媒介——也不是金钱的最佳用途。在这里,最便宜的布料一码要价七十分钱,而要裁制一件衣服,少说需要两米的布。盘算一下,还不如上廉价商店买衣服呢,那里的衣服最起码袖口会开在正确的位置。

为了让新家显得更活泼一点，母亲拿出她的油画来进行装饰。没多久，除了打字机上方、母亲用来放索引卡片的那块空间，客厅的墙上几乎全部挂满。放眼望去，有沙漠的落日、驰骋的马、沉睡的猫、白雪皑皑的山、一篮篮的水果、盛开的花朵，以及我们几个孩子的画像。

不过，母亲的画作实在太多，墙上并没有足够的空间容纳。父亲于是在架子上钉了长长的分隔板，这样一来，同一个位置前后可以摆上三四张画。每隔一段时间，母亲就会调整这些画的摆放位置，让摆在后头的画有机会挂到前面来。我相信，这是因为母亲把她的每一幅画都当做自己的孩子，她不希望这些孩子认为她大小眼，对他们差别对待。

后来，母亲还在窗边的墙上钉了几排架子，并摆上好些颜色鲜艳的玻璃瓶。"很像彩绘玻璃吧，"母亲得意地说。好吧，或多或少吧，不过，整栋房子仍然又冷又湿。刚搬到这里的前几个星期，每天晚上，我躺在厚纸板床垫上，听着厨房里雨水的滴答声，梦里却不断梦到凤凰城的沙漠、烈日、我们那栋大房子、前院的棕榈树、后院的橙树和夹竹桃。想当初，那栋房子我们马上就拥有了，而现在也还是我们的。我心里不断这样想。是的，那是我们的家，我们唯一拥有过的、真正的家。

有一天，我忍不住问父亲："我们还会再回家吗？"

"回家？"

"凤凰城啊。"

"这里就是我们的家啊。"

眼看局面已定，我和布莱恩决定接受现实，把韦尔奇当成自己的家。父亲带我们到附近一块空地，说这里将成为玻璃城堡的地基和地下室，他已经做好丈量的工作，也在四周插好木桩、围上绳索了。不过，父亲很少在家(他对这一点的解释是，他成天忙着在外面跟人家签约及调查矿工工会的贪污)，根本无暇破土。我和布莱恩决定动手帮忙，只要一有空，就拿起我们在附近一座废弃农场上捡到的铲子和鹤嘴锄，开始挖坑。我们知道，坑一定要挖得又大又深，因为父亲总是说："没有稳固的地基，房子便不可能盖得好。"

这是一项辛苦的工作，尽管如此，一个月后，坑的深度已经容得下我和布莱恩了。尽管边缘和坑底尚未修整，这样的成果还是令我俩相当自豪。一旦灌浆完成，我们就可以帮父亲搭盖屋子的骨架了。

另一方面，由于我们付不起镇上的垃圾清运费用，家里的垃圾越积越多。有一天，父亲吩咐我们把垃圾倒进坑里。

"什么？那是用来盖玻璃城堡的呀！"我感到不可置信。

"别担心，这只是权宜之计而已。"等到家里有钱了，父亲说，他就会雇一辆卡车把这些垃圾全部清掉。然而，这又是一张从未兑现的空头支票，我和布莱恩只好眼睁睁看着玻璃城堡的地基逐渐成为垃圾掩埋所。

大约就在这段期间，也许因为垃圾太多，家里多了一个住客：一只面貌狰狞、体积硕大的河鼠。第一次看到它，它正置身在糖碗里。不过，我家的糖碗不同于一般（事实上，一般的糖碗也装不下那么大的老鼠）；因为母亲嗜吃甜食，一杯茶起码得加八茶匙的砂糖，所以家里的糖都是放在用来调潘趣酒的大碗里。

而那只老鼠呢，它不只是在吃糖，而是在糖堆里自得其乐地翻滚、洗澡，把砂糖都溅到了餐桌上，长长的尾巴甚至翘出碗外。第一次看到它，我呆住了，回过神后，我悄悄退出厨房，告诉布莱恩，两人再一起回到厨房，小心翼翼将门推开一看，老鼠已经爬出糖碗，跳到炉子上的一个盘子里，在一堆马铃薯上留下了齿印——天啊！我们的晚餐。布莱恩抓起熟铁制的平底锅砸过去，老鼠被打中了，哐啷一声落在地上。结果，老鼠不但没有落荒而逃，反而凶恶地对我们发出嘶声，仿佛它才是这里的主人，而我们是入侵者。我和布莱恩急忙跑出厨房，砰一声将门关上，并在门缝底下塞满破布。

已经五岁的莫琳，晚上被这只老鼠吓得不敢睡觉，口中还喃喃念着：老鼠要来咬我了。她说她听到老鼠爬行的声音，而且离她越来越近。我告诉莫琳，不要这么胆小。

“可是我真的听到了，我觉得老鼠应该就在我附近。”

我认为莫琳是被恐惧冲昏了头。为了证明这一点，刚好家里有电可用，于是我打开电灯。没想到，那只老鼠真的在，就蹲在距离莫琳的脸大约十厘米处，在莫琳的紫色毛毯上。莫琳发出尖叫，丢开毯子,老鼠顺势跳到地上。我随手抓起扫帚,朝老鼠打过去,但老鼠身手矫捷,总是能躲过我的攻击。布莱恩闻声赶来,也抡起球棒对付它,老鼠嘶叫几声,不一会儿便跳到了墙角。

该死的老鼠终究在劫难逃,被我们家叮当给盯上了(叮当是一只有部分杰克·拉瑟短腿狗血统的小猎犬,有一天尾随布莱恩回家,就被我们收养了)。叮当敏捷地扑上去,将老鼠一口咬住,在地上又摔又打,老鼠便一命呜呼。痛宰了老鼠,叮当好不得意,走起路来趾高气昂,仿佛自己是盖世英雄。这时候母亲冲进房间,看到老鼠死了,替它感到难过:“人家老鼠也要吃东西啊。”算是哀悼这可怜的家伙吧,母亲给它取了个名字,叫鲁夫斯。布莱恩曾经在书上读到,一些原始部落的武士会把猎物的尸体插在木桩上,以吓阻敌人,于是他依样画葫芦,次日清晨把鲁夫斯的尸体倒挂在我们家前面的一株白杨树上。当天下午,屋外传来一阵枪响。我们赶出去看个究竟,原来,住在我们家隔壁的弗里曼先生把这只倒吊的大老鼠看成了负鼠,回屋里抓起猎枪,砰砰砰射了几枪。可怜的鲁夫斯,最后几乎尸骨无存,只剩下一根尾巴。

鲁夫斯事件后,每晚睡觉,我一定在床边摆上一支球棒,布莱恩会准备一把弯刀,莫琳则是根本睡不着,老梦见自己被老鼠啃食,因此总是想尽各种理由在朋友家过夜。爸妈则只是耸耸肩,说:你们已经和可怕的敌人打过仗了,将来还会再碰到的。

“那个垃圾坑怎么办?”我问:“快满了哦。”

“那就把它挖得更大啊!”母亲说。

“我们不能一直把垃圾倒在那里。别人会怎么想?”

“人生苦短,何必在意别人怎么想,”母亲回答:“更何况,别人终究会接纳我们的。”

要让别人接纳我们,我的想法却是,我们应该努力把我们的家弄得美观一点。而且,有很多方法几乎不用花半毛钱。譬如,附近有些人家会把轮胎切成两个半圆形,漆成白色,放在花园里当围篱。也许我们现在还没有能力建造玻璃城堡,但至少,我们可以在前院布置这些上漆的轮胎,让整个家变得漂亮一些。“这样一来,我们一定更能融入这里,”我央求母亲这么做。

“话是没错,不过,与其在自家院子里摆一堆垃圾般的装饰品,我宁愿摆一堆真的垃圾。”没办法,母亲从来无意融入韦尔奇。

尽管如此,我仍然想尽办法要改善这个家。有一天,父亲从工作的地方带了一桶将近二十公升的油漆回家。第二天早上,我撬开盖子,发现里头装了几乎满满一桶的鲜黄色油漆。而且,父亲也带了几把粉刷用的刷子回来。我心想,一层黄颜色的漆,或许就可以让这个灰灰丑丑的家变得焕然一新;起码从外观上看,这个家将变得和附近其他人家相差无几。想到就要有一栋鲜黄明亮的屋子了,我兴奋得几乎整晚睡不着觉,第二天起了个大早,将头发扎在脑后,准备动工。我告诉家里每个人:“如果我们大家同心协力,粉刷工作一两天就可以完成了。”

结果,父亲说这个地方简直像垃圾场,不值得浪费时间或力气去装潢它，同样的时间和力气还不如拿来盖玻璃城堡。母亲说，鲜黄色的房子太没格调，俗气透了。布莱恩和罗莉则说，没有梯子和架子，怎么粉刷？

问题是，父亲的玻璃城堡，眼下看来并无任何进展；而那桶黄色油漆，我知道除非我把它拿来用，否则将一直放在门廊上无人闻问。至于梯子，没关系，我可以向别人借或自己动手做。我相信，只要他们看到了这栋房子起了惊人的变化，一定会跟着帮忙的。

我走进前廊，打开油漆桶，拿起棍棒开始搅拌。此刻的油漆，颜色像毛茛一样，表面浮着油，我不断搅拌，直到整桶漆变得像奶油一样黏糊糊的。我抓起一把大刷子，沾了些漆，然后在老旧的护墙板上开始尽情涂抹。颜色好鲜艳、好亮，比我原本想象的还好看。我从门廊的外侧，也就是通往厨房那扇门附近开始刷起。不出几个小时，除了屋子的两侧和屋前的某些地方，前廊上所有我够得着的地方都已经上了漆；而且，油漆只用掉了四分之一。想想看，要是大家都来帮忙，那些我够不着的地方应该也刷好了漆，过不了多久，我们就有一栋活泼明朗、鲜黄色的家了。

可是，包括父亲、母亲、布莱恩、罗莉和莫琳在内，没有人面露惊喜。罗莉甚至讥嘲说："房子已经有一部分变成黄色的了，我们家就要时来运转啰。"

不管他们怎么想，我一定要完成这项工作。于是，我找了好些废弃的木头来做梯子，可是，每一次踩上去，梯子就应声垮掉。几天后，就在我仍努力要建造一座坚固的梯子时，一阵寒流来袭，桶里的油漆凝固了。等到气温稍暖，凝固的油漆应该融化了，我打开油漆桶察看，结果，原本滑顺的液体此刻变得极为黏稠，像凝结的牛奶一样，一坨一坨的。原来，里头的某些化学物质在凝固的过程中分离了开来。为了让油漆恢复原状，我用力搅拌，后来我明明知道这桶油漆已经毁了，还不住手；因为我心里清楚，家里不会再有另一桶漆了。更何况，这个家此时既不是焕然一新的黄颜色房子，也不是灰灰丑丑的老房子，而是个长相古怪的半成品；这个半成品好像在对世人宣示，住在里头的人虽然有心替它整容，却缺乏实现的魄力。

小霍巴特街，位于既深且窄的山谷中，当地人因此自嘲说，除非接上阳光输送管，否则这里根本不见天日。这一带小孩倒是很多(莫琳也终于有了真人朋友)，大伙儿常常在山脚下的国民警卫队军械库闲晃。男生们会在训练场上踢足球，和我年纪相当的女生们，则大多会坐在军械库周围的砖墙上，梳梳头发，涂涂口红，如果有后备军人吹口哨示好，则假装愠怒，心里却乐不可支。这群女孩里有一个名叫辛蒂，她努力想跟我成为好朋友。搞了半天才知道，她真正的目的是想拉我跟她一起混帮派。化妆和打扮，对我而言没有太大的吸引力；同男生一块儿踢足球，我还比较感兴趣。这里的男生一般是不让女生和他们一块儿踢足球的；但如果人数不足，他们还是会放宽规定，让我加入。

韦尔奇较富有的居民，基本上不会在这一带出没。在小霍巴特街，除了几名矿工，大多数的成年人都没有工作。这些人包括没有老公的妇女，长年在矿坑工作得了矽肺病的父亲，命运悲惨的可怜人，及纯粹不想工作的懒惰虫。因此，这里的人几乎都接受公家救济。我们家是整条街最贫穷的家庭，但爸妈却从不申请社会福利金或粮票，也总是拒绝别人的接济。曾经有学校老师从教会拿了几包旧衣服送给我们，母亲却要我们拿回去，她和父亲老爱说："我们可以自己照顾自己，不需要别人的施舍。"

当家里状况吃紧时，母亲会不断提醒我们，在小霍巴特街，生活比我们困苦的小孩多得是，像葛瑞迪家就是一例。葛瑞迪家总共有十二个小孩，父亲下落不明（有人说他死于矿难，有人说他跟妓女跑了，总之是众说纷纭），母亲则因为长年偏头痛卧病在床。在无人管教的情况下，这个家的男孩个个无法无天。他们打扮相似，清一色是蓝色的牛仔裤、破烂的 T 恤，以及为了预防头虱而理的大光头，因此外人很难分辨谁是谁。有一天，老大在母亲床底下发现了一把父亲留下来的老旧手枪，决定拿出来玩玩，结果就拿我和布莱恩当靶子，对着我们发射铅弹，吓得我们俩死命往林子里逃。

还有霍尔家。霍尔家总共有六个小孩，每个都智力迟钝，因此虽然已步入中年，却仍然都跟父母同住。他们家老大肯尼，今年四十二岁，对我非常迷恋，或许是因为我对他很友善吧。但是，附近有些小孩会捉弄他，告诉他只要给他们一块钱，或脱掉裤子让他们看他的小鸡鸡，就会帮他安排跟我约会。因此，我常在星期六晚上，听到肯尼站在我家门前号啕大哭，骂我食言，没有去跟他约会，我只好下楼去跟他解释，他上当了，是别的小孩在捉弄他。此外我也会告诉他，他是有很多优点没错，可是很抱歉，我不跟比我年长的男人交往，这是我的原则。

小霍巴特街过得最苦的，在我看来，应该数帕斯特家。这家的女主人名叫吉妮苏，是本镇的娼妓，年约三十三岁，生了八女一男，每个孩子的名字都以Y结尾。吉妮苏的丈夫克劳伦斯，患有矽肺病，成天都坐在自家前廊上无所事事，既不对路过的人微笑，也不挥手致意，就只是坐在那里，宛若冰雕。镇上人都说，克劳伦斯已经阳痿好多年了，这些孩子没有一个是他的种。

吉妮苏是个很重隐私的人。原本我猜想，她可能整日穿着蕾丝睡衣，嘴里叼根烟，等候恩客上门；就像当初在战役山那些在绿灯笼的前廊上慵懒度日的女人一样，口涂白色唇膏，胸戴黑色奶罩，上衣留两三颗纽扣不扣，好让奶罩若隐若现——附带一提，我老早就搞清楚她们在绿灯笼里干吗了。可是，看看吉妮苏，她哪里像娼妓了？头发染得蜡黄，仪容邋遢，还不时到前院里劈柴、挑煤，平日的穿着也无异于小霍巴特街上的其他妇女，不外是平凡的围裙，或务农时穿的帆布外套。说真的，她看起来跟其他母亲没什么两样啊。

更何况，她有那么多子女要照顾，哪来的时间跟精力去经营皮肉生意呢？不过，有天晚上，我倒真看到了一部车在她家门前停下，闪了两下车灯；一分钟后，吉妮苏快步从屋里跑出，爬进前座，坐着车子走了。

吉妮苏的大女儿名叫凯西，附近的孩子总把她视为贱民，不但喊她母亲是“鸡”，还叫她“虱子女孩”。没错，凯西头上长了虱子，而且情况相当严重。不过，凯西很想交我这个朋友，一直对我非常友善。一天下午，在放学回家的路上，我告诉她，我们家在加州住过一阵子，她眼睛一亮，兴奋得很。她说她母亲一直很想去那里，还问我愿不愿意抽空到她家作客，跟她母亲分享我们在加州的生活体验。

我当然去了。以前一直没机会到绿灯笼里逛一逛，现在能够近距离观察一个真正的娼妓，大好的机会我当然不会放过。我有好多问题想问，譬如：赚皮肉钱是不是很容易？这样的工作有趣吗？还是恶心？凯西和她的父亲以及家人都知道吉妮苏在当妓女吗？他们是怎么想的？当然，这些问题我不会直截了当地拿出来问；只不过我想，能够进到他们家和吉妮苏碰面，问题的答案或多或少就浮现出来了。

走近她家，只见克劳伦斯坐在前廊上，对我们视若无睹。进到屋内，一个个的小房间车厢似的串连在一起。房子底下的山坡地，土质严重流失，致使她家里的地板、天花板和窗户全以不同的角度倾斜着。再看看墙上，没有画，但贴了几张从西尔斯-娄巴克公司产品目录撕下来的照片，照片上的女人全都衣着光鲜、时髦亮丽。

凯西的几个妹妹们年纪还小，全都衣衫不整地在旁边又跑又跳，吵吵闹闹。这几个孩子没有一个相像。以头发的颜色为例，其中一个是红色的，一个是金色的，一个是黑色的，其他几个则是深浅不同的棕色。客厅的地板上，一个小男孩爬来爬去，口中还吸吮着一条粗粗的酱瓜，这是凯西年纪最小的弟弟，乳名叫小甜甜。厨房里，吉妮苏坐在餐桌旁，一手支着面颊，手肘边放着一只好大好大的烤鸡——这么贵的东西，我们家根本买不起。再望望吉妮苏，多皱纹的脸上露出疲倦的神情，但笑容倒是真诚开朗。“很高兴认识你。”她的双手在衬衣下摆处抹了抹，“我们家很少有客人来。”

她请我在餐桌旁坐下，这下子我可以端详得更仔细了。金黄色的头发,发根处是黑色的,一对大胸脯,会随着她的移动而轻轻摇晃。“孩子们,来帮我剥鸡肉,我就做我的拿手菜鸡卷给你们吃。”她转过头来问我:“你知道怎样把鸡肉剥干净吗?”

一整天都还没吃过任何东西的我马上说:“当然。”

“喔,那表演一下吧,”吉妮苏说。

我从鸡翅膀开始下手,将细瘦的两根骨头拉开,取出里头的肉。接下来是腿部和大腿骨,我顺着关节处将腿折断,撕下肌腱,挖出骨髓。原本也在一旁剥肉的凯西和吉妮苏,这时候都停了下来,看我动作。尾巴的部位有一块肉很多人都会忽略,但是我轻轻松松就把它抽了出来。接着我翻过整只鸡,用手指头刮下鸡腹的脂肪和肉屑,再往里伸,直到整只手肘都没入了,再将黏在胸腔里的肉刮得一干二净。

“厉害,”吉妮苏说:“我年轻时,还没看过谁剥鸡肉剥得比你干净呢。”

我从胸骨处拿起一根矛状软骨(一般人不吃这个东西),放入口中,咔嚓咔嚓地嚼了起来,好不满足。

吉妮苏将剥下的鸡肉倒进碗里,加入蛋黄酱和芝士酱,再抓起一把洋芋片,捏碎后加进肉里。她把这些肉泥涂在吐司面包上,卷成圆桶状,递给我们。“裹着毯子的鸡喔!”我将鸡卷送进口里,嗯,真是美味。

“对了,妈妈,珍妮特在加州住过喔,”凯西说。

“真的?住在加州,当空中小姐,是我毕生最大的愿望,”吉妮苏接着叹了口气:“可惜,我最远只到过布鲁菲尔德。”

我开始讲述我在加州的生活给她们听。很快地我发现,她们对沙漠中的采矿小镇丝毫不感兴趣,我只好改变话题,讲起旧金山和拉斯维加斯,尽管后者不在加州,她们似乎不以为意,仍听得津津有味。我忍不住添油加醋了一番,住在那里的时间从几十天变成了好几年,而那些我只曾经远观过的秀女郎,则一个个都变成了我的好友跟邻居。当然,我的叙述中也绝对少不了那金碧辉煌的赌场、穷奢极侈的有钱人、棕榈树、游泳池、空调冷得要死的旅馆,以及戴着长长白手套在蛋糕上点火的餐厅女服务员。

"人生的享受莫过于此,"吉妮苏赞叹。

"夫人,您说得对,"我表示赞同。

小甜甜哇地哭了起来,吉妮苏一把将他抱起,伸出仍残留着蛋黄酱的手指头让他吸舔,接着对我说:"你剥鸡肉的功夫真是了得。我一看到你就知道,你以后一定会飞黄腾达,到时候想吃多少烤鸡就吃多少烤鸡,想吃多少火焰蛋糕就吃多少火焰蛋糕。"

等到上路回家,我才惊觉,我的疑问没有一个得到解答。坐在那里跟吉妮苏聊天,我压根儿忘了她是妓女。不过,我还是学到了一件事:当妓女让你有烤鸡吃。

韦尔奇的居民常常打架，目的包括御敌防身及融入当地。这里的人这么爱打架，也许是因为太闲了，所以没事找事做；也许是困苦的生活，让他们变得心浮气躁；也许是矿场筹组工会一事，引起诸多纷争；也许是因为采矿的工作太危险、太辛苦，工作环境又脏，搞得这些矿工心情不好，只好回家拿老婆出气，老婆再拿小孩出气，小孩再拿别人家的小孩出气。不管真正的原因是什么，有一点几乎可以确定：韦尔奇的居民，不分男女老幼，几乎个个都爱打架。

而且不分地点，街上、酒吧里、停车场内，都可以打。可能的挨揍对象还包括自己的老婆和小孩。有些打斗为时甚短，你可能走在街上被天外飞来的一拳打到，还来不及搞清楚状况，打斗已经结束。有些打斗则历时许久，简直像十二回合的拳击赛。当拼斗的双方已经头破血流、汗流浃背，旁边还有一堆围观的人在大声叫好，加油打气。有些打斗起因于长年的仇恨或宿怨，譬如，一对兄弟因为父亲在五十年代曾经被某人欺负过，为报此不共戴天之仇，这对兄弟便在数十年后将这某人的儿子狠狠修理了一顿；再如，某女的好朋友跟其丈夫私通，该女知情后将好朋友一枪毙命，好朋友的哥哥为了报仇，也拿了一把弯刀将该女的丈夫刺死。走在麦克道威街上，和你擦身而过的人当中，可能有一半都曾经因为参与地方械斗而在身上留下伤口，像眼睛乌青啦，嘴唇破裂啦，颧骨肿胀啦，手臂淤青啦，指关节擦破啦，耳垂被咬伤啦，形形色色都有。当初我们住过的一些沙漠城镇，居民也相当好勇斗狠，但是母亲说，韦尔奇是她这辈子见过民风最剽悍的地方。

在韦尔奇，布莱恩、罗莉、莫琳和我打过的架，比这里的大多数小孩都还要多。迪妮莎和她那几个朋友对我的修理，只是道开胃菜，在那之后，又有不知道多少小流氓成群结队找上我们几个姐弟妹当中的一个或多个。为什么他们那么喜欢找我们打架？原因很多，譬如，我们的头发是红色的，我们的父亲是酒鬼，我们总是衣衫褴褛、不常洗澡，我们住在一栋摇摇欲坠、半黄半灰的房子里，我们家有一个垃圾坑，而且付不起电费(这一点是他们在入夜后经过我家时发现的)。

我们总会反击，而且通常采取联合行动。我们最光荣的一次胜仗、最大胆的一次战略行动，我们称之为“小霍巴特街之役”，发生在我十岁、布莱恩九岁的时候，敌人是一群以俄尼为首的小流氓。讲到俄尼，他有扁扁的狮子鼻、粗粗的脖子，以及一双简直可以说长在头部两侧的小眼睛，活像只鲸鱼。从俄尼的行为来看，把我们沃尔斯一家人赶出韦尔奇，好像是他发誓要达成的使命。有一次，我和附近几个小朋友在国民警卫队军械库旁的坦克车里玩，俄尼忽然出现，拿起石头砸我，还大声嚷嚷:沃尔斯一家人快滚！你们已经把韦尔奇给搞臭了。

我不甘示弱，也捡起石头砸他，叫他别来烦我。

“那赶我走啊!”

“我不**赶**垃圾,”我大吼:“只**烧**垃圾。”这样的回话尽管缺乏创意,但讽刺意味十足,通常可以有效令对方闭嘴,没想到这一次却适得其反。

“你们家的人才不烧垃圾呢!”俄尼反击:“你们都把垃圾扔在你们家旁边的洞里!你们根本是住在垃圾堆里!”

我想找出一句恶毒的话来回他,可是找不到,因为我呆住了,俄尼说的是实话:我们的确住在垃圾堆里。

俄尼的脸忽然凑到我眼前。“垃圾!你们会住在垃圾堆里,是因为你们自己就是垃圾!”

我怒从中来,狠狠推了他一把,再转头看看其他小孩,希望能得到支援。结果,其他小孩都低下头,缓缓走开,好像被发现跟一个住在垃圾坑旁的小女孩一起玩,很丢脸似的。

那个星期六,我和布莱恩趴在沙发床上看书,忽然,砰一声,一块窗玻璃碎了,接着一块石头落在地上。跑到门口察看,原来,俄尼带了三个同党骑着脚踏车,在小霍巴特街上骑来骑去,嘴里激动大喊:“垃圾!垃圾!你们一家人都是垃圾!”

布莱恩步入前廊,结果被他们其中一个人扔过来的石头打中了头。他后退几步,冲下楼梯,准备反击。俄尼这伙人踩着脚踏车跑了,嘴里还不断叫嚣。布莱恩走上楼梯,脸颊上、T 恤上都沾了血迹,眉毛上方也肿了一块。过了几分钟,俄尼这帮人又来了,他们不但丢掷石块，嘴里还大声嚷嚷，说沃尔斯家的小孩住的是猪圈，而且情况比大家想象的都还要糟，他们要把这件事告诉全校师生。

布莱恩和我咽不下这口气，追了出去。尽管敌众我寡，但他们的主要目的是想激怒我们，所以并未恋战，骑着脚踏车拐个弯，就不见踪影了。

“他们会再回来的，”布莱恩说。

“那我们要怎么办?”我问。

布莱恩坐下来，沉思了一会儿说，他有个计划。他在我们家房子底下找到一些绳子，再带我往小霍巴特街上方的山坡走，来到林中的一块空地。几个星期前，我和布莱恩心血来潮，想要露营，因此拖了一块旧草席到这儿来。布莱恩的计划是：根据我们在书上看到的，仿造中古时期的弹弓装置，在草席上绑上绳子，将绳子挂到树枝上，再在草席上堆石头当子弹。弹弓装置很快组装完成，但必须测试一下，我们数到三，将绳子一扯。成功了！一堆石头如雨滴般落到下方的街上。我们确信，这样做就可以把俄尼那帮人给宰了——没错，宰掉他们，掠夺他们的脚踏车，让他们陈尸街头，好杀鸡儆猴，这正是我们一心想达成的目标。

我们将弹弓重新架好，再摆上一堆石头，接着便等待敌人来袭。几分钟后，在前方的转弯处，俄尼那帮人又出现了，他们一手骑车，另一只手则拿着一颗鸡蛋般大小的石头，以前后相隔约一米的距离前进，好像波尼族人在举行庆功会一样。由于无法将他们全数命中，我们只好将目标瞄准车队的先锋——俄尼。

终于,他们骑进射程内了,布莱恩一声令下,我俩将绳子一拉,草席往前一弹,一堆石头立即飞向空中。喀! 石头先打在俄尼身上,再坠落地面。俄尼的脚踏车打滑,他大叫一声,又骂了几句三字经。后头的几个人煞车不及,和俄尼撞成一团,摔在地上。另外两个人反应较快,赶紧转头,加速逃逸。我和布莱恩乘胜追击,拿起手中的石头狂扔。由于他们在下坡处,目标明显,我们的投掷好几次都顺利命中目标。几声"锵锵锵!"之后,他们的脚踏车纷纷挂彩,不但烤漆被划破,挡泥板也被打凹。

接着布莱恩大喊:"进攻!"我和他便冲下山坡。看到我们出现,俄尼那帮人急忙跳上脚踏车,火速逃离现场。等到他们在转弯处消失后,我和布莱恩得意极了,马上在那散落一地的石头堆中跳起舞来,并大声欢呼,庆祝着我们的胜利。

天气逐渐变暖，一种粗犷的美，开始在小霍巴特街附近的陡峭山丘上蔓延开来。印度天南星和荷包牡丹忘情地抽芽。白色的野胡萝卜、紫色的福禄考和橘色的萱草，沿着路边恣意绽放。随着春天的到来，冬日里常见于树林里的废车、废冰箱或废屋骨架，迅速被蔓生的藤蔓、杂草和青苔覆盖，不久便消失无踪。

这里的夏季有一个好处，就是白昼不断加长，因此有更多的光线方便我们看书。酷爱阅读的母亲，每隔一两周就会上韦尔奇的公立图书馆，借回满满一枕头套的小说、传记和历史书籍。回到家，她就捧着书爬到床上，读着读着，还不时抬起头对我们说，很抱歉，她知道自己该去做一些更有生产力的事；可是，没办法，她跟父亲一样，有自己的一些瘾头，阅读就是其中之一。

家里的其他人也都喜欢阅读，只不过，在这里，我感受不到以前在战役山，全家人围坐在一起看书的那种温馨气氛。在韦尔奇，我们看书时都是各据一角。入夜后，我们几个小孩会躺在各自的厚纸板床上，借着手电筒或蜡烛打出来的微弱光晕，沉浸在各自的书本里。

在我们几个姐弟妹当中，罗莉是最爱看书的一个。她非常着迷于奇幻和科幻小说，尤其是《魔戒》。她着迷到什么程度呢？当她闲来无事，没在看书的时候，经常会随手画起《魔戒》里的半兽人或霍比特人。为了向家里的每个人宣扬读书的好处，她常说："读书可以把你带到另外一个世界。"

但我并不想被带到另外一个世界。我喜欢的书，多半是描述人如何面对困境的作品，如《愤怒的葡萄》、《蝇王》，还有《长春树》。《长春树》的主角诺兰，我觉得和我非常相似，除了她早我五十年出生在布鲁克林，以及她母亲总是把家里保持得干干净净之外，我们的境遇几乎并无不同。诺兰的父亲总令我联想到我父亲。绝大多数人都认为诺兰的父亲是个游手好闲的酒鬼，但诺兰却还能够看到他的好；既然如此，我这么相信我父亲应该也不算太愚蠢吧——不过，老实说，要相信我父亲是越来越难了。

那年夏天的某个夜里，当家里的其他人都已睡着，而我躺在床上仍未入睡之际，我听到客厅里传来声音，有人打开前门，走进来，在黑暗中摸索着，一边喃喃自语。是父亲回来了吧。我走进客厅，看到他坐在绘图桌前。借着窗外洒进来的月光，我看到他脸上和头发上有一些血块。我问他发生了什么事。

"我跟一座山打架，"父亲回答："我打输了。"

转头看母亲，她已经在沙发床上睡着了，头上盖着一块枕头。母亲是那种一睡就睡得很熟的人，所以我不打算叫她。点亮煤油灯，一看，父亲的右前臂上有一个好大的伤口，头上也有，而且伤口很深，都可以见到白色的头骨了。我找来一支牙签和一把小钳子，帮他把伤口内的沙石拣出来。接着又倒了一些药用酒精在他伤口上,但他没有退缩。不过,父亲体毛太多,绷带很难包扎上去,我告诉父亲最好把伤口附近的毛剃掉。结果他回答:"不,宝贝,这怎么行,这会毁掉我的形象的。像我这样地位的人,外表一定要体面才行。"

父亲仔细端详他前臂上的伤口,接着用止血带绑紧上臂,要我拿母亲的针线包过来。他在针线包里翻来覆去找了半天,就是找不到丝线,最后他决定用棉线。他将黑色的棉线穿过针孔,打结,然后交给我,指着手臂上的伤口说:"把它缝起来。"

"什么?我办不到!"

"放心啦,宝贝,你照做就是了。要不是因为我左手太笨拙,我就自己来了。"父亲笑了笑:"别担心,我已经喝得酩酊大醉,不会有感觉的。"他点起一根烟,将受伤的手臂搁在桌上,"动手吧。"

我拿起针,搭在父亲的皮肤上,发着抖。

"动手吧,"父亲再说一次。

我将针一推,感觉到皮肤轻轻扯了一下。我好想闭上眼睛,但是不行,我必须睁开眼睛才看得见。我稍微又用力了一点,这一次更清楚地感觉到皮肤传来的阻力。天啊!这好像在缝肉——不是好像,是的确,我的确是在缝肉。

"爸,我办不到。对不起,我真的办不到。"

"那我们就一起来吧。"

父亲伸出左手,牵着我的手指将针穿入皮肤,再从另一边出来。皮肤上冒出几滴血。我将针从另一边抽出去,轻轻一拉,好缝紧一点。接着,我照着父亲曾经教过我的,把线的两端打结,然后缝第二针。缝完了第二针,我无法再继续下去了,一次也不行,尽管这个伤口相当大,照理说,还要再缝好几针才算缝合完成。

我们俩看着他手臂上这两道黑黑的、不太整齐的缝线。

“缝得不错哦,小山羊,爸爸真是以你为荣。”

第二天早上我出门上学时,父亲还在睡觉。等到我下午放学回家,他已经不见人影。

从此以后，父亲就经常搞失踪，而且一失踪就是好几天。问他去哪儿了，他的回答不是暧昧模糊就是匪夷所思，最后我干脆不再过问。不过，每一次结束失踪回到家，他两手总是各捧着一袋杂货。于是，我们一边狼吞虎咽地吃着夹厚洋葱片的辣火腿三明治，一边听他谈工会贪污的调查进度，以及他最新的赚钱计划。父亲说，其实一直有人给他工作机会，只是他不想受雇于人，不想对上级哈腰鞠躬、逢迎拍马、供人使唤。“更何况，”父亲说：“为老板卖命赚不了什么钱。”发大财才是他一心追求的目标。西弗吉尼亚州或许没有金矿，但发财的门路还是很多，父亲说。比如他当时正在研发一项提高煤炭燃烧效率的技术，让最劣等的煤炭也值得开采和贩售。父亲说，这个市场很大，这项技术要是研发成功了，我们将赚进我们怎样也想象不到的财富。

每一次听父亲畅谈他的计划，我总是替他加油打气，也希望他讲的都是真的(尽管心里相当确定并非如此)。金钱和食物，在我们家不算是常见的东西，除非父亲得到了临时的工作，或向母亲承租她在德州那块土地采油权的石油公司寄来支票给她。问母亲那块地在哪里、有多大，她总是含糊其词；劝她把土地卖掉，她又不肯。我们只知道，每隔几个月，这张支票就会出现，让我们接下来几天可以吃饱肚子。

家里如果有电可用，我们的食物多半以豆子为主。斑豆一大袋还不到一块钱，又可以吃好几天，加入一匙蛋黄酱更是美味无比。另外，白米加竹荚鱼也是一道我们常吃的食物，母亲说，这道菜对脑子很好。竹荚鱼虽然没有金枪鱼那么好吃，但起码胜过猫食(但我们偶尔还是会吃猫食，当经济非常拮据的时候)。有时候，母亲会爆一袋爆米花给我们当晚餐，她说爆米花有丰富的纤维质，还要我们在里头加入大量盐巴，因为盐里头的碘可以预防甲状腺肿大。“我可不希望我的孩子长得像鹈鹕喔，”母亲说。

有一次，石油公司寄来一张金额特别丰厚的权利金支票，母亲于是买了一整罐的火腿。接下来几天，夹着厚厚火腿片的三明治就成了我们的主食。由于家里没有冰箱，火腿就放在厨房的架子上。大约一个星期过后，有一天我打算去切一片火腿来当晚餐，却发现上面爬满了白色的小虫。

那时候母亲正坐在沙发床上，享受着她刚刚切好的火腿。我赶紧提醒她：“妈，火腿上已经长满了蛆。”

“别挑了，”母亲回答：“把有蛆的部分切掉就好，里面还可以吃呢。”

由于家里经常没东西吃，我和布莱恩都成了猎食高手。夏秋两季，我们会去摘山楂、野生黑莓和木瓜来吃，偶尔则到老威尔森的农场上偷摘玉米。老威尔森的这些玉米，是种给牛吃的，质地坚硬，不过，嚼得够久还是可以吞下肚。有一次，我和布莱恩看到一只受伤的画眉，想起儿歌里唱到画眉派，便拿了一块毯子把它捉住。最后，我俩实在无法痛下杀手，画眉派终究没有吃成；不过没关系，反正这只鸟太瘦了，大概没什么肉可以吃。

还有一次，我们听说有一道菜叫做红苋菜沙拉，想到自家后院里就有一大片的美洲红苋菜，不妨自己动手做做看，要是滋味不错，以后就有新的食物来源了。一开始我们试着生吃，好苦。再放进水里煮，还一边唱着"采美洲商陆的安妮"。煮好了，放进口中，味道很酸，而且口感像在嚼绳子似的，之后，我们的舌头还痒了好几天。

在一次猎食行动中，我和布莱恩爬进一栋空屋的窗户。里头的房间很小，地板满是灰尘，厨房的架子上却堆满了一排排的罐头。

"哇！山珍海味！"布莱恩大喊。

"享用大餐的时间到啰！"我也发出欢呼。

拿起罐头，生锈的马口铁上布满了灰尘。我们心想，既然罐头的作用在于保鲜，这些食物应该都还可以吃才对。我递过一罐马铃薯给布莱恩，他抽出随身携带的小刀，往罐头上一戳，噗，里头的东西喷在他脸上，我们俩身上也沾满了褐色的泡沫状汁液。我们不死心，又试了好几罐，情况都一样。最后，我们败兴而归，沾了一脸和一身馊掉的马铃薯，却什么都没吃到。

上了六年级，我和布莱恩的骨瘦如柴开始成为其他孩子取笑的话题。他们给我取了一大堆绰号，如蜘蛛腿、女骷髅、烟斗通条、木板、扁屁股、竹竿和长颈鹿，还说下雨时我只要站在电线杆下就不会淋湿。

午餐时间，当同学拿出三明治或到福利社买热腾腾的食物时，我和布莱恩都会拿书出来看。布莱恩的解释是，他希望上高中后参加摔跤队，必须控制体重。我的讲法则是，我忘了带便当。没有人相信我，我只好躲进厕所的隔间里，锁上门，抬起双脚，以免鞋子被认出来。

稍晚，当女同学们陆陆续续走进厕所把吃过的饭盒丢进垃圾桶，我会找机会过去寻宝。真不敢相信，这些小孩子太浪费了！她们丢掉的很多都是大好的食物，像苹果、卤蛋、花生饼干、切片的酱瓜、半品脱的盒装牛奶、只咬了一口的奶酪三明治（只因为吃的人不喜欢奶酪里的甜椒粉）。找到了这些美味的食物，我再躲回厕所的隔间里大快朵颐一顿。

垃圾桶里的残羹剩菜，有时候甚至超出我的食量。第一次发生这种状况时，多出来的是一份大腊肠奶酪三明治。最后我决定，把它塞进钱包，回家后拿给布莱恩吃。回到教室，我却开始担心，到时候要如何向布莱恩交代食物的由来？我其实相当确信布莱恩跟我一样会在垃圾桶里找食物吃，但我们从来没有谈过这件事。

正当我还在寻思借口时，我忽然闻到大腊肠的味道，这味道似乎弥漫了整间教室。我开始心慌，要是其他同学也闻到了，转过头来，看到我的钱包塞得鼓鼓的，一定会猜想那是我从垃圾堆里偷来的——毕竟他们都知道我在学校从不吃午餐。于是,下课铃一响,我马上跑进厕所,将三明治丢回垃圾桶。

相对于我和布莱恩,莫琳倒是经常填饱肚子,因为她在这附近交了不少朋友,常常在晚餐时间出现在这些人家里,和他们一起用餐。至于母亲和罗莉是如何果腹的,我不知道。奇怪的是,母亲的体重不减反增。一天晚上,父亲不在家,家里又没有任何东西可以吃,大家只好坐在客厅里,尽量不去想到食物。奇怪的是,母亲动不动就跑到沙发床上,钻进被窝。后来,布莱恩忍不住了,走过去看个究竟。

"妈,你在嚼东西吗?"布莱恩问。

"没有,我牙痛。"尽管嘴上这么说,母亲的眼神却变得闪烁不定,眼光一直回避着我们。"我牙龈不好,所以运动下巴来刺激血液循环。"

布莱恩不信,掀开被子,好大一条家庭装好时牌巧克力棒躺在床垫上,撕开的亮银色包装纸里,巧克力已经被母亲吃掉一半。

母亲开始放声大哭:"对不起,我实在忍不住。我对甜食上瘾,就像你爸对酒上瘾一样。"

母亲希望我们原谅她,就像我们原谅父亲的酗酒行为。没有人说话。布莱恩抓起巧克力棒,分成四等分,我们姐弟妹就在母亲的面前将巧克力吞下肚。

那年冬天，天气极为寒冷。感恩节刚过，第一场大雪便降下了。刚开始，降下的雪花湿湿胖胖的，体积大概有蝴蝶般大小，缓缓地、慵懒地飘着；接着转变成较小、较干的雪，而且一连下了好几天。一开始，我好喜欢韦尔奇的冬天。积得如厚毯般的雪，盖住了黑黑的煤灰，整个小镇变得非常干净、舒适，我们家也变得跟小霍巴特街上的其他房子几乎没有两样。

然而，刺骨的冰寒，开始令最幼嫩、最脆弱的树枝纷纷折断；很快，我也感受到严寒的威力。我能够用来御寒的衣服，仍然只有那件单薄、缺扣子的羊毛外套。即使在屋内，我也觉得跟屋外差不多冷。家里虽然有烧煤炭的炉子，但没有煤炭。翻开韦尔奇的电话簿，上面有四十二家卖煤炭的零售商。一吨煤（几乎可以用一整个冬天），包括运费在内，要价大约五十块钱，即使是最劣等的也要差不多三十块钱。母亲说她很抱歉，家里买不起煤炭。看来，要保暖，我们只好自己想办法了。

布莱恩就想到了一个办法：捡拾运煤车在运送过程中掉落在地面的煤块。有一次，我们手持水桶沿着小霍巴特街捡煤块，我们的邻居诺斯一家开着旅行车从旁经过，两个女儿凯伦和卡罗坐在面向后方的活动座椅上看向窗外。我赶紧大叫:"我们在捡石头。"

但是,这些煤块太小了,一个小时捡下来最多只能装满半桶。而要让火维持一整个晚上,起码要一桶煤才够。因此,即使我们偶尔还是会到马路上去捡拾煤块,但我们大多数时候用的是木材。不过,我们家不只买不起煤炭,也买不起木柴。再加上父亲常不在家,没有人帮忙劈柴,我们几个小孩只好自己到森林里去捡拾枯枝和木块。

要找到干燥、适合生火的木柴,是一大挑战。为了寻找合适的木柴,我们在山里长途跋涉,抖落树枝上的积雪,看看有没有没被浸湿或尚未腐烂的木头。不过,相较于煤炭,木柴生出来的火不是很暖。我们只好用棉被紧紧裹住身体,围拢在宽肚的火炉旁,朝着那冒烟的微火,伸手取暖。母亲说,能够这样,我们就应该感谢了,想当初那些拓荒者,可是连窗玻璃或铁炉这样的现代化设施都没有呢。

有一天,好不容易生起了较大的火,但还是看得到自己呼出来的气,两边的窗玻璃上也仍然结着冰。为加大火势,我和布莱恩决定出去捡柴。捡完柴,快回到家的时候,布莱恩忽然停下脚步,望着我们家的房子。"我们家屋顶上没有积雪呢。"布莱恩说得没错,屋顶上的积雪已完全融化。"可是别人家屋顶上都有。"没错,布莱恩又说对了。

回到家,布莱恩告诉母亲:"难怪我们家这么冷,屋顶没有隔热板,热气全散出去了。"

"没关系,"母亲说:"虽然没有隔热板,至少我们拥有彼此。"全家人又围拢在火炉前。

由于屋里实在太冷，厨房的天花板上开始结出一条又一条的冰柱。水槽中的水，也结成了冰块，并且像混凝土一样将脏碗盘冻在里头。客厅里盥洗用的那盆水，表面也浮着一层冰。为了御寒，即使在家里我们都穿着外套、裹着棉被，上床睡觉时也不将外套脱下。卧室里没有火炉，因此无论在身上盖了几条棉被，我都觉得很冷，还常常冷得辗转反侧，不断用双手搓脚，想把它们搓热。

为了取暖，我们还抢着跟家里的狗一起睡觉——这时候家里有两只狗，一只叫叮当，就是那只小猎犬；另一只叫种子，是一只鬈毛的土狗，有一天从树林里游荡到了我家，便在我家住下。抢赢的人通常是母亲，因为，这两只狗也觉得冷，母亲的体积较大，可以提供较多温暖。先前，布莱恩因为怀念从前在沙漠的时光，在麦克道威街上一家廉价商店里买了一只鬣蜥蜴，并给它取名为伊济。为了给它温暖，布莱恩晚上睡觉时都把它抱在胸前。某天夜里，伊济终究顶不住寒冷，冻死了。

为预防我家底下那个水龙头里的水结冰，我们只好把水龙头一直开着。然而，这样做的效果毕竟有限，气温如果太低，里头的水照样结冰。早上起床后，便发现水龙头底下挂着一条长长的冰柱。我们点燃木头，拿到水龙头旁，看能不能将里头的冰块融化。没有用，里头的冰块太硬了。我们无计可施，只能等天气回暖。这段时间如果要用水，只好拿白铁锅装些雪或冰柱，再放到火炉上将它融化。

然而，有那么几次，地上的积雪不够多，母亲只好派我去向邻居弗里曼先生借水。弗里曼先生退休前是名矿工,和一双已成年的儿女土豆和佩西住在一块儿。弗里曼先生不曾直接拒绝我们,但每一次去他们家讨水,他总会盯着我好一会儿,不发一语,然后摇摇头,进屋去,过了一会儿递给我一桶水,再嫌恶地摇摇头;尽管我之前再三向他保证,等到来年春天,他想跟我们要多少水就可以要多少水。

"我讨厌冬天,"我对母亲说。

"每个季节都有它的可贵之处,"母亲回答:"寒冷的天气对身体有益,因为低温会杀死细菌。"

母亲说得似乎没错,我们几个姐弟妹确实从来没生过病。不过,就算哪一天早上起床时真的发了高烧,我也不会告诉母亲。因为,与其因为生病而留在这个冷得像冰库的家里,我宁愿到学校去窝在那暖乎乎的教室里。

除了杀菌,严冬还有一个好处,就是除臭。因为这个原因,从十一月份降下第一场雪起,一直到新年,这中间我们只洗了一次衣服。那年夏天,母亲买了一台绞扭式洗衣机放在厨房里(跟我们之前在凤凰城用的那一台差不多)。家里有电可用时,我们就把衣服丢进去洗,洗完后再放在前廊上晾。不过,由于我们家位于面北的山坳处,天气炎热时,湿度很高,衣服往往要好几天才晾得干。天气冷的时候就不一样了,衣服洗完后,放在前廊上没多久就结冰了。结冰后的袜子,形状像问号一样,而裤子更是硬得可以直接靠在墙壁上。我们只好将衣服收进屋里,在火炉边用力敲,好把它们敲软。"起码我们不用买淀粉浆了，”罗莉这时候打趣说。

尽管寒冬有除臭的作用，但毕竟太久没洗衣服了，到了一月的时候，我们身上的味道实在臭到不行，所以母亲决定挥霍一下：上自助洗衣店洗衣服。我们将一大堆脏衣服装进枕头套里，拖下山，来到了斯图尔特街。

母亲模仿非洲妇女的做法，将装脏衣服的袋子顶在头上，还要我们跟着做，母亲说，这样做有助于养成正确的体态，也比较不会对脊椎造成负担。不过，我们几个姐弟妹可不想被别人看到顶着洗衣袋走在韦尔奇的街道上。因此，我们并没有照母亲的话做，而是将袋子背在肩上，走在她身后，有路人从旁走过时，我们就转转眼珠子，表示我们的看法跟他们一样：这位头上顶着袋子的妇女，着实古怪了点。

走进窗玻璃雾濛濛一片的洗衣店，哇！好温暖、好潮湿！简直像在洗土耳其浴。在母亲的指示下，我们将硬币投入投币孔，再爬到洗衣机上面坐着。洗衣机开始轰隆隆地运转，运转所产生的热能温暖了我们的屁股，再温暖了我们全身。衣服洗好后，我们将湿衣服从洗衣机里抱出来，丢入干衣机里。干衣机一启动，衣服开始旋转，好像在坐云霄飞车一样，快乐得很。烘干过程结束，我们将衣服一件件抽出来，烫手的热度让我们忍不住将脸埋进去。接着，我们将衣服放到桌上，摊平，开始仔细折叠。包括衬衫的袖子和裤子的缝线，都对得整整齐齐，袜子也成对成对地捏成球状。其实，我们在家里从不折衣服，这时候会这么做，是因为洗衣店实在太温暖、太舒服了，当然要想办法延长待在那里的时间啰。

一月的时候,天气暂时回暖。这似乎是件好消息,然而,当积雪开始融化,森林里的木头也全部湿透,这样的木头很难生起像样的火,只能够烧出阵阵白烟。结果,我们只好在这些湿掉的木柴上沾些点灯的煤油,好帮助生火。不过,父亲对于这种以煤油助燃的做法相当不以为然。他说,真正的拓荒者是绝对不屑于这样做的。老实说,煤油并不便宜,燃烧时的温度也不高,用它来生柴火确实浪费了点。更何况,这样做有其危险性,如果使用不当,父亲说,煤油是有可能引起爆炸的。尽管如此,当木头潮湿、难以生火,而天气又太冷的时候,我们还是会这么做。

有一次,罗莉在家里添柴生火,我和布莱恩上山去寻找干燥的木头。就在我们抖落树枝上的积雪时,一声闷响从家里传来。我和布莱恩转过头,天啊,窗户内居然闪着火舌。

我和布莱恩丢下手中的木头,急忙跑下山。冲进屋里,罗莉正在客厅里跌跌撞撞,空气中有一股烧焦的气味,一看,罗莉的眉毛和刘海已经烧焦。原来,罗莉想要用煤油加大火势,却引起爆炸,正如父亲所预料的。所幸,家里没有任何东西着火,遭到火舌波及的只有罗莉的头发,和她的大腿——爆炸所引起的气流吹开了她身上的外套和裙子,她的大腿因而烫伤。布莱恩赶忙跑到屋外捧回一堆雪,敷在罗莉呈浅紫色的腿上。第二天,罗莉的两条大腿长满了水泡。

“记住,”母亲在检查过这些水泡之后说:“一个东西如果没毁掉你,就会让你变得更坚强。”

“这句话如果是真的,”罗莉说:“我早就成了大力士赫尔克里斯①。”

几天后,罗莉腿上的水泡开始破裂,清水状的液体从中流出。接下来几个星期,她腿上的伤口一直处在暴露的状态下,因此非常敏感,睡觉时盖棉被会很不舒服。没想到,天气再度转冷,令罗莉陷入了两难:睡觉时盖棉被,她就得忍受伤口摩擦之苦;睡觉时要是踢掉了棉被,她就得忍受刺骨的冰寒。

那年冬天,有一次我到同学凯莉梅家做功课。凯莉梅的父亲是麦克道威郡立医院的主管。她家是一栋坚固的砖造房屋,坐落于麦克道威街上。走进客厅,里头的布置以橘、褐两色为主调,方格呢的窗帘和沙发的皮套很相配。墙上裱了一张照片,照片中的人是凯莉梅的姐姐,身着高中毕业礼服。照片旁边点了一盏它专属的小灯,恍若博物馆里的陈设一般。

在靠近客厅门的墙上有一个小小的塑胶盒,盒子上印了一排很小的数字,盒子的上方还有一个拉柄。我趁着凯莉梅不在客厅时端详了一下,被凯莉梅的父亲注意到了。“那是自动调温器,”他说:“移动那个拉柄,屋子里的温度就会升高或降低。”

说完,凯莉梅的父亲伸出手,拉动拉柄。轰,一声闷响从地下室传来。

---

① 赫尔克里斯(Hercules),希腊罗马神话中的大力神,宙斯之子。

“那是火炉的声音，”凯莉梅的父亲说。

接着他领着我走向地板上的一个出风口前，要我把手放上去，感受一下从底下吹上来的暖风。我不想让他看出我的惊讶和羡慕，所以没多说什么；但是，之后连续几天，我每晚睡觉时都梦到家里装了自动调温器，拉一下拉柄，暖烘烘的热气就飘送到家中每个角落。

在我们搬到韦尔奇的第二年，当冬日将尽，最后一场暴风雪来袭之际，厄玛死了。至于死因，父亲说是肝脏衰竭，母亲则认为是饮酒过量造成的。“喝酒是一种自杀行为，就像把头伸进火炉一样，只是死得比较慢而已。”

无论死因为何，对于自己的后事，厄玛倒是早就做好了充分的准备。多年来，她看《韦尔奇日报》都只看讣文和框有黑边的悼念文章，并把她看中意的剪下来收藏。根据这些资料所提供的灵感，她将自己的讣文一改再改。至于葬礼要如何进行，她在生前也写好了一份长达数页的指导手册。包括葬礼上唱念的赞美诗和祷告词、停棺的殡仪馆、入殓时穿的寿衣、盛装遗体的棺材，她在生前全挑选好了。例如寿衣，她看中的是一套 JCPenney 出品的淡紫色蕾丝晚礼服，棺木同样是淡紫色的，但有两种色调，棺材的把手则是亮晶晶的铬所制成的。

厄玛的死，也使得母亲虔诚的宗教情操流露了出来。记得，当我们在等待牧师出场主持告别仪式时，母亲掏出念珠，开始为厄玛的灵魂祷告。母亲认为，厄玛的死，恐怕算是一种自杀，因此担心她的灵魂可能会下地狱。她甚至要我们过去亲吻厄玛的尸体。我们当然断然拒绝，结果，只见母亲独自走上前去，在一群悼念者面前屈膝下跪，在厄玛脸颊上用力亲了一下，亲吻的声音还响彻了整间教堂。

告别仪式开始了。父亲坐在我身边，脖子上系着他一向戏称为“绞索”的领带，这是我头一次看到父亲戴领带。只见他神情肃穆、僵硬，看得出来非常难过。我吓了一跳，原本以为厄玛对他来说应该比较是一种邪恶的影响力，如今能够摆脱掉她，他应该松了一口气才是，没想到他如此伤心。

葬礼结束后，走在回家的路上，母亲说，既然厄玛过世了，我们愿不愿意为她讲一些好话呢。没有人答腔。又走了几步路，罗莉忽然脱口而出：“叮咚，巫婆死了。”

我和布莱恩开始窃笑。父亲转过身，用冰冷的眼神狠狠瞪了罗莉一眼，我以为他要揍她，但是没有，他只是说：“够了没？她是我妈！”愤怒的眼光接着扫向我们：“你们这几个孩子，真叫我感到可耻。听到了没？可耻！”

说完他转身离开，往朱尼尔酒吧的方向走去。我们愣愣地看着他走开。“可耻！你说我们可耻？”罗莉大喊。

父亲没有搭理，头也不回地继续往前走。

四天过去了，父亲仍然没有回家，母亲于是派我出去找他。“为什么每次都是我？”我提出抗议。

“因为他最疼你啊，”母亲说：“只要你去叫他，他一定会回来的。”

我只好接下这份任务。从何处开始呢？第一个步骤，是到我们隔壁的弗里曼家，花一毛钱借电话。我拨了个电话给爷爷，问父亲在不在。爷爷说不在，而且他不知道父亲在哪儿。

我挂上电话，弗里曼先生问我："你们什么时候才自己装电话啊?"

"我妈不认同电话这种东西。"我将一毛钱铜板搁在他家的咖啡桌上，"她认为这种沟通工具太没人味了。"

看来，我只好亲自走访各家酒馆了。一如往常，第一站一定是朱尼尔酒吧。这家酒吧是韦尔奇镇上最豪华的一个，里头有大片的窗户，有烧烤汉堡和薯条用的烤架，还有一个弹珠台。

走进酒吧，里头的一位常客就高声嚷嚷："嘿！那不是雷克斯的女儿吗？你好吗，小宝贝?"

"我很好，谢谢你。请问我爸在不在这里?"

"你爸?"他转身问邻座的男人："雷克斯那只老臭鼬在哪儿?"

那人回答："我早上在豪迪酒馆看到过他。"

这时候酒保对我说："亲爱的，你看起来需要休息一下，要不要坐下来喝杯可乐?"

"不用了，谢谢你，我还有很多事情要忙。"

接着我转往豪迪酒馆。豪迪酒馆比朱尼尔低了一级，不但面积较小，光线较暗，提供的餐点也只有腌蛋而已。里头的酒保告诉我，父亲到帕波酒吧去了。帕波酒吧又比豪迪酒馆低了一级，里头黑漆漆的，几乎伸手不见五指，吧台上黏乎乎的，而且不供应任何食物。到了帕波酒吧，果然，父亲在那儿，正在跟那里的几个常客话当年，说他在空军服役时如何如何。

一看到我,父亲的谈话霎时中止,他用奇怪的眼神看着我,就像过去每次我必须到酒吧来找他时一样。这是个尴尬的时刻,对他对我都是如此。我不喜欢母亲派我出去找他,他也不喜欢这个衣衫褴褛的女儿出来叫他回家,好像他是个不听话的小学生似的。他用那冰冷、奇怪的眼神望了我一会儿之后,开始咧嘴而笑。

"嘿!小山羊!你到这个破酒吧来干吗?"

"妈叫我来叫你回家。"

"喔,你母亲叫你来叫我回家?"说完,他为我点了一杯可乐,又为自己点了一杯威士忌。我不断告诉他该走了,他却一直拖延时间,还点了好几杯威士忌,好像非得喝得酩酊大醉,才有办法面对自己的家似的。多杯黄汤下肚后,他站起身,摇摇晃晃走向厕所,回来后又点了一杯,准备在路上喝。终于,他"砰"一声将酒杯掼在吧台上,走向门口,开门时却失去重心,滑了一跤,脸部朝下趴在地上。我试着将他扶起,他却不断滑下去。

"亲爱的,"一个声音在我身后响起:"你那样是抬不动他的。这样好了,我载你们一程。"

"好啊,如果您顺路的话。真是太感谢您了,先生。"

这位先生开的是一辆小货车,在他和酒吧其他常客的帮忙下,我们好不容易将父亲抬进货车的后座,让他靠着一个工具箱坐着。初春,午后才三四点,天色已经暗了下来,麦克道威街上的行人三三两两踏上归途,店家也开始关门。父亲开始唱起他最喜欢的一首歌。

摇啊摇，甜蜜的马车摇啊摇
带我回家吧，请带我回家

父亲的声音是很有磁性的男中音，中气足、音色美、音域又广，尽管此刻已烂醉如泥，音量依然大到足以掀掉屋顶。

遥望约旦，我看到了什么？
带我回家吧，请带我回家
我看到一群天使们出现在我身后
带我回家吧，请带我回家

我爬上驾驶座旁的座位。路上，这位先生问起我的学校生活——父亲继续在后头唱得不亦乐乎，歌词中的“摇”字还拖得特别长，听起来好像牛在叫。我告诉这位先生，我很用功，因为我以后想当兽医或专门研究中新世的地质学家，而所谓中新世，就是美国西部山脉成形的时期。就在我向他说明火山熔岩的泡泡是如何制造出晶洞时，他打断我：“身为镇上头号酒鬼的女儿，你的抱负可真大呢！”

“停车！”他这话激怒了我。“我们可以自己回家。”

“啊，你误会了，我不是那个意思，”这位先生急忙解释：“更何况，你知道，你一个人是无法把你爸扛回家的。”

尽管如此，在我的坚持下，他还是停了车。我打开货车的尾板，试着把父亲拖下车。那位先生说对了，我一个人办不到。我只好坐回驾驶座旁，双手交抱胸前，眼睛直直盯着前方。终于，到了小霍巴特街九十三号，他停好车，帮我把父亲拖下来。

“我知道，我刚刚讲的话冒犯了你，”这位先生告诉我：“可是，我希望你知道，我那句话是在赞美你，没有恶意。”

我或许应该谢谢他，但我没有。而且，一直等到他把车子开走了，我才进去叫布莱恩帮我把父亲拖进屋里。

厄玛过世后两三个月，有一天，史丹利叔叔在地下室一边抽烟一边看漫画，看着看着却睡着了。结果，香烟的火星引起了火灾，将整栋房子付之一炬。所幸，史丹利叔叔和爷爷逃过一劫，后来在山腰上一栋旧屋的地下室里赁屋而居，里面有两间房，但是没有窗户。原先住在这里的毒贩，在墙壁和天花板的管线上用喷漆喷了一堆脏话和变态的图案。房东没有重新加以粉刷，爷爷和史丹利叔叔也没有。

他们住的这个地方有一间浴室可用，因此我们大概每个星期都会去那边洗澡。有一次，我们又过去借用浴室。像往常一样，爷爷又到麋鹿客栈去消磨他大半天的时间。罗莉先洗，母亲在爷爷房间里玩填字游戏，我则到史丹利叔叔的房间里，坐在沙发上看漫画，史丹利叔叔坐在我旁边。看了一会儿漫画，我感觉史丹利叔叔的手爬上了我的大腿，我看看他，但他眼睛盯着漫画，神情十分专注，我不确定他是故意的还是不小心。我拨开他的手，什么话也没说。过了几分钟，他的手又摸过来了。我的眼光往下一瞥，发现史丹利叔叔的裤子拉链是打开的，他正在自慰。我赫然一惊，想动手打他，但由于担心会跟当初罗莉打厄玛一样，惹来不必要的麻烦，只好强自隐忍，冲出去找母亲。

"妈，史丹利叔叔刚才对我毛手毛脚。"

"什么？别乱讲了！你在幻想不成？"

"是真的！他一边抚摸我，还一边打手枪！"

母亲歪着头，脸上露出担忧的表情。"可怜的史丹利，他太寂寞了。"

"寂寞个头！这叫猥亵！"

接着母亲问我有没有怎么样，我耸耸肩，摇头表示没事。"那就好啦。"性侵犯这种东西，母亲说，算不算犯罪要看当事人如何认定。"只要你不觉得自己受到伤害，那你就没有受到伤害。现在很多女人都太大惊小怪了，以为性侵犯是多么严重的事。很显然，你比她们还要坚强。"说完，母亲继续玩她的填字游戏。

就算坚强是件好事，我再怎么样也不想让史丹利叔叔以为我到那里是为了让他吃我豆腐。从此，我拒绝去爷爷家，也只好自己想办法洗澡。家里的厨房内有个铝缸，只要缩起身子，两腿贴前胸，便坐得进去，再加上天气已经够暖，自来水的水温不是太低，我可以从楼下的水龙头接水上来洗澡。洗完身子，我会蹲在铝缸旁，把头伸进水里，开始洗头发。不过，要把一桶桶的水从楼下抬到楼上，实在累人，因此我通常等到全身汗臭味太重了才去洗澡。

随着春天的来到，这里开始下起滂沱大雨，而且一连下了好几天。大量的雨水灌入山间的沟渠,顺带把岩石和低矮的树木冲刷而下,再冲上路面,刮掉了路面的柏油。雨水注入小溪,溪里的水位不断上涨,水质也逐渐浑浊,一层层黄褐色的泡沫开始浮现河面,仿佛巧克力奶昔。由于诸条小溪的灌溉,塔格河的水位也逐渐涨高,最后终于泛滥,越过河堤,淹入麦克道威街上的居民家和商店,冲走人们的小货车和活动房屋。河水也带来了大量泥沙,某些屋子里的淤泥甚至厚达一点二米。在水牛溪谷,某矿场的土堤崩溃瓦解,黑色的水汹涌而出,高达九米的积水令一百二十六人不幸丧生。母亲感叹,这正是大自然的反扑,由于人们蹂躏大地、破坏大地,尤其是滥砍树林和滥采矿藏,破坏了大自然原有的排水系统,今天才会发生如此可怕的水灾。

所幸,小霍巴特街地势极高,没有淹水,部分的路面却在雨水的冲刷下流进了下方的民宅。我们家下方的那几根支柱,周围的泥土也被雨水冲蚀掉一些,整栋房子变得更摇摇欲坠。厨房天花板上的破洞如今变得更大。我们的卧室里,布莱恩和罗莉睡的那一侧,天花板开始漏水。一旦下雨,睡上铺的布莱恩只好拿一块防水帆布盖在身上。

屋内,每一样东西都是湿的。堆得满坑满谷的书、画和报纸,上面已经爬满薄薄的绿色霉菌。甚至,角落里还长出了小小的蕈菇。通往我家的木楼梯,也因为过度潮湿而开始腐蚀。爬这些阶梯成了我们每日必须从事的冒险。有一次,母亲就因为踩到了一级已经腐烂的梯子,整个人摔下去,往下坡处滚了好一段距离,弄得手上和腿上多处瘀青，过了好几个星期才复原。由于伤口太多，走在路上往往引人侧目，她只好赶紧解释说："我老公没有打我，他只是不愿意修楼梯而已。"

前廊也开始腐烂。大多数的栏杆已经腐朽，地板像海绵一样吸饱了水，蔓生的霉菌和苔藓让地板变得又湿又滑。因此，入夜后要走到屋子底下去上厕所成了极大的挑战；家里的每个人都曾经至少一次在前廊上滑倒而摔落下方。这一摔可不是开玩笑的，从门廊的地板到下方的地面，其间的距离足足有三米。

"家里的前廊，我们总该想想办法吧，"我终于忍不住对母亲抱怨："晚上到下面上厕所很危险。"更何况，底下的厕所已经不堪使用，里头的排泄物快要溢出，我们最好在山边再挖个坑。

"你说得没错，"母亲说："我们是该想想办法。"

结果，母亲买了一个黄色的塑胶水桶，放在厨房的地板上，谁要上厕所就直接上在里头，等到满了，再看看谁有勇气把它拿到外头，挖个坑埋掉。

有一天，我和布莱恩在家附近闲晃，布莱恩捡起一块腐木，结果在一堆球潮虫和蚯蚓之间，发现了一颗钻戒，上头的钻石好大一颗。一开始，我们以为那是假货，后来，我们照着父亲教我们的，用口水把它擦亮，再拿它来刮玻璃，才发觉好像是真的。会不会是以前住在这里的那个老女人留下来的？我和布莱恩如此猜想。那个女人在我们搬进来以前就死了，大家都说她有点精神异常。

“你觉得这东西值多少钱?”我问布莱恩。

“恐怕比我们家房子还值钱吧。”

我们俩开始在心里盘算，要是把这东西拿去卖了，我们就有钱买食物，买下这栋房子(爸妈已经有好几个月没缴房租了，有人说我们就快被赶出去了)，甚至还买得起一些特别的东西，譬如为每个人添购一双新的布鞋。

我们把戒指拿回家给母亲看。她就着灯光端详了好一会儿，说要请人鉴定才知道。第二天，她搭巴士到布鲁菲尔德。回来后告诉我们，那是颗货真价实的钻石，足足有两克拉重。

“值多少钱呢?”我迫不及待地问。

“那不重要，”母亲回答。

“怎么会不重要?”

“又没有要把它给卖掉。”

母亲说要留下这枚钻戒,好弥补她多年来的遗憾——想当初她和父亲结婚没多久,外婆送她的结婚戒指就被父亲拿去典当了。

“可是妈,”我说:“这枚钻戒可以换来很多食物呀。”

“话是没错,不过,它也可以提高我的自尊心。在现在这样的时刻,自尊心比食物还重要。”

母亲的自尊心确实需要加强。遇到不如意时,她有时候会躲到沙发床上,赖在那里好几天,一把鼻涕一把泪的,偶尔不高兴还会拿东西砸我们出气,并哭诉着,要不是被我们这些孩子拖累,她早就成了大名鼎鼎的画家,而我们居然没有人感念她的牺牲。第二天,这样的情绪要是已经烟消云散,她又会开始一边画画一边哼歌,好像什么事都没发生过一样。

在戴上新钻戒后没多久,一个星期六的早上,母亲心情很好,决定要替这个家来个大扫除。我大表赞同,并提出我的想法:将每个房间彻底打扫一遍,不需要的东西就丢掉,只留下必要的东西。在我看来,这是解决家中脏乱的唯一办法。可是母亲说,这样做太费时了。结果,最后的大扫除,不过是把散落各处的纸张堆叠起来,把脏衣服塞进柜子的抽屉里而已。打扫的时候,母亲还要求我们一边念诵圣母经。“这样的话,”母亲说:“在打扫房子的同时,还可以洗涤自己的灵魂,不是一石二鸟吗?”

后来,母亲提到,她前几天之所以心情不好,是因为没有充分的运动,于是她决定:“我要开始做柔软操。血液循环顺畅了,人生观就会大大改观。”说完,她马上弯下腰去碰触她的脚趾头。

再挺起腰时,母亲说她心情好多了,又弯下腰再做一次。我坐在写字台边,双手交抱胸前看着她。真正的问题,我心里明白,才不是血液循环好不好呢。这个家需要的,不是做柔软操,而是采取极端手段。我已经十二岁了,思考过很多出路,在图书馆搜集过一些资料,对附近其他人家如何谋求生计也有一些了解。我已经有了计划,只是一直在等待机会向母亲提起。如今看来,时机似乎已经成熟。

“妈,我们不能再这样下去了。”

“我们现在过得还不赖啊。”碰触完脚趾头,母亲接着向上伸展。

“我们已经连吃三天爆米花了,”我说。

“你的态度总是这么消极,跟你外婆一样,除了批评,还是批评。”

“这不是态度消极,是实事求是。”

“我已经尽力了。你为什么从来不怪你爸?他可不是圣人。”

“我知道。”说这话的时候,我的手在写字台的边缘摩挲着。父亲一向把香烟搁在这里,因此烧出了一道仿佛装饰纹路的黑痕。“妈,你得离开爸爸才行。”

母亲的动作霎时停止。“真不敢相信你会这么说!如果是别人就算了,没想到连你都要背叛你老爸。”是的,我一向是父亲最有力的辩护者,也是家中唯一一个愿意相信他编织出来的一切借口、故事和春秋大梦的人。“他那么爱你,你怎么可以这样对他?”

“我不怪他。”真的。可是我担心他那严重的自毁倾向会拖累我们全家人。“我们一定要离开他才行。”

“可是我不能离开你爸!”

我告诉母亲,要是她离开父亲,她就有资格向政府申请补助(但现在不行,因为她有个四肢健全的丈夫)。学校里,有些同学就是靠救济金过活的,小霍巴特街上的家庭更有半数是如此,他们都过得不错啊。我知道母亲反对社会福利制度,可是,那些孩子有粮票可领,有布料津贴可拿,还有政府出钱帮他们买煤炭和学校的营养午餐。

母亲不听。她说,社会福利制度会对小孩造成不可弥补的心理伤害。“肚子饿了,总有吃饱的一天。受冻了,总有得到温暖的时候。可是,政府的救济会改变一个人。即使哪一天你不领救济金了,那个烙印还是会跟着你:你是个接受救济的贫民。这个伤疤会跟着你一辈子的。”

“好,”我说:“那不要接受救济行吧?你可以去找工作啊。”麦克道威郡跟战役山一样,很缺老师,母亲马上可以找到一份教书的工作。一旦她有了薪水,我们就可以搬到镇上,找间小公寓住下来。

“那样的生活听起来挺糟的,”母亲说。

“会比现在的生活还糟吗?”我反问。

母亲沉默了,好像在思索什么。半晌,她抬起头,脸上浮现平静的笑容。“我不能离开你爸,这样做违背了天主教信仰。更何况,”母亲叹气:“老妈这个人,你又不是不了解,我有个严重的瘾头:喜欢追求刺激。”

我劝母亲离开父亲的事，母亲从来没有告诉过父亲。那年夏天，父亲仍然以为我是最支持他的人。或许是吧，毕竟，这个宝座没人跟我抢。

六月的一个下午，我和父亲坐在前廊上，两条腿搁在地板的边缘晃啊晃的，俯视着山下的房子。那年夏天，天气非常炎热，热到我都快不能呼吸了。想当初在凤凰城和战役山，夏天的气温通常高达摄氏三十八度左右，这里的天气却似乎更热。父亲说没有，这里的气温只有三十二度而已。那一定是温度计坏了，我说。父亲又说，我会这么觉得，是因为我已经习惯了沙漠的气候，沙漠的热是干热，这里的热是湿热。

真要比热，父亲指出，谷底的斯图尔特街才真的热呢，因为，热气都被闷在谷底了。而我们家，因为在山腰的最高点，是全韦尔奇最凉爽的地方，而如果水灾来袭，也是最安全的地方（这一点我们倒见识过了）。“你们都不知道，我当初在考虑要住哪里时，费了多少心思，”父亲告诉我：“说到房地产，最重要的条件有三个，你知道是什么吗，小山羊？就是地段、地段、地段。”

父亲开始笑，但是没笑出声，双肩微微地抖动着。越笑，整件事好像就越好笑,他就笑得越用力。我也忍不住跟着笑了。不一会儿,我们俩开始像疯子一样,躺在门廊上,双脚用力踩着地板,歇斯底里地笑着,眼泪也忍不住流了下来。直到笑累了,肚子抽筋了,以为终于结束了,没想到我们其中又有一人“噗嗤”一声,惹得另一个人也跟着发作,最后两人又开始捧腹大笑,尖锐的笑声活像土狼在叫。

面对酷暑,韦尔奇的小孩们有一个消暑良方,就是到市立游泳池游泳。这座游泳池,位于加油站附近的铁道旁,我和布莱恩去过一次。但是,俄尼和他的同党也在那儿,看到我们出现,他们开始告诉在场的每个人说,沃尔斯一家人住在垃圾堆里,他们来这边游泳会弄脏一整池的水。俄尼这伙人上次在小霍巴特街之役一败涂地,自然怀恨在心,如今终于找到机会报一箭之仇。后来,不知道是谁,讲出了“传染病”这样的字眼,并向他们的父母或救生员抱怨,说要是不及早赶走我们,游泳池畔恐怕会爆发大规模的传染病。最后,我和布莱恩决定走人。正当我们要离开时,俄尼还跑到铁链围栏旁,得意洋洋地尖声高呼:“滚回你们的垃圾堆吧! 滚了以后,就不要再回来!”

一个星期后,天气一样燠热,我在镇上遇到了迪妮莎。她刚游完泳,湿答答的头发还包在浴巾里头。“哇! 那里的水真是凉快!”讲这话的时候,“凉”那个字还拖得老长。“你去那边游过泳吗?”迪妮莎问。

“有人不喜欢我们出现在那里。”

我虽然没有进一步解释，迪妮莎似乎明白我说的是谁，她点点头，然后说："这样的话，你何不早上来跟我们一起游泳？"

迪妮莎口中的"我们"，我知道，指的是黑人。这座游泳池没有采取种族隔离措施，任何人在任何时间都可以到那边去游泳。然而这是理论，真实的情况是：所有的黑人都选择上午的时间到那边游泳（这时候游泳是免费的），所有的白人则都选择下午的时间到那边去（这时候门票是五毛钱）。这样的情况不是人为的规定，也不是刻意的安排，是自然而然就形成的。

我当然很想再跳到那游泳池里凉快凉快，可是我心里有个疑虑，接受迪妮莎的邀约会不会触犯禁忌。我小心翼翼地探问："可是，我这样做，不会引起某些人不高兴吗？"

"就因为你是白人？"迪妮莎说："这个嘛，有些白人可能会生气，我们黑人不会。更何况，那段时间是不会有白人在那里的。"

第二天早上，我把我那件从廉价商店买来的连身泳衣裹在一条已经磨损的灰色浴巾里，来到游泳池门口和迪妮莎碰头。进了门，担任服务员的白人女孩看到我吓了一跳，但没说什么。走进灯光昏暗的女更衣室，清洁剂的味道扑鼻而来，墙壁是用煤渣块砌成的，水泥地板湿漉漉的。里头摆设的几张长板凳，木板已经剥落。八声道的收录音机，正以超大的音量播放着黑人灵歌。几个黑人女性挤在板凳间，随着音乐或唱或跳，好不热闹。

根据我以前上游泳池的经验，白人女性到了更衣室，总是羞于和别人裸裎相见，因此会在腰上围上浴巾再脱下底裤。可是，这些黑人女性很不一样，她们大多数是赤条条的，神情自然地将自己的身体展露在别人面前。有些人身材瘦削，臀部无肉，锁骨明显突起；有些人则有着一双肥大的屁股，和一对会抖动的丰满胸部。跳舞的时候，她们甚至会互撞屁股或互顶胸部。

一看到我，这些人停下了舞步。其中一个赤裸的女人更直接走过来，双手放在屁股上，站在我面前，由于她的胸部和我是如此靠近，我很担心她的乳头会碰到我。迪妮莎赶紧解释，我是和她一道来的，而且，我是好人。这些女人彼此对视了一下，耸耸肩，就放过我了。

快十三岁的我，很羞于让别人看到自己的裸体，因此原本打算在不脱掉上衣的情况下将泳衣穿上，不过，我又担心这样做只会更引人注目，于是决定还是脱光衣服。深吸了一口气，我脱下了我的衣服。迪妮莎马上注意到我胸前那道巴掌大的伤疤。我告诉她，会有这道伤疤，是因为我在三岁时着了火，后来住进医院六个星期，接受皮肤移植，这也是为什么我从来不穿比基尼。迪妮莎伸出手，在伤疤上轻轻摸了一下，“感觉还不赖嘛。”

“嘿，迪妮莎！”旁边的一个女人说：“你这个白人朋友长了红色的毛喔！”

“不然，你希望她的毛是什么颜色的？”迪妮莎说。

“是啊，这样领子和袖口才搭得起来嘛！”我接腔。

这句话，其实是我偷偷向迪妮莎学来的，我曾经听到她这么说。听到我这样讲，迪妮莎露出会心一笑，在场的其他人也呵呵大笑。正在跳舞的一个女人跑到我身边来，用屁股顶了我一下。我觉得我被接纳了，于是也调皮地顶了回去。

整个早上，我和迪妮莎一直泡在水里，泼水，练习仰泳、蝶泳，尽情伸展肢体，倒立，把腿抬出水面，在水底下做各种动作，和其他小孩玩水中捉迷藏；不然就是溅起大量水花，将坐在池畔的人淋湿。蓝色的水闪着粼粼的波光，还翻滚出许多白色的泡沫。等到免费的游泳时间结束，我的手指和脚趾已经皱到不行，双眼也因为水中的氯而发痒变红。这座游泳池的氯很多，多到可以看到氯气挥发。游了一个早上下来，我必须说，我的身体从来没这么干净过。

游完泳的那天下午，我独自一人在家，继续享受着皮肤因为浸泡氯水而产生的干燥和瘙痒感，以及骨头在大量运动后出现的酸痛感。忽然，我听到有人敲门，吓了一跳，这个家，几乎从来没有外人造访。我将门轻轻推开大约十厘米，往外一看，前廊上站了一个秃头男子，腋下夹了一个卷宗。我隐隐约约觉得，他应该是公家机关的人——父亲一向警告我们要对这种人敬而远之。

“请问家长在家吗？”

“你是谁？”我反问。

这个男人笑了笑，那样的笑，我知道，代表他接下来要宣布一项裹上糖衣的坏消息。“我是儿童福利机构的人。请问，沃尔斯先生或沃尔斯太太在家吗？”他说。

“不在。”

“你今年几岁？”他又问。

“十二岁。”

“我可以进去吗？”

看得出来，这个男人正在努力打量屋内，我把门往里拉，只留下一道很小的缝。“我爸妈大概不会希望我让你进来。”为了让他知道我的厉害,我说:"除非他们和律师谈过了。告诉我,你找他们什么事,我再转告他们。"

男人说,他们接获通报,说住在小霍巴特街九十三号的这一户,做父母的并没有好好照顾他们未具谋生能力的子女。至于通报者是谁,他说他不能随便透露。

"我爸妈在照顾我们啊,"我说。

"真的?"

"真的。"

"你父亲有工作吗?"

"当然有,"我答道:"他打零工。还有,他是个创业家,他正在研发一项技术,要让劣等的沥青煤燃烧时更安全也更有效率。"

"那你母亲呢?"

"她是画家、作家兼老师。"

"真的?"男人在纸上做笔记:"在哪儿教书?"

"我想,我爸妈不会希望我在他们不在家时跟你讲这些事。请下次再来吧,他们会回答你的问题。"

"好吧,"男人说:"那我下次再来。记得告诉他们喔。"

男人从门缝外递了一张名片给我,然后转身离去。看到他步下楼梯,我提醒他:"小心那些楼梯,我们正准备换新的。"

男人走了以后,我心里升起一股无名火。我冲上山,从地上抱起必须两手合力才拿得动的石头,开始丢,丢到我们家旁边的垃圾坑中。那个儿童福利机构的男人，我恨他；这辈子以来，除了厄玛，我还没有如此恨过一个人。甚至，我对他的恨还超过我对俄尼的恨。当俄尼那帮人跑到我家外头大骂我们是垃圾时，我们至少可以用石头将他们击退。但是，这个儿童福利机构的男人不一样，他一旦认定了我们这个家庭不健全，我们就没有办法把他赶走。而且，他会开始进行调查，最后把我、布莱恩、罗莉和莫琳分别送到不同的家庭寄养，即便我们成绩再好，即便我们懂莫尔斯密码，他还是会把我们给拆散。不，我绝不能让这样的事情发生，我说什么都不要失去我的姐姐、弟弟和妹妹。

要是我们能再次逃跑就好了。有好长一段时间，我和布莱恩、罗莉都以为，我们迟早又会离开韦尔奇。每隔几个月，我们就去问父亲，什么时候会离开这里。父亲曾经提起澳大利亚和阿拉斯加，但从未采取行动。要是问母亲，她则会唱起歌来，什么“漂泊的日子已成往事”之类的。或许，回到韦尔奇后，父亲就不想再浪迹天涯了。说实在的，我们已经被困在这里了。

母亲回到家后，我将那个男人的名片拿给她看，告诉她发生了什么事。怒气未消的我，开始破口大骂，谁叫她和父亲都懒得去找工作，谁叫她不愿意离开父亲，我们只好任由政府来拆散这个家了。

原本以为母亲会回我什么话，没想到她一个字也没说，只是静静听我滔滔不绝地骂。我发泄完以后，她说她需要好好想一想，便在画架前坐下，拿起一块三夹板（家里的帆布已经用光了），再拿出调色盘，挤上一些水彩，然后挑了一支水彩笔。

“你在干吗?”

“我在思考,”母亲回答。

母亲画得很快,全自动似的,好像她已经构思得非常清楚了。很快地,三夹板的中央出现了一个人形。是一个女人,双手高举。接着,女人的腰部周围出现了蓝色的同心圆,一圈,两圈,三圈……。原来这些蓝色是水。这幅画,是一个女人在狂风暴雨的湖中溺水。最后,画完成了,母亲坐在原地,盯着画看,久久不语。

最后我终于忍不住了:“我们到底要怎么办?”

“珍妮特,不要这么咄咄逼人好吗?你吓到我了。”

“你还没回答我的问题。”

“我会去找工作。”母亲将水彩笔扔进放松香油的罐子里,继续坐着,望着那溺水的女人。

合格的教师，在麦克道威郡极度缺乏，以我后来上的韦尔奇中学为例，就有两个老师没上过大学。因此，快周末的时候，母亲就找到了工作。我们原本以为那儿童福利机构的人会再回来，于是花了好几天的时间用力打扫房子，希望到时候能给他个好印象。不过，母亲的垃圾太多了，厨房天花板上又有个会漏水的洞，地上还有一个恶心的黄色水桶，要把这个房子弄得干干净净，几乎是不可能的任务。不过，不知道为什么，儿童福利机构的男人再也没有出现过。

母亲的新工作，是在一所小学教补习阅读，学校在戴维，是个矿区，位在韦尔奇北面大约十九公里处。由于我们家还没买新车，校长安排母亲搭另一位老师的便车上下班。这位老师名叫露西罗，刚从布鲁菲尔德州立大学毕业没多久，开的是一部棕色的道奇标枪，身材极度肥胖的她，几乎塞不进驾驶座。打从一开始，露西罗就讨厌母亲，因为，开车接送母亲，或多或少是校长指派给她的任务。开车的途中，她多半沉默寡言，只是从头到尾一直播放着芭芭拉·曼德瑞尔的录音带，或抽着有滤嘴的酷牌香烟。母亲一下车，她就拿起莱舒喷雾消毒剂在母亲刚坐过的椅子上猛喷。另一方面，母亲则觉得露西罗没知识到了极点，有一次她提到杰克逊·波洛克①，露西罗却回说，她有波兰血统，不喜欢母亲用这种鄙视性的字眼称呼波兰人。

在这所学校，跟以前在战役山教书时一样，母亲还是经常犯一些老毛病，譬如文件处理乱无章法，不懂得如何维持课堂秩序，而且每个星期至少会故意赖床一次，不想上班。我和布莱恩及罗莉只好想尽办法，劝她出门上班。出了门，只见露西罗一脸怒气地等在车子里，严重生锈的排气管中冒出一阵阵的蓝烟。

不过，无论如何，起码我们现在有钱了。我们几个姐弟妹都在打工赚钱，譬如我会去帮邻居带小孩，布莱恩会去帮人家除草，罗莉会去送报，但这些钱加在一起并不多。现在可不同了，母亲一个月的薪水就有大约七百块钱，记得我头一次看到她那张灰灰绿绿、自动印上签名、存根可撕下的薪水支票时，我好兴奋，以为一家人的苦难就要结束了。发薪日一到，母亲领着我们几个小孩一起到法院对面那家很气派的银行去兑现支票。当出纳员将钞票奉上后，母亲跑到角落里，将钞票塞进一只袜子，再用安全别针别在胸罩上。接着我们高高兴兴地赶到电力公司，赶到供水公司，赶到房东太太那边去，掏出好几张十块钱或二十块钱的钞票，将该付的费用缴清。不过，从胸罩内捞袜子的举动实在引人侧目，这时候母亲会赶紧向一旁的人解释说，她这样做是为了预防扒窃。

① 杰克逊·波洛克(Jackson Pollock，1912—1956)，美国抽象表现主义派大师。

有了这些钱,母亲开始用分期付款的方式购买电热器和冰箱。每个月,我们再到电器商店缴一定的钱,心里盘算着,到了冬天,这些设备就是我们的了。不过,每一次分期购物时,母亲总是不忘多买一样我们其实并不需要的"奢侈品",譬如一条有流苏的丝织披巾或一个水晶花瓶。母亲解释,要觉得自己是有钱人,最保险的方式就是去买一些高级的"非必需品"。买完了这些东西,我们再到山下的杂货店去添购食品,如豆子、白米、奶粉、罐头等等。说到罐头,母亲总爱买那种表面撞凹了的罐头,不管有没有减价;母亲的说法是,这些罐头也需要有人爱。

回到家,我们会打开母亲的钱包,将里面的钱通通倒在沙发床上,看看还剩多少。通常会剩个好几百块。我以为,这些钱应该足以应付我们生活到月底的开销了;没想到,很奇怪的,每个月,这些钱总是在下一张薪水支票进来以前就凭空消失。我只好再一次从学校的垃圾桶里觅食。

那年秋天,有一次月底快到了,母亲宣布,我们有一块钱可以买晚餐。一块美金,够我们买三点八公升的三色冰淇淋了。母亲说,冰淇淋不但美味,而且钙质含量丰富,有益骨头健康。冰淇淋刚买回家,布莱恩马上扒开纸盒,将冰淇淋平均切成五块。我首先挑了一块。母亲说,好好享受今天的冰淇淋吧,明天就没有钱吃晚餐了。

"妈,那些钱都到哪儿去了?"我一边吃冰淇淋,一边问。

"没了! 全没了!"

"都花到哪里去了?"罗莉问。

“能花到哪里去？我有一屋子的孩子要养，又有一个嗜酒如命的老公。维持生计哪有你们想象的那么简单！”

有那么难吗？我心里不禁纳闷。别的母亲就办得到。我开始拷问她：你是不是把钱都花在自己身上了？还是你把钱都拿给父亲？父亲偷过你的钱吗？还是我们钱花得太凶了？我得不到满意的答复，最后说：“那你把钱交给我们，我们来制定预算，之后再严格执行。”

“你说得容易喔，”母亲回答。

罗莉和我，后来确实制定了一套预算，预算中还列出一笔零用金，让母亲可以用来买一些奢侈品，如特大号的好时巧克力棒和水晶花瓶。我们相信，只要我们严格照预算来花钱，之后一定买得起新衣、新鞋、新外套，也可以在淡季时用较低的价钱买进一吨的煤炭。最后，我们甚至可以为屋顶加装隔热板，在屋内装设水管，添购热水器。不过，母亲从来不把钱交给我们，因此尽管她现在有了一份稳定的工作，我们的生活仍然跟从前相差无几。

那年秋天，我升上了七年级，也就是说，我进入韦尔奇中学就读了。韦尔奇中学很大，位于山顶附近，居高临下，俯瞰全镇。要到达这里，必须先走上一段陡坡。这里的学生，除了来自韦尔奇，也来自邻近其他矿区，如戴维和大麻山，这些地方因为太小所以没有自己的中学。这里的学生，有些看起来和我一样穷，头上顶着家里剪的头发，脚上穿着破鞋。相比于在韦尔奇小学，我发现自己在这里适应得多。

迪妮莎也上这所学校。那年夏天和她一起在公立游泳池戏水，是我在韦尔奇以来最快乐的时光。从那以后，她没有再邀请过我，我也再没有回到过那里游泳；尽管那游泳池是公立的，但我心里似乎觉得，有她的邀请，我才能过去游泳。再一次看到她，是学校开学以后。那天一起游泳的事，我们俩都没有再提起过。我猜想，她和我都知道，韦尔奇的居民对于黑人和白人交往是有意见的，因此我和她要变成好朋友很难。中午用餐时间，她仍然和她的黑人朋友混在一块儿，只有在自修室念书的时候，我们才会互传纸条。

但是，上了中学以后，迪妮莎变了。她眼中的神采消失了，还开始喝起麦芽啤酒，甚至明目张胆地把烈酒装在汽水罐里带到班上。

我很想知道她发生了什么事，因此设法刺探，但是，我得到的情报顶多只是：她母亲的新男友搬进了她们家，家里变得有点拥挤。

圣诞节前的某一天，我们在自修室里自修，迪妮莎传了一张纸条给我，问我以“迪”字开头的女生名字有哪些。我写下所有我想得到的名字，如迪安、迪娜、迪拉、迪莉玛、迪安德拉等等，并问她**为什么问**。她传回来一张纸条告诉我：**她好像怀孕了**。

圣诞节结束后，迪妮莎就再没有回到学校来上课了。过了一个月，我决定去找她，来到她家门前敲门。一个男人打开门，打量着我。这个男人肤色铁黑，眼睛蜡黄。他没有打开最外层的挡风门，我只好透过纱窗跟他说话。

“请问迪妮莎在家吗？”

“你找她干吗？”

“我想见她。”

“她不想见你。”说完，男人将门关上。

从此以后，我在镇上只见到过迪妮莎一两次，但是没有交谈，只是挥手打招呼。不久后，我听说迪妮莎被警方逮捕了，原因是，她拿刀砍伤她母亲的男友。

在学校里，女生们最爱窃窃私语的话题是，谁还是处女？她们会让自己的男朋友等上多久才让他们碰她们？在这里，世界上的女生似乎分成两类，有男朋友的和没有男朋友的，这一点，可以说是最最重要，甚至唯一重要的区别。可是我知道，男生是危险的动物，嘴巴上说我爱你，心里却别有所图。

尽管不信任男生，我其实还是蛮渴望有男人看上我的。但是，我先前提过的那位暗恋我的老男人肯尼不算。我在想，要是有男生对我有好感，当他想对我毛手毛脚时，我会不会有那个胆量告诉他，我不是那种随随便便的女孩子？不过，这个问题我根本是多虑了，毕竟，我是个没人要的丑八怪——俄尼的讲法更过分，他说我不但没人要，就算想找狗陪我玩，也得在脖子上挂条猪肉才能够吸引它们。

关于我的外表，母亲形容得比较委婉，说是“性格”。有多性格呢？身高将近一百八十厘米，皮肤像青蛙的肚子一样白，头发是鲜艳的大红色，手肘长得像飞镖，膝盖长得像茶碟。不过，我最醒目也最丑陋的特征，是牙齿。不是说我的牙齿长得歪七扭八或烂光了，事实上它们又大又健康，问题是它们太凸了。尤其是上排的牙齿，往外凸得非常厉害，造成我嘴巴无法完全密合。为了掩饰，我常常刻意将上唇往外拉，或笑的时候以手捂嘴。

所幸，我的家人会安慰我。像罗莉会说，我太夸张了，我的牙齿并没有我以为的那么难看。“你的牙齿虽然有点暴，但有一种长袜子皮皮①般的魅力。”母亲的说法是，我的暴牙让我的脸显得更加有性格。布莱恩则说，要是我哪天必须透过篱笆的洞吃苹果，我的暴牙就可以派上用场了。

---

① 长袜子皮皮为瑞典作家林格伦所创作的一系列儿童文学小说的主角。她是个满脸雀斑的小姑娘，两根红发辫子永远朝上晃动，脚上的袜子总是一黑一红。

可是我心里明白，我需要的不是安慰，而是——牙套。每一次照镜子，我多么渴望我也能有一口装了铁丝的牙齿。当然，这东西爸妈是不可能负担得起的，我们几个姐弟妹连牙医诊所都没去过，更别说装牙套了。不过，我在打工赚钱，包括帮人家带小孩或帮同学做功课，于是我下定决心：我要好好赚钱，有一天也要装牙套。不过，一组牙套多少钱，我一点概念也没有，于是找了班上唯一一个装了牙套的女生聊天，先对她整齐的贝齿大肆赞美一番，再不经意地问起：她那牙套花了她父母多少钱？她回答：一千两百块钱。我听了，差点从椅子上跌下来。一千两百块钱！我帮人家带小孩一个小时，也才赚一块钱，依照我一个星期工作大约五六小时的状况来计算，就算我赚来的钱一毛不花，也得花上大约四年的时间，才存得到一千两百块钱！

既然如此，我决定了：我干脆自己动手做。

要自己动手做，我必须有参考数据，于是我来到了图书馆，问有没有畸齿矫正方面的书。馆员好奇地看着我，说没有。如此一来，我只好自己摸索了。过程中，当然少不了几番实验和错误的尝试。一开始，我的工具很简单，就一条橡皮筋而已。上床睡觉前，我会拉开橡皮筋，将上排牙齿整个套住。这条橡皮筋很小，但是很粗，套得很紧。不过，它同时也会压迫到舌头，感觉不是很舒服，而且橡皮筋有时候会在半夜弹开，害我第二天早上起来噎到。尽管如此，它通常可以维持一整个晚上；第二天早上，我的牙龈就会因为受到牙齿的压迫而感到酸痛。

这似乎是成功的预兆。然而，我又开始担心，这样做，会不会不但没有把我前面的牙齿往后拉，反而把后面的牙齿给往前拉？于是，我又找了几条更大的橡皮筋，将头整个套住，并束紧前排的牙齿。然而，这样做有一个问题，就是橡皮筋太紧了（但不紧又不会有效），会令我在第二天早上醒来时感到头痛，并在我脸颊两侧留下深红色的勒痕。

看来，我需要更先进的技术。于是我找来一个金属衣架，依后脑勺的形状折成马蹄形，再将两边的末端往外折；这么一来，当它戴在头上时，末端的钩钩既不会刺到脸，又可以将橡皮筋固定住。试戴了一下之后发现，衣架会卡进我后脑勺的肉里，于是又找了块"靠得住"卫生棉垫着。

整体而言，这副自制牙套相当完美，只是有几个缺点。譬如，戴上它时我必须仰躺着——这一点对我来说很难，尤其在天冷时，因为我喜欢蜷缩在被子里。还有，橡皮筋仍然会在半夜弹开。另一个缺点是，佩戴很花时间，因此我总是等到四下漆黑，不会有人看到时才将它戴上。

一天晚上，我又戴着我精巧的"衣架牙套"躺在床上，卧室的门忽然打开。黑暗中，我看到一个模糊的身影。"是谁？"我问。不过由于我戴着牙套，我喊出来的声音比较像是"四蛇"。

"是你老爸啊，"父亲说。"你又是谁？怎么这么口齿不清？"父亲走到我床边，举起打火机，喀一声，冒出一道火焰。"你头上戴的什么鬼东西啊？"

“阿踏。”

“什么?”

我取下头上的装置,告诉父亲,我的暴牙太严重了,需要装牙套矫正,但一组牙套要价一千两百块钱,我只好自己动手做。

“原来如此,好,戴回去吧。”父亲仔细端详我的作品,点点头说:“你这个牙套真是制作精美、巧夺天工啊。看来,你遗传到你老爸的天分哦。”

父亲握住我的下巴,把嘴打开,看了看之后说:“嗯,你的牙套好像真的有效喔。”

进入韦尔奇中学，我开始有了想参加社团的念头。因为，我希望从中得到归属感，不想再被视为瘟神，人人对我敬而远之。我很会跑步，或许可以去参加田径队；但是，参加田径队必须自己花钱买制服，母亲说我们负担不起。所幸，我后来有机会进入校刊工作小组，帮忙制作校刊《紫红波浪》。在这里，既不用花钱买制服、买乐器，也不用缴社费。

校刊的指导老师珍妮特·毕文思小姐，在学校教英文，她个性沉静、注重细节，在韦尔奇中学已经教书多年。父亲告诉我，他当初也是毕老师的学生，他这辈子第一次觉得受到肯定，就是拜毕老师所赐。当年，毕老师认为父亲很有写作天分，鼓励他把他创作的一首名为《夏季风暴》的二十四行诗，投稿参加一项全州性的诗歌比赛。结果，父亲这首诗赢得首奖。父亲的另外一位老师对此冷嘲热讽：泰德和厄玛这两个下三滥的酒鬼，怎么可能歹竹出好笋，生出一个会写诗的儿子？那首诗，恐怕是别人捉刀的吧。父亲听到后觉得备受侮辱，愤而离校。要不是毕老师苦口婆心地劝他，说他身上具有某种特质，将来必有一番成就，父亲恐怕不会回学校把书念完。我的名字珍妮特，就是父亲为了纪念毕老师而取的。不过，在母亲的建议下，我的珍妮特在拼写上多了一个N,母亲认为,这样的拼法比较高雅,比较像法文。

毕老师告诉我,就她记忆所及,我是有史以来头一个在校刊编辑部工作的七年级学生。一开始,我的工作是负责校对。在冬天的晚上,我不会围在家里的火炉边取暖,而会到《韦尔奇日报》的报社去工作,这里是我们编排和印刷校刊的地方,里头的空气温暖而且干燥。报社的编辑部里,有一种专注的气氛,这种气氛我很喜欢。墙边的电传打字机喀啦喀啦地响,将世界各地的新闻通过一卷又一卷的纸张传送过来。一排排的日光灯下,几个戴绿色遮光眼罩的男人坐在铺有玻璃垫的桌子旁,就着一叠叠的文件和照片讨论着。

而我的工作呢,则是拿着校刊文章的铅字盘,找张桌子,背脊挺直地坐下来,耳朵上挂着铅笔,搜寻错字。由于我以前时常帮母亲检查学生作业上的拼写,这样的工作我已经相当熟练。发现错字时,我会用一支浅蓝色的软毛马克笔加以标示,这支马克笔的字迹,制版用照相机感应不到。当排字员将我修改后的字重新排字并印刷出来后,我先将纸送进热蜡机,让纸的背面覆盖上一层蜡,再以美工刀剪下我需要的字,贴在错误的地方。

在编辑部里,我尽量保持低调,不想让别人注意到自己,然而,我的努力似乎并不成功。有一个脾气暴躁、烟瘾极重、一年到头都戴着发网的排字员,打从一开始就讨厌我,嫌我脏。每一次我从旁经过,她就会转头向其他排字员高声问道:“你们大家闻到什么怪味儿吗?”而且,跟露西罗一样,她也会拿起喷雾消毒剂和空气清新剂往我的方向喷。她向报社编辑马肯法斯先生抱怨，说我要是长了虱子，可能会传染给全报社的人。马肯法斯先生找毕老师商量这件事，毕老师告诉我，只要我保持干净，她就会对我力挺到底。因为这个原因，我只好再回去向爷爷和史丹利叔叔借地方洗澡，一个星期一次。不过，到了那里，我一定会跟史丹利叔叔保持距离。

每一次在报社，我都会观察编辑和记者们在编辑部里工作的情形。编辑部里有一部随时开着的警用对讲机，当警方通报哪里发生了意外、火灾或犯罪，编辑就会派一名记者出去了解状况。几个小时后，记者回来将调查结果写成报道，并于隔日见报。对我而言，这有着莫大的吸引力。在这之前，只要想到写作，我头一个一定联想到母亲：独自一人坐在打字机前默默耕耘，写小说、写剧本、写人生哲学，偶尔再收到退稿信。新闻记者就不同了，他们不会独自躲在角落里工作，而会去接触外面的世界。他们所写的东西，会影响到一般人次日的所思、所谈。他们很清楚这个世界正在发生什么。于是我立志效法他们，要成为见多识广的人。

一旦做完自己分内的工作，我会去阅读通讯社传来的新闻。由于家里从来不订报纸、不订杂志，对外面的世界我几乎一无所知，唯一的新闻来源是爸和妈——在他们偏颇的观点里，所有的政治人物都是骗子，所有的警察都是坏蛋，所有的罪犯都是不幸遭人诬陷的。如今，我开始感觉到，我总算听到了完整的故事，拼图总算拼凑得更完整，这个世界总算有点道理了。

有时候，我会觉得对不起莫琳，没遵守当初的承诺好好保护她（这个承诺，是我当初抱着她从医院回家时许下的），没办法提供她最需要的东西，让她有热水澡可洗，有温暖的被窝可睡，早上出门上学前有热腾腾的麦粥可吃。尽管如此，我还是很努力地为她做了一些小事。那年，莫琳要七岁了，我告诉罗莉和布莱恩，我们应该给她一次难忘的生日。我们知道爸妈不可能买礼物给她，于是努力存钱。几个月后，我们拿着这些钱上廉价商店，买了一套厨房用具的玩具，模样相当逼真：洗衣机里的搅拌棒真的会旋转，冰箱里也有隔层用的金属片。我们以为，有了这套玩具，莫琳起码可以想象自己每天有干净的衣服可穿，有丰盛的三餐可吃。

打开礼物，莫琳说："再跟我讲讲加州的事情。"尽管在加州出生，但莫琳已经记不得那里了。她很喜欢听我们讲述当初在加州沙漠中的生活，而我们也不厌其烦地再三重述：加州一年四季阳光普照，天气暖和，即使正值隆冬，我们仍然可以光着脚丫子到处跑；我们曾经在农田里偷吃人家的莴苣；曾经运了一整车的青葡萄回家；曾经抱着毯子，在繁星点点的夜空下睡觉。我们告诉莫琳，她之所以有一头金色的头发，是因为她出生的地方曾经盛产金矿；而她的眼珠子，则和加州外海一样湛蓝。“我长大了，一定要去那里住，”莫琳说。

尽管向往阳光普照的加州，莫琳在韦尔奇却似乎过得比我们快乐。有着一头金色长发和一双湛蓝眼睛的她，漂亮得像是从童话故事书里走出来的。由于经常待在朋友家，很多时候，她似乎不像是这个家的一分子。莫琳的朋友，有很多是五旬节教派的信徒，这些朋友的父母多半认为，我爸妈没有尽到为人父母的责任，于是一心要拯救莫琳的灵魂。他们把莫琳当干女儿看待，还带她一起参加培灵会，或到霍洛参加弄蛇会。

在这样的耳濡目染下，莫琳成了虔诚的教徒。受洗过不止一次的她，经常宣称自己又重生了。有一次她甚至坚称，她在回家的路上看到一只盘成圆圈、首尾相接的蛇，这只蛇一路跟随她，还发出嘶声威胁要夺走她的灵魂。布莱恩说，那些五旬节派教徒简直是疯子，我们应该禁止莫琳跟他们来往。可是母亲说，每个人都有他亲近宗教的方式，别人的方式我们应该加以尊重；一个人要如何上天堂，决定权在他自己手上。

说到母亲，她虽然偶尔睿智得像个哲学家，阴晴不定的情绪却令我神经紧张。有时候，她会一连好几天都愉快不已，宣布她从此要保持正面思考，因为正面的思考会引发正面的事情。然而，她的正面思考总会被负面思考给取代；接着，这些负面思考会盘踞她整个心灵，好比一大群乌鸦占据了所有的树木、篱笆和草地。这时候，她会拒绝起床，即使露西罗在我家门口不耐烦地猛按车上的喇叭，她也继续赖在床上。

学期快结束前的某天早上，母亲终于彻底崩溃了。由于她把所有的闲暇时间都拿来作画，有关学生进步情形的评鉴报告一直还没弄，如今，截止期限快到了，报告却半点影子都没有。这份报告要是没弄好，补习阅读课程就再也得不到补助，届时校长想必会大为不快，甚至震怒。母亲觉得无颜去见校长，不肯出门上班。露西罗在门外等了大半天，终于失去耐性，开着车子走了。母亲躲在棉被里哭哭啼啼，说她恨透了自己的人生。

那天，父亲不在家，莫琳也不在。布莱恩像往常一样，又故意模仿起母亲发作和啼哭的样子。没有人笑。布莱恩只好拿起书本，出门上学。罗莉坐在母亲身旁，试着安慰她。我则站在门口，双手交抱胸前，直盯着她瞧。

真不敢相信，眼前这个女人，这个把头埋在棉被里自怨自艾，活像三岁小孩般哭哭啼啼的女人，居然是我母亲。母亲今年三十八岁了，不再是黄毛丫头，但也不是垂暮老人。再过二十五年，我的年纪就跟她现在一样，我不知道我到时候会过着什么样的生活，但我发誓，我到时候绝对不要像她一样，在一个鸟不生蛋的穷乡僻壤，在一间没有暖气的破败小屋里，怨叹自己命苦而哭肿双眼。我拿起课本，出门去了。

前一夜下过雨。积了一夜的雨水，在山道旁的沟渠中潺潺流着。由于积水很多，泥泞的水溢过沟渠，淹到路面上来，渗进我鞋子里，浸湿了我的袜子。我右脚那只鞋，鞋底已经开口，我每走一步，它就“呱”一声。

罗莉跟了上来，我俩沉默无语地走了一会儿，最后她说："妈好可怜，她真命苦。"

"会比我们其他人还苦吗？"我说。

"当然。嫁给爸爸的人是她。"

"那是她自己的选择，没什么好怨叹的。她应该坚定立场，立下规定要爸爸遵守，而不是三天两头就歇斯底里一下。爸爸需要的是一个坚强的女人。"

"拜托！碰到爸爸这种人，即使坚强如女像柱也不够。"

"女像柱？"

"就是那些头顶着希腊神殿、雕刻成女人形状的石柱。前几天我看到一张女像柱的照片，心里就在想，这些女人真辛苦，要肩负起世界上第二艰难的工作。"

罗莉的话我不同意。我认为，一个女人如果真的够坚强，就应该管得住父亲。父亲需要一个意志坚定，能够下最后通牒并贯彻到底的人来管他。我认为自己就具备这些特质，能够让父亲听话。记得母亲说过，她曾经被我的咄咄逼人给吓到，我知道她这话的意思不是赞美，但我还是把它当成赞美。

那年暑假，证明我想法的机会来了。母亲说，她的教师证必须续期，因此要到查尔斯顿待八个星期，修一些大学学分。但我认为，这或许只是母亲想要逃避我们的借口而已。此外，罗莉因为成绩优异，画作出色，获选参加一项专为天赋优异学生举办的、由公费补助的夏令营。如此一来,我就成了一家之主,当时我十三岁。

母亲离开之前,给了我两百元钱,说应该足以应付我们两个月的食物和水电费。我算了一下。两百元钱两个月,代表一个星期二十五元,平均每天三十五角多一点。我编了个预算,心想,如果我去当保姆赚外快,这些钱应该勉强过得去。

头一个星期,一切都按照计划进行。我用预算里的钱买食物,替布莱恩、莫琳和自己煮饭吃。上次那个儿童福利机构的男人的出现,吓得我们做了一次大扫除,在过了大约一年后的今天,家里又乱成一团,我打算再清扫一番。可是,要是我把家里的东西丢掉,我知道,母亲一定又是一阵脾气,于是我花了好几个小时的时间,将一堆又一堆的垃圾堆放整齐,弄得干干净净。

由于作息时间不同,我们和父亲很难得有机会打照面。当我们已经上床睡觉,他通常还在外流连,等到我们第二天早上起床出门,他则还在睡觉。不过,在母亲去了查尔斯顿大约一个星期后,某天下午,父亲居然出现了,那时候家里只有我一个人。

"亲爱的,我需要一点钱,"父亲说。

"做什么?"

"买啤酒,买香烟。"

"家里的预算有点紧呢。"

"我要的不多,五块钱就够了。"

五块钱?这可以买两天的食物呢,包括一点九公升的牛奶、一条吐司、一打鸡蛋、两罐竹筴鱼、一小袋苹果和一些爆米花。而且,父亲居然不假装一下，编个借口说他要用这些钱去买一些有用的东西，或跟我吵架、哄我、讲一些甜言蜜语，或施展他的迷人魅力，而是那样等我自动把钱奉上，好像他认定了我没有胆量拒绝他似的。确实，我拒绝不了他。我掏出装零钱的绿色塑料皮包，从里头抽出一张皱皱的五元钞票，慢慢地，递过去给他。

“果然是爸爸的小宝贝。”父亲凑过来亲了我一下。

我很快别过头。没能坚持立场，把钱交给了父亲，我心里极不舒服。不过，我不只生父亲的气，更生我自己的气。在家里，就数我最无法抗拒父亲了，父亲明知这一点，还故意这么做。我有一种被利用的感觉。常听学校的女生说，哪个男生喜欢利用别人，哪个女生又如何被利用了；如今，我终于深刻体会到“利用”两个字是什么意思了。

过了几天，父亲又跟我要了五块钱，我给了。想到预算平白无故少了十块钱，我好难受。又过了几天，父亲再一次开口跟我要钱，而且这一次要的是二十块钱。

“什么？二十块！”真不敢相信，父亲会得寸进尺到这种地步。“为什么要这么多？”

“他妈的！我怎么用钱，什么时候需要跟自己女儿交代了？”父亲说，他向朋友借了一辆车，要去加里跟人家谈生意，但需要点钱加油。“跟你要钱，是因为我要赚钱。放心，钱会还你的。”父亲看着我，眼神仿佛在问：你敢不相信我？

“家里已经来了好几张账单。”我听到自己的声音拔高了，但我控制不住。“我还有孩子们要养呢。”

“账单和食物的事，你不用操心，”父亲说：“我来操心就好。可以吗？”

我将手伸进口袋，只是我不确定，我这样做是想要拿钱，还是想保护它们。

“我什么时候让你失望过了？”

又是这句台词，我已经听过不下两百遍了。过去，我总是顺着父亲的心意回答他，因为我一直以为，这些年父亲能够撑过来，正是因为我相信他。或许，这一回我该讲实话了，让他知道，这些年来，他让我们失望过太多次了；正当我准备这么说的时候，我卡住了。我办不到。就在我挣扎的同时，我又听到父亲说，他不是在**求**我拿钱给他，而是在**叫**我拿钱给他。他需要钱。难道我认为，他说他会还钱是在撒谎吗？

我把二十块钱给了他。

星期六那天，父亲告诉我，他必须先赚钱才有办法还我钱，他有一场生意上的应酬，希望我陪他去参加。不过，要参加应酬，我必须穿得漂亮些。父亲看了看挂在我卧室里管子上的衣服，最后挑了一件印有蓝色碎花、正面有纽扣的洋装。父亲借来一部鲜绿色、驾驶座旁的窗户已经破掉的顺风。在山里绕了一阵子，我们来到隔壁镇，父亲在路边的一家酒吧前停车。

走进酒吧，里头光线很暗，香烟的烟雾缭绕，搞得这里像遍地烽烟的战场一样。墙上，闪着蓝带啤酒和金鹰啤酒的霓虹招牌。吧台边，坐了几个骨瘦如柴、脸上满是皱纹的男人，和几个嘴唇上涂着深红色口红的女人。在酒吧的另一边，几个穿铁趾靴的男人正在打撞球。

父亲和我找了位子坐下。父亲为自己点了啤酒，也为我点了啤酒，虽然我跟他说我想喝七喜汽水。过了一会儿，他起身去打撞球，马上有一个男人过来坐在父亲的椅子上。这个男人留了一道尾端翘起的八字胡，指甲缝里有许多煤渣。他倒了一点盐巴在自己的啤酒里；父亲曾说，有些男人这么做，是因为他们喜欢啤酒的泡沫多一点。

“我叫罗比，”这个男人开口了：“那边那个人是你老爸啊？”他朝着父亲的方向示意。

“是啊，是我老爸。”

罗比舔了一口啤酒泡沫，开始问起我的事，讲话时还不断向我挨近。“你今年几岁啊，丫头？”

“你觉得我几岁？”

“大概十七吧。”

我笑了笑，习惯性地抬起手遮住牙齿。

“会跳舞吗？”我摇摇头。“怎么可能？你一定会。”罗比将我从椅子上拖下来。我看看父亲，他只是咧嘴一笑，跟我招招手。

点唱机里，传来凯蒂·威尔斯的歌声，唱着已婚男人和酒吧女郎的故事。罗比一只手放在我的腰背上，将我紧紧拥住。一曲结束，点唱机里又唱起另一首歌，我们继续跳着。再回到座位上的时候，我们背对吧台，面对撞球台坐着，罗比的手居然滑到了我背后。我开始浑身僵硬，但又不是完全不高兴。毕竟，在比利之后，扣掉肯尼不算，已经好久没有人跟我调情了。

尽管如此，我心里清楚得很，罗比究竟在打什么鬼主意。我很想告诉他，我不是那种随便的女孩；可是，这样一讲，我又担心他说我自作多情。毕竟，除了跟我跳跳慢舞、搂一搂，他什么事也没做。我跟父亲四目交接了一下，有一刻我以为，父亲就要冲过来用撞球杆狠狠敲罗比一顿了。但是没有，父亲只是扯开嗓门说："嘿！罗比！你那双手别闲着，过来跟我打一局吧。"

罗比走过去。两人点了威士忌，不时拿起粉笔擦擦球杆。一开始，父亲成绩较为落后，输给了罗比一些钱，后来，他提高赌注，开始反败为胜。每打完一局，罗比就想跟我跳一次舞。就这样过了好几个小时，最后，罗比快酩酊大醉了，每一局都输给了父亲，当他中场休息和我跳舞或坐在吧台边时，搂我的力气也越来越大。父亲不断告诉我："亲爱的，夹紧双腿，越紧越好。"

等到父亲从罗比那里赢了将近八十块钱，罗比开始生气地自言自语。他将粉笔在杆头上用力抹了几下，扬起一片蓝色粉末，然后使出最后一击，还是没有命中。他气得将粉笔用力丢在撞球桌上，说他玩够了，然后在我身边坐下。此刻的罗比，双眼迷离，嘴里不断叨念着，真不敢相信自己居然输给了那老混球八十块钱。不过，他这话的语气，听不出来究竟是不爽还是佩服。

接着他告诉我，他住的地方就在酒吧楼上，他有一张罗伊·阿库夫的唱片，是这里的点唱机所没有的，他想请我到楼上去欣赏欣赏。我心想，他如果只是想再跟我跳几支舞，甚至亲亲脸颊，我应该还受得了。可是，我的直觉告诉我，他心里八成以为，既然输给了我父亲这些钱，他应该有权利讨回一点什么。

于是我回答："不知道，这样好吗？"

"拜托，少来！"罗比扯开喉咙对我父亲大喊："嘿，我要把你女儿带上楼啰。"

"没问题！不要乱来就好，"父亲用手中的撞球杆指着我说："需要我就大叫几声。"父亲对我眨眨眼，好像在说，他知道我可以照顾好自己；而且，照顾好自己是我自己的责任。

在父亲的祝福下，我上了楼。走进门，推开一道用啤酒罐拉环串成的门帘，我看到两个男人坐在沙发上，正在看着电视上播放的摔跤节目。看到我出现，两个男人对罗比狎淫地笑了笑。罗比没关掉电视，直接走到唱机旁，放上罗伊·阿库夫的唱片。接着他把我用力拉向他，又要跳舞。我感觉得出来，事情接下来的发展将不是我乐见的，于是我一直抗拒着。跳了一会儿，罗比将手往下一滑，捏了捏我的屁股，再将我推倒在床上，开始强吻我。"好哇！"罗比的朋友发出欢呼，另一个男人也跟着大喊："加油！"

"我不是那种随便的女孩子，"我抗议。但他不理。我试着从他身边滚开，却被他抓住双手，反剪在脑后。父亲说，需要他的话就大叫，但是我不想叫。我好生他的气，才不想让他来救我呢。这时候，罗比说了一句话，好像在说我太瘦了怎么上之类的。

"是啊，大部分的男生都不喜欢我，"我抓住这个机会说："我不但瘦，身上还有疤。"

“是吗?”尽管嘴里这么说,罗比的手倒是停下了动作。

我翻了几个滚,爬下床,迅速打开腰部的纽扣,将衣服一掀,露出我右侧的身体。一块大大的疤痕映入罗比眼帘。罗比看看他的朋友,迟疑的神情,好像看到篱笆破了一个大洞。

“我好像听到我爸在叫我,”说完我便夺门而出。

上了车,父亲拿出他刚刚赢的钱,数了五十块递给我。

“我们可以成为很好的拍档喔,”父亲说。

我好想把钞票砸在他脸上,可是不行,家里的几个孩子需要钱,于是我强忍怒气,将钞票放进皮包里。尽管我们没有拐骗罗比,却用了下三滥的手段;若要说父亲算计了罗比,我其实是共犯。

“你在不高兴什么吗,小山羊?”

我不敢说。因为父亲老是说,谁要是敢动我一根汗毛,他绝对会把那家伙给碎尸万段,要是把刚刚发生的事情告诉父亲,恐怕会闹出人命。继而想想,那个罗比太可恶了,我好想看他挨一顿揍,于是我还是说了:“爸,刚刚在楼上的时候,那个恶心的罗比对我毛手毛脚的。”

“是吗? 他应该只是摸一摸而已,没有做出什么太过分的事情吧。”车子驶离了停车场。“更何况,我知道你一个人应付得了的。”

回韦尔奇的归程,漆黑而且空旷。风,不断从我身旁破掉的窗玻璃“咻咻”地灌进来。父亲点亮一根烟,说:“就像当初为了教你游泳,把你扔进硫磺泉里,你以为你会溺水,最后还不是会游了。我知道你一定不会有事的。”

第二天晚上，父亲失踪了，几天后再出现时，他要我跟他去另一家酒吧再干一票，我没答应。父亲很生气，说我如果不打算跟他联手，最起码应该给他一点撞球基金。最后，我屈服了，给了他二十块钱，几天后又给了一次。

母亲离开家以前告诉我，石油公司的权利金支票七月初可能会寄到，还提醒我千万小心父亲的觊觎。没想到，支票寄来那天，父亲早就在山脚下候着，从邮差手上劫走了支票。当邮差伯伯告诉我这件事时，我赶忙跑到街上，在父亲进镇以前拦截住他。我告诉他，母亲吩咐我把这张支票藏起来。“好啊，那我们就一起找个地方把它藏起来吧。”在父亲的提议下，我们将支票藏在母亲从图书馆借来的《一九三三世界百科全书》里，“货币”词条处。

第二天，我打算为支票另觅藏身之所，却发现已经不翼而飞。问父亲，他发誓他不知道支票怎么会不见了。我知道他说谎，可是又不能如此指控他，因为他一定会矢口否认，接着我们就会开始对骂，最后对我一点好处都没有。原来，母亲面临的是如此艰难的处境，我终于体会到了。当一个坚强的女人，比我原本想象的还要困难。母亲给我的钱快用完了，我当保姆赚来的外快又不够补贴。但母亲人还在查尔斯顿，一个多月后才会回来。

幸好，我在麦克道威街一家叫贝克珠宝店的橱窗上，看到了一则征人启事，我打算去试试看。应征那天，我涂上厚厚的妆，穿上我最美的衣服（一件紫底白点、背后有饰带的洋装），再套上母亲的高跟鞋（我们的鞋子尺码相同），然后一路走下山，来到贝克珠宝店。

推开门，头上的门铃当当作响。好豪华的一家店，店里的冷气机和日光灯隐隐发出低鸣，这样的地方，我以前从来没有机会光顾。上了锁的玻璃柜里，陈列着戒指、项链和手镯。镶着松木板的墙上，还挂了几把吉他和班卓琴，让店内的商品增添了几分多样性。当时，老板贝克先生正倚在柜台上，十指交叉，肥嘟嘟的肚子上，系了一条很细的黑色皮带，让我不禁联想到地球的赤道。

我担心，贝克先生要是知道我十三岁，可能不会录用我，于是我谎报年龄，告诉他我十八岁。贝克先生当场宣布，他要录用我，薪水一个星期四十块钱，并以现金支付。我乐坏了。当保姆，当家教，帮别人代写作业，除草，退瓶，卖废金属，这些都不算正式的工作。这个才算，这才是我头一份正式的工作。一个星期四十块钱，可不是笔小数目。

我喜欢这份工作。客人来买珠宝的时候，心情总是愉快的，尽管韦尔奇是穷乡下，上门的客人却不少。有些是上了年纪的矿工，来这里为自己的老婆选购别针，或为每个子女购买镶有诞生石的手镯；还有些是即将成亲的年轻男女来挑订婚戒指，女方是兴奋得花枝乱颤，男方则得意洋洋，一副“我是男子汉”的样子。

店里，有一部小小的黑白电视机，生意较清淡的时候，我和贝克先生就看电视。那阵子，水门案正在进行调查。当约翰·迪恩在听证会上作证时，他太太莫琳坐在旁听席上，衣着高雅，金色的头发紧紧盘在脑后。贝克先生很迷她，常赞叹说：“哇，他妈的，好时髦的女人！”有时候看到欲火难耐，他会趁我擦拭展示柜时站到我身后，磨蹭着我。碰到这种状况，我会拨开他的手，走开，不多说什么，这个色鬼只好若无其事地回头去看电视。

中午，贝克先生会到对街的“登山客小吃店”用餐，离开前，他一定会把钻戒展示柜的钥匙带走。而这段时间，要是正巧有顾客上门想要看钻戒，我只好跑到对街去叫他回来。有一次，他忘了带走钥匙，回来后，便故意在我面前大剌剌地清点那些戒指，看看有没有短少。我知道，他这样做是想让我知道，他一点都不信任我。有一次用餐回来，他又开始大费周章地检查他的展示柜，惹火了我。我开始左右张望，看看他店里到底有什么东西值得我偷的。项链？对我而言没有用。手镯、班卓琴也一样。可是，有一样东西吸引了我的眼光，就是手表。

我一直很希望拥有一只表。手表这个东西，跟钻石不同，很实用，它是给那种经常在外面跑、约会很多或行程紧凑的人用的。而这样的人，正是我希望成为的人。在收款机的后方，手表的展示柜里，好几十块表正在滴答作响，其中有一块我特别钟爱。这块表有黑、棕、蓝、白四种颜色的表带可供替换，佩戴者可以根据穿着来加以搭配。看看标价，这块表要二十九点九五美元，比我的周薪少了大约十块钱。可是现在，如果我想要这块表，我马上就可以得到它，一毛钱都不用花。这块表对我的吸引力越来越大。

贝克先生在沃尔也开了一家店。有一天，那家店的店员到这边来，贝克先生叫她顺便帮我上一堂美容课。这位有着一头银白色硬头发、双眼睫毛都涂了睫毛膏的小姐，一边向我展示各种化妆品涂抹器，一边问我赚佣金是不是赚翻了。我问她什么是佣金，她告诉我，除了每周四十块钱的薪水，她每做成一笔生意都可以抽百分之十。从佣金而来的收入，有时候是她薪水的两倍。“拜托，就算领社会救济金，一个星期也不只四十块钱。贝克先生要是没有给你佣金，就是在故意坑你。”

后来问起贝克先生这件事，他告诉我，我只是个助理，不是业务员，没有佣金可领。这是什么话！每当他忙得不可开交时，我一个人可帮他做了很多生意呢，既然他不付我佣金，好，那我就自己动手，拿我应得的东西。第二天，当贝克先生去登山客小吃店吃午餐时，我打开展示柜，取出那块有四种表带的表，偷偷放进手提包里，再将展示柜里的手表重新排列，遮住那空白处。

用完餐回来，贝克先生同往常一样又开始清点钻戒，至于手表，他根本连看都没看。傍晚，下班的时间到了，我拎起那藏有手表的手提包，走出店门。回到家，我有一种飘飘欲仙的晕眩感。吃过晚饭，我赶紧爬到床上，趁着四下无人，拿出手表，还将四个颜色的表带一一替换，放到手上试戴。试戴的时候，我还幻想自己是有钱人，搔首弄姿了一番。

当然,我不可能戴这块表去上班,事实上连戴出门都不行;毕竟,我有可能在其他时间,在镇上其他地方遇到贝克先生。于是我决定,开学以前,这块表我只在家里戴。问题是,要如何向家人交代它的来历?而且,要是我脸上不小心流露出做贼心虚的表情,让贝克先生看到了,怎么办?迟早,他会发现表不见了,要是他质问我,我有办法撒谎成功吗?撒谎这件事,我一向不怎么擅长。要是我撒的谎不够有说服力,最后我可能会像比利一样,被送进教养院。到时候,贝克先生一定会沾沾自喜地说,他就知道我这个人靠不住。

我才不想让他称心如意呢。第二天早上,我打开装晶洞的盒子,将手表放进皮包里,出门上班。一整个早上,我紧张得半死,巴不得贝克先生赶快出去用餐。终于,他出门去了,我打开展示柜,蹑手蹑脚地将表放回去,再将旁边的表重新排列一番。整个过程,我是以很快的速度进行的。奇怪的是,一个星期前,我偷这块表的时候是如此镇静,脸不红、气不喘的,一滴汗也没流,为什么此刻要将它物归原处了,反而如此提心吊胆,害怕被人逮个正着呢?

八月底的某一天，我正在客厅里洗衣服，忽然听到有人走上楼梯，还一边唱歌。是罗莉！她快步跑进客厅，行李袋挂在肩上，高声唱着她们参加营队时晚上围在营火旁唱的歌，我从未见过罗莉如此无拘无束、潇洒不羁。她告诉我，她在夏令营里有热腾腾的三餐可以吃，有热乎乎的水可以洗澡，有各式各样的朋友可以结交——她甚至交了一个男朋友，两人还接了吻。“在那里，每个人都把我当正常人看。好奇怪的感觉。”罗莉开始意识到，要是能离开韦尔奇、离开这个家，幸福或许指日可待，于是她决定有一天要离开小霍巴特街，只身出去闯天下。她越来越期待这一天的来到。

过了几天，母亲回来了，她好像也变得不一样了。在查尔斯顿这段日子，母亲住在大学宿舍里，没有四个孩子要照顾，她过得逍遥自在。这段时期，她上了很多课，画了很多画，也看了很多谈自我成长的书；她忽然省悟到，这辈子，她一直在为别人活。她不想再这样下去了，她打算辞去教师一职，专心投入艺术。“是时候了，我该为自己做一些事了。我要开始为自己活。”

“可是，你这个暑假去那里，不是为了让你的教师证续期吗？”

“是啊，要是我当初没这么做，今天也不会有这番突破。”

“不,你不能辞职,”我表示反对:“家里需要钱。”

“为什么这个家总是我在负责赚钱?”母亲回答:“你不是有工作吗? 你可以赚钱,罗莉也可以。我有更重要的事情要做。”

我以为,母亲这次又是在耍性子,等到开学了,她一定还是会坐上露西罗的车子,到戴维小学去上课。没想到,开学头一天,她真的拒绝起床。我找来罗莉和布莱恩合力掀开被子,想拖她下床,她却一动也不动。

我告诉她,她必须负起责任,要是她不去上班,儿童福利机构那个男人很可能会回头来找我们。母亲交抱双手,放在胸前,用眼神挑战我们:“不去。不去就是不去。”

“为什么不去?”我质问她。

“我人不舒服。”

“你哪里不舒服了?”

“我流鼻涕。”

“拜托! 要是每个人流鼻涕就待在家里,学校不就要高唱空城计了。”我感到不可置信。

母亲猛抬头:“你怎么可以这样跟我讲话? 我是你母亲啊!”

“希望别人把你当母亲看待,”我回嘴:“就拿出做母亲的样子啊。”

很少发脾气的母亲,大半时候不是在唱歌就是在哭泣。可是这次,她真的生气了,她整张脸都扭曲了。我知道我刚刚那样讲太过分，母亲也知道。可是，我不在乎。这个暑假改变的人不只是她，还有我。

“你好大的胆子啊你！”母亲破口大骂：“我告诉你，你这下麻烦大了！我会把这件事告诉你爸。你等着瞧，看你爸回来以后怎么修理你！”

母亲的威胁，我不怕。在我看来，父亲还欠我呢。整个暑假，我帮他照顾孩子，给他酒钱、烟钱，还帮他讹了矿工罗比一顿。他感谢我还来不及呢。

下午，放学回到家，我看到母亲还窝在沙发床上，几本平装书堆在身旁。制图桌边，父亲正坐着卷烟。看到我，他招手要我跟他进厨房。母亲的眼光尾随着我们。

关上厨房的门，父亲一脸严肃地看着我：“听你妈说，你顶撞她？”

“嗯。”

“什么嗯！要说‘是的’。”父亲纠正我的说法。但我没说什么。

父亲接着说：“我对你非常失望。尊敬父母，是做人的基本要求，这一点你不知道吗？”

“爸！妈没有生病，她是装病不想上班。又不是三岁小孩了，怎么可以老这么不负责任，她什么时候才会长大啊？”

“你以为你是谁啊？她是你妈啊。”

“妈？她什么时候表现得像个母亲了？”说完，我看着父亲，良久，终于忍不住脱口而出：“还有你！你什么时候又表现得像个父亲了？”

父亲霎时面红耳赤，他一把揪住我的手，说："你给我道歉！"

"不然呢？"我回嘴。

父亲将我推到墙边。"不然我就好好教训你一顿，让你知道，这个家到底谁才是老大。"

父亲的脸离我只有几厘米。"教训！什么样的教训？不再带我上酒吧？"

父亲抬起手，眼看要打下来了。"你他妈的，讲话给我小心点！别以为你长大了，我就不会打你屁股。"

"我看你只是说说罢了。"

父亲放下手，从工作裤上抽出皮带，沿着指关节绕了好几圈。

"道歉！向我道歉，也向你妈道歉。"

"我不。"

父亲举起皮带。"道歉！"

"我不。"

"不道歉是吧？好，给我弯下腰来。"

由于父亲挡住了厨房的门，我出不去。尽管如此，我既没有想逃，也没有想跟他打架。在我看来，他此刻的处境比我更进退两难。要是他选择跟母亲站在同一阵线，真的打我一顿的话，他就会失去我对他的支持，永远永远。他非得让步不可。

于是，我瞪着他，他也瞪着我。他似乎在等我先软化，先道歉，告诉他我错了，这样我们的感情就可以恢复了。可是没有，我没有这么做，只是继续瞪他。最后，为了展现我的骨气，我转过身，微微前倾，双手扶在膝盖上。

原本以为，父亲会就此转身离开的，没想到皮带真的落了下来，落在我大腿背上，很用力的六下，伴随着咻咻的风声。身体还没站直，我已经感觉到鞭痕浮现了。

我走出厨房，没有看父亲一眼。母亲那时候正站在门外，事实上她刚才一直站在那里，我知道，我们的对话她全听到了。我没有看她，但是我眼角的余光瞄到了她脸上的表情，她得意得很。我不想在这时候哭出来，于是紧紧咬住双唇。

走出家门，我开始往上冲，冲到了树林里，一边跑，一边拨开打在脸上的树枝和野葡萄藤。原本我以为跑出家门后会开始哭，可是没有，我反而吐了。残留在嘴里的胆汁，味道好苦，我摘了一些野生的薄荷来吃，好去除那苦味。接着我在静谧的山林里走着，走了不知道几个小时。山林里的空气很清新、很凉爽，七叶树和白杨树的落叶，在地上积得厚厚的。向晚时分，我找了一块树干坐下，但身子是往前倾的，因为大腿背仍然感到刺痛。也因为这份刺痛，我一边走一边思考；等走到这块树干旁时，我做了两个决定。

第一个决定：这是我最后一次挨打，从此以后，我不会再容许别人这样对我，任何人都不行。第二个决定：跟罗莉一样，我要离开韦尔奇，越早越好。可以的话，我希望在念完高中以前就离开这里。到时候会去哪里，我不知道，可是我一定要走。要离开并不容易，这我知道，韦尔奇有太多人一辈子都困在这里了。过去，我一直把希望寄托在爸妈身上，希望他们有一天能够带我们走，可是我现在非常清楚，我只能靠自己。要达成这个愿望，我必须做好计划，必须存钱，于是我决定，第二天，我要到廉价商店去买一个粉红色的塑料存钱罐。在贝克珠宝店工作到现在，我已经存了七十五元，我要把这些钱全部投到存钱罐里头，当我的逃亡基金。

秋天，学校里来了两个人，这两人和我以前见过的很不一样。他们是纽约来的电影工作者，因为接受政府的委托，要提高阿巴拉契亚山脉乡村的文化素养，所以来到韦尔奇。两人的名字分别叫肯恩·芬柯和巴伯·葛洛斯。

一开始，我以为他们在开玩笑。肯恩·芬柯①和巴伯·葛洛斯②？什么鬼名字啊。还不如叫肯恩·粪坑和巴伯·狗肉丝算了。不，肯恩和巴伯不是在开玩笑。他们一点儿也不觉得自己的名字好笑，我问他们是不是在寻我开心，他们脸上并无半点笑容。

两人讲话速度很快，嘴里还经常冒出一些我听都没听过的人名，如斯坦利·库布里克③或伍迪·艾伦④，因此有时候很难听懂他们在说什么。尽管对自己的名字没有半点幽默感，他们倒是很喜欢讲笑话。不过，不像韦尔奇的高中生喜欢讲一些嘲笑波兰人的笑话，或将手放在胳肢窝发出放屁般的声音，他们的幽默有一种聪明、较劲的特质：甲说完一句俏皮话，乙回一句俏皮话，甲再还以颜色，就这样一

---

① 芬柯(Fink)，在英语中有“讨厌的家伙”的意思。

② 葛洛斯(Gross)，在英语中有“粗野的、粗俗的”的意思。

③④ 两位都是美国著名导演。

来一往，搞得我最后都头晕了。

有个周末，他们在学校礼堂放映了一部瑞典电影，一部黑白片。电影的台词和情节都饱含象征意味，因此尽管免费入场，观众却寥寥无几。电影结束后，罗莉拿了自己画的一些插画给他们看，两人相当激赏，认为罗莉很有天分，并建议说，要是她真的有心成为画家，就应该到纽约去。纽约是个世所仅见的地方，它充满了活力、创造力与知识上的启发。那里有很多人都非常独特，他们在其他地方都觉得格格不入，只有在纽约才觉得如鱼得水。

当晚，我和罗莉躺在床上兴奋得睡不着觉，开口闭口都是纽约。根据我以前所听到的，我对纽约有个既定印象：这是个热闹嘈杂、污染严重的大都市，那里的人都穿着笔挺的西装，在人行道上摩肩接踵。可是，对此刻的罗莉而言，纽约俨然成为乐土；仿佛，只要踏上这熙来攘往、璀璨缤纷的都市，她与生俱来的天分和理想便得以实现。

肯恩和巴伯口中的纽约，最吸引罗莉的地方在于，这里有很多人都与众不同。在韦尔奇，罗莉已经够特立独行了。当绝大多数的小孩千篇一律地穿着牛仔裤、匡威牌布鞋和 T 恤时，她却穿着军靴、红圆点白底的洋装，以及背面涂有诗句（她自己的杰作）的牛仔夹克去学校上课。其他的小孩会向她丢肥皂，在她前面相互推挤，或在厕所墙壁上涂鸦嘲笑她，但她也会用拉丁文骂回去。

放学回到家，罗莉经常用功到三更半夜，即使家里没电可用，她也会借着烛光或煤油灯的灯光看书或作画。鬼魅阴森的哥特式风格，是她的最爱：静谧的湖上，浓雾密布；错节的树根，悄悄从地里冒出;海岸边,一只乌鸦静静地伫立在一棵光秃秃的树上。罗莉真的很有才华,我也相信她总有一天会成为知名的画家,可是,这有个先决条件:她必须去纽约。我也想去。于是,那天冬天我和罗莉有了个计划:隔年六月中学毕业后,她自己一个人先去纽约,等找到合适的住处,安顿好一切,我再尽快过去找她。

我告诉罗莉,我存了七十五元,这是我的逃亡基金,从今以后,这笔钱就是我俩共同的逃亡基金。我们计划放学后多打点零工,再把我们赚的每一分钱全投进存钱罐里。到时候,罗莉可以拿这笔钱去纽约,等一切都打点好了,我再过去。

罗莉有一项专长,她很会画海报,不管主题是足球比赛、话剧社的期末公演还是学生会会长的选举,她都能恰如其分地表达出来。如今,她开始接受别人的委托,一张一块五。不过,她羞于主动招揽生意,我只好替她代劳。韦尔奇高中有很多学生,都希望在自己卧室里挂上一些很有个人特色的海报,譬如自己男友或女友的名字,自己的车子、星座,或自己最喜爱的乐团。罗莉会把主要的字画得又粗又大,而且极富立体感(就好像摇滚乐的唱片封面那样),上好色后,再以黑墨描边,令这些字更凸显,最后再在四周点缀上一些星星、圈圈或弯曲的线条,以产生动态的效果。这些海报太漂亮了,罗莉的名声很快传开,没多久,委托她的人已经大排长龙,她只好挑灯夜战,常常工作到半夜一、两点。

至于我,我赚外快的主要渠道包括:当保姆、帮人家代写作业,如读书报告、自然科作业或数学作业。我收费的标准是:一份一块钱,

成绩保证在 A^- 以上，如果没有就全额退费。放学后，我会去帮人家带孩子，费用一小时一块钱，我常常就利用这段时间帮人家代写作业。另外，我也当家教，一个钟头收两块钱。

由于布莱恩才初中一年级，我们的逃亡计划并没有把他算在内；但是，当我们告诉他逃亡基金的事情后，他说他也要赞助。他开始在放学后去帮人家除草、砍柴，往往工作到日落西山，周六、周日也常常工作一整天，回到家时手上脸上都被野草刮出好多伤痕。不过，他从来没有期望我们感谢他或赞美他，只是默默将他赚来的钱投入我们的小猪存钱罐里。这只小猪，我们后来替它取了个名字，叫奥兹。

我们将奥兹放在卧室里，那部老旧的缝纫机上。奥兹的底部没有挖洞，上面的孔又太窄，就算拿刀子也无法将钞票从里头挖出来；因此，钱放进去了就是放进去了，不能再拿出来。为了确定这一点，我们试过了好几次。也因为如此，我们无法清点里头到底有多少钱；不过由于奥兹是透明的，因此只要把它拿起来对着灯光，就可以看到里面的钱越积越多、越积越多。

入冬以后，有一天放学回来，我发现家门前停了一部金色的凯迪拉克，心里猜想，难道是福利机构替我们找到了一个百万富翁来收养我们，现在要来带我们走了？走进家门，我看到父亲手上甩着一串钥匙，他宣布，这部凯迪拉克以后就是我们家的一分子了。母亲在一旁抱怨，本来我们虽然住在一栋只有三个房间、没有供电的破房子里，但至少穷得有尊严；可是，住在这样的破房子里，却同时拥有一部凯迪拉克，等于在向别人宣告我们是没钱又爱装阔的穷酸鬼。

“这部车怎么来的?”我问父亲。

“靠我高超的牌技和摄人的气势赢来的，”父亲回答。

搬来韦尔奇后，家里先后买过几部车，都是不折不扣的烂货，不是引擎抖动得太厉害就是挡风玻璃破了，行驶时还会引起尘土飞扬。这几部车，寿命都不超过几个月；而且，就像我们当初从凤凰城开来的那辆奥尔兹一样，没有取名字，更别说送去登记或检验了。不过，这部凯迪拉克不同，它粘在玻璃上的检验贴纸显示，检验有效期还没过。这部车实在太拉风了，父亲说，我们为自家车命名的传统应该要恢复了。“我一看到它就觉得，它的名字应该叫艾维斯，”父亲说。

然而，我心里闪过一个念头：父亲应该卖掉艾维斯，再用得来的钱为家里装设厕所，并替我们大家买新衣服才对。我那双黑色皮鞋，当初是用五毛钱从廉价商店买来的，如今鞋底已经脱落，我只好用安全别针加以固定，并用马克笔把别针涂黑，以免被人家发现。不止如此，我还用马克笔把腿上的某些地方涂上颜色，以遮掩裤子的破洞，因为我认为这样做不像缝补丁那么明显。我有一条蓝色的裤子和一条绿色的裤子，因此只要裤子一脱掉，我腿上就会露出一些蓝色或绿色的点。

不过，父亲爱死了艾维斯，怎么可能舍得把它卖掉。事实上，我也很喜欢艾维斯。它修长的车身、光滑的外表，漂亮得简直像部游艇。里头有空调设备，有金色的长绒粗呢椅套，车窗只要按个钮就可以控制，还有完好的方向灯——父亲不用再像以前一样，转弯时必须把手伸出窗外。每次坐这部车到镇上，我都会故作优雅地向路上行人点头微笑，好像自己继承了大笔遗产似的。这时候，父亲会说："小山羊，你看起来真像个贵族后裔。"

不止是我，母亲也爱上了艾维斯。她没有再回学校教书，而把大部分的时间都用来作画。周末，我们会一起坐上车，走遍西弗吉尼亚州去参加工艺市集。在这些市集上，有穿着连身服的蓄胡男子在表演扬琴，有穿着老太婆装的女子在贩售玉米棒做成的"不求人"，或叫卖雕刻成黑熊或矿工形状的炭雕。这时候，我们就把母亲的画作从后车厢里拿出来，在市集上兜售。此外，母亲也提供素描服务，用粉蜡笔为客人描绘肖像，一张要价十八元，还不时有客人上门呢。

我们就睡在车上，因为，我们在市集上赚来的钱，很多时候只够或甚至不够我们付油钱。尽管如此，四处漂泊的感觉好棒。我不禁想起从前的时光，一旦心血来潮，行李打包就可以走人，多么容易啊！可见，只要你下定决心出走，什么也阻拦不了你。

随着春天的到来，罗莉毕业的日子也越来越近，夜里我在床上经常难以成眠，满脑子想的都是罗莉以后在纽约的生活。“再过三个月，”我告诉她：“你就在纽约了。”一个星期后，我又说：“再过两个月又三周，你就在纽约了。”

“拜托你闭嘴好不好？”罗莉说。

“你该不会是紧张了吧？”

“你觉得呢？”

依我看，罗莉不但紧张，她根本是吓坏了。因为她不知道，到了纽约后她到底要怎么办，事实上，这也是我们整个出走计划最模糊的一部分。原本我以为，罗莉一定可以申请到奖学金，到城里去念大学的，没想到，她虽然进了全国优等生奖学金的最后筛选名单，却在最后关头出了纰漏：她选择以搭便车的方式去布鲁菲尔德参加考试，结果碰到了一个想吃她豆腐的卡车司机，弄得最后迟到了将近一个小时。那场考试，不用说，她考砸了。

母亲也支持罗莉到纽约去，并老是说她自己也很想到那里去，她建议罗莉去申请库柏艺术学院。为申请学校，罗莉开始编辑她的作品集，没想到，就在上交作品集的截止日前没多久，她不小心打翻了一壶咖啡，作品集因此毁了。结果母亲说，会发生这种事，或许是罗莉下意识里害怕成功。

后来，罗莉听说某文学学会提供了一笔奖学金，给奖的标准是：申请者必须以英语文学里的某位大师为灵感泉源创作美术作品。罗莉决定，她要雕一尊莎士比亚的半身泥塑。罗莉用削尖的冰棒棍当工具，雕出了一双稍凸的眼睛、一副山羊胡、耳环和一头稍长的头发。一个星期后，终于大功告成，我们都直呼惟妙惟肖，简直就是莎士比亚本人。

晚上，正当我们大家围坐在绘图桌前，注视着罗莉在莎翁的头发上完成最后一笔时，父亲出现了，此刻的他已经烂醉如泥。“喔喔，这座雕像确实很像莎士比亚，”父亲说：“问题是，我不是告诉过你们吗？莎士比亚是个不要脸的冒牌货。”

多年来，母亲只要拿出莎士比亚的剧作来看，父亲就会开始口沫横飞地说：这些剧本根本不是莎士比亚自己一个人写的，而是一群人合力完成的，其中包括一个叫牛津伯爵的人；因为，在伊丽莎白女王时代，英国境内根本没有人博学多闻到懂得三万个词汇。至于所谓莎士比亚虽然只有小学学历，认识的拉丁文和希腊文不多，却创作出这些伟大的作品，是多么伟大的天才之类的话，父亲说，则是后人一厢情愿的胡说八道。

“所以呢，”父亲告诉罗莉：“你这样做，等于在强化这个谎言。”

“爸，拜托，不过是一尊塑像罢了，”罗莉说。

“问题就出在这儿，”父亲回答。

父亲开始端详起这尊塑像，忽然，他伸出手，用大拇指一抹，莎士比亚的嘴不见了。

“你在干什么？”罗莉惊呼。

“现在，它不再**只是**一尊塑像，”父亲说：“而开始有了象征意义。你不妨把它叫做：**哑巴诗人**。”

“这是我好几天的心血啊，你居然就这样把它给毁了！”罗莉大叫。

“你错了，我没有把它毁了，而是提升了它的价值。”接着父亲说，他可以协助罗莉写一篇文章，证明莎翁的作品事实上是多位作者的努力成果，就像伦勃朗的画作一样。“天啊！你想想看，你将震撼整个文学界呢。”

“我不想震撼文学界！”罗莉大喊：“我只想赢得一份小小的奖学金！”

“唉，悲哀喔，明明在参加赛马，却以为自己是一头绵羊，”父亲说：“绵羊是不可能跑得过马的。”

罗莉没有心情修复这尊塑像，第二天还索性将它砸烂，徒留一团泥巴在绘图桌上。我告诉罗莉，就算她毕业时没申请到艺术学校，她还是可以去纽约啊。她可以先动用我们的积蓄过活，等找到了工作再去申请学校。于是，我们的计划有了变化。

父亲的行为，每个人都很生气，这也令他感到不爽。他说，既然他的想法在这个家已经得不到任何尊重，早知道他就不应该再回来了。父亲坚称,他绝对不是故意要害罗莉去不成纽约;只不过,要是罗莉知道上帝多喜欢捉弄人,她一定会留在这里的。“纽约那个地方,”这句话父亲说过不止一次:“简直是罪恶的渊薮,到处是同性恋和强奸犯。”他警告罗莉,她要是遭到洗劫,以至于流落街头,最后可能不得不下海卖淫,或像许多逃家的少年一样,染上吸毒的恶习。“告诉你这些,是不希望你受到伤害。”

五月的一天傍晚,当我们存钱已经存了差不多九个月之后,我拿着我当保姆赚来的几块钱回家,走进卧室准备把它喂给奥兹,却发现奥兹不见了,它不在缝纫机上。我开始在卧室的杂物堆中寻找,最后在地上发现了它。它的肚子已经被人用刀子剖开,里头的钱全部不翼而飞。

是父亲。我知道是他干的,只是我没想到他会无耻到这个地步。罗莉显然还不知情,她正在客厅里一边画海报一边哼歌。当下,我的第一个念头是,把奥兹藏起来,这样我或许可以在罗莉发现以前把钱补足。好荒唐的想法啊,我们三个人花了大半年时间才存下来的这些钱,我怎么可能在短短的时间内就把它给赚回来呢。

我走进客厅,站到罗莉身旁,她手边的海报已经画了“TAMMY”几个大字,但我心里还没想好要怎么告诉她这件事。过了一会儿,她抬起头,问:“干吗?”

我没说话,但我的表情显然在告诉她:大事不妙!她猛地站起身,不小心打翻一盒墨汁,但她没有理会,马上冲进卧室。原本我以为会听到一声惨叫。可是没有。在一段静默之后,我听到一阵微弱、伤心的啜泣。

罗莉整晚没有睡觉,因为她想等父亲回来质问他。可是,父亲当晚没有回家。第二天,因为怕错过碰面的机会,罗莉干脆逃课不去上学,但他还是没有回家。三天后,父亲的脚步声终于在通往前廊的那副危梯上响起。

“你这个王八蛋!”罗莉大骂:“你偷了我们的钱!”

“你他妈的,在讲什么啊?”父亲说:“还有,注意你的用词。”父亲倚着门,点起一根烟。

罗莉拿起那已经开膛剖肚的小猪,用力砸向他。然而,小猪肚子里已经空无一物,没什么重量,只轻轻地碰了一下父亲的肩膀,便弹落地上。父亲弯下腰,样子非常谨慎,好像随时有可能发生大地震似的。他捡起那已经被洗劫一空的存钱罐,翻过来看了看。“看样子,一定是有人宰了这头小猪,”父亲转身问我:“珍妮特,你知道发生了什么事吗?”

问这话的时候,父亲的脸上隐隐露出奸笑。在上次痛打我一顿之后,他仍然向我施展他的魅力,因此我尽管打算出走,却还是常常被他逗得大笑,所以父亲也还是把我当盟友看待。可是,我现在只想狠狠揍他一顿。“那还用问?”我回答:“你偷了我们的钱,就这么简单。”

“哈!”父亲冷笑了一下,然后说,现在的男人真可悲,为了保护家人,辛辛苦苦在外面斩妖除魔,回到家只希望家人给他们一点爱和尊敬作为回报,没想到,这一点小小的期待如今都算过分了。父亲说,他没拿走我们去纽约的盘缠,但如果罗莉执意要去那肮脏的纽约的话,他倒是可以出钱赞助。

说完,他把手伸进口袋,掏出几张纸钞。我们没有人伸手过去拿,只是恨恨地瞪着他,他把手一松,几张折皱了的钞票就这样掉在地上。“拿不拿,随便你们。”

“爸,你为什么要这样对我们?”我问:“为什么?”

父亲的脸因为愤怒而绷紧,他踉踉跄跄走到沙发床边,倒下,昏睡过去了。

“我走不成了,我永远走不成了,”罗莉口中喃喃念着。

“你走得成的,”我告诉罗莉:“我发誓。”我相信罗莉走得成。因为,要是连她都走不成,我也别想离开韦尔奇了。

第二天,我去了一趟廉价商店,望着货架上的存钱罐出神。这些存钱罐不是塑料的就是磁的,再不然就是玻璃做的,很容易打破。我又研究了一下附有锁和钥匙的金属盒子,发现这些盒子的铰链都太单薄了,父亲很容易就把它们撬开。最后,我买了一个蓝色的零钱包。我把这个零钱包随时带在身上,系在皮带上,里头满了,就把钱拿出来塞进一只袜子里,再藏在我床下墙壁上的一个洞里。

于是,我们又开始存钱。不过,上次的事情对罗莉打击太大,害她没有心情作画,存钱的速度也因此没有上次快。学期结束前一个星期,袜子里的钱算一算,总共只有三十七元二角。所幸,一个赚钱的机会来了。我曾经帮一位叫桑德斯太太的老师带过小孩,她告诉我,她们准备举家迁回在爱荷华州的老家,问我愿不愿意暑假过去帮她带她的两个稚龄小孩,薪水是两百块钱和一张回韦尔奇的巴士车票。

我考虑了一下,然后说:"这样好不好?我把这个机会让给我姐姐罗莉。还有,暑假结束的时候,替她买去纽约的车票。"

桑德斯太太说好。

罗莉要离开的那天早上,韦尔奇四周的山顶上环绕了许多青灰色的云。大多数的早晨,这些云都在那里,只是我平时不会去特别注意。一直到罗莉要离开了,看到这些云,我才突然意识到,韦尔奇是多么的荒僻、多么的遗世独立,它就像远方群山间的一片云,早已被世人遗忘。一般来说,当早晨过了一半,太阳爬上了山顶,这些云往往已经蒸散。不过,在某些日子,如罗莉要离开的这一天,这些云却一直盘踞山头,久久不散,山谷间也凝结出一层薄薄的雾,沾湿了你的头发和你的脸。

当桑德斯家的旅行车在我家门前停下时,罗莉已经准备好了,她的衣服、她最喜欢的书,以及她的美术用品,已经放进了一个厚纸箱里。临别前,她和家里的每个人——父亲除外,自上次的存钱罐事件以后,她就拒绝跟父亲讲话——都拥抱了一下,说她一定会写信回来,然后便爬上旅行车。

我们站着目送旅行车消失在小霍巴特街上。罗莉没有回头。我认为这是个好兆头。爬上楼梯,我看到父亲站在前廊上,抽着烟。

"这个家已经开始分崩离析啰,"父亲说。

"没错,"我回答他。

那年秋天，我升上高一，毕老师任命我为校刊编辑。回首来时路，我七年级时是负责校对，八年级时负责版面编排，九年级时则开始写文章、拍照和报道新闻。先前，母亲买了一部美能达照相机，用来替自己的画作拍照，再寄给罗莉，看有没有机会在纽约的艺廊展出。当母亲不需要用这部照相机的时候，我就带着它到处跑，因为，你永远不知道何时会碰上具有新闻价值的事件。我喜欢称自己是记者，最重要的原因在于，它给了我一个很好的借口让我可以出现在任何地方。我在韦尔奇没交到什么朋友，因此一直没机会出席学校的足球赛、舞会或大会之类的；毕竟，在这样的场合，当别人都有朋友作陪，你却独自一人枯坐冷板凳是非常尴尬的。校刊记者的身份，给了我一个很正当的理由：身为校刊编辑部的一分子，我是来这里出任务的。

我开始出现在学校的各种课外活动中，原本视我如牛鬼蛇神、对我避之唯恐不及的那些学生，现在甚至会主动靠近我，在我的镜头前搔首弄姿，甚至耍宝扮小丑，为的是希望自己的照片有机会出现在校刊里。现在的我，不再是昔日那人人鄙视的吴下阿蒙，而是一个可以令他们出名、令他们在同侪间扬眉吐气的新闻记者。

尽管校刊一个月出刊一次,我却每天都在做校刊的工作。中午吃饭时间,我不再偷偷摸摸地躲在厕所里,而是光明正大地坐在毕老师的教室里,写文章,编辑其他学生写的稿子,或计算标题的字数有没有超过栏宽。终于,我有了一个很正当的理由,来解释我为什么不吃午餐:"我在赶稿子。"放学后,我会继续待在学校,一方面是为了去暗房冲洗照片,一方面是为了另一个附带的好处:趁着大家都离校了以后,偷偷溜进自助餐厅,到垃圾堆里搜刮食物。里头的宝藏很多,例如几乎满满的特大号玉米罐头,好大一碗的卷心菜沙拉或西米露。从此以后,我不用再到厕所的垃圾桶中去寻找食物,也几乎不曾再饿肚子。

上了高二,毕老师任命我为校刊总编,其实,这个位置一般来说是高三学生担任的。由于有兴趣参与校刊工作的学生很少,以至于校刊上有很多文章都是我写的,于是我干脆去掉我的署名;毕竟,同一个名字在头版出现四次,未免太过可笑。

我不但编校刊,还卖校刊,一份一毛五分钱。我会站在学校大厅里或到每间教室里去兜售,像卖报童一样。韦尔奇中学总共有大约一千两百名学生,但校刊的销售量每期大概只有几百份左右。为了刺激销售量,我试过各种办法,如举办写诗比赛,加开时装专栏,写一些内容耸动的社论(譬如我曾经在社论中质疑标准化测验的效度,结果令本州教育部长大为震怒,还来函指正),但都不怎么有效。

有一次,我向某学生大力推销校刊,他告诉我,买校刊有什么用?出现在上面的名字老是那些人,不外乎校队队员、啦啦队队长,或少数几个学业成绩突出、被其他学生戏称为“计算尺”的那些人。他这番话给了我灵感，我于是在校刊上增设了一个“寿星”专栏，把当月过生日的学生名字通通列出来。由于大部分的学生都没有登上过校刊，如今看到自己的名字印成铅字，感到兴奋之至，往往一买就买好几份。这一招果然奏效，校刊的销售量增加了一倍。尽管毕老师质疑寿星专栏算不上严肃的新闻，我告诉她，我不在乎，最起码这样做有助于销售量。

后来，学校发生了一件大事：查克·耶格尔即将来访。耶格尔这个名字，因为父亲的关系，我已经听过不下百遍，他的故事我也耳熟能详，包括：他出生在西弗吉尼亚州林肯郡泥土河畔一个叫米拉的小镇，于二次大战期间入空军服役，二十二岁时就已经击落过十一架德国飞机；后来在爱德华空军基地担任测试飞行员，飞越加州莫哈韦沙漠上空进行飞机测试；并于一九四七年驾驶 X-1 飞机，成为历史上突破音障①的头一人——尽管他前一晚喝醉了酒，还从马背上摔下来，跌断了几根肋骨。

父亲从不承认他心目中有任何偶像，但这位胆大、嗜酒、却又冷静的耶格尔，大概是世界上最令他崇拜的一个人。当他听说耶格尔将到我们学校发表演讲，并同意在演讲后接受我采访时，他兴奋得无

① 所谓音障，是一种物理现象，当航空器的速度接近音速时，将会逐渐追上自己发出的声波。声波叠合累积的结果，会造成震波的产生，进而对飞行器的加速产生障碍。

法自持。访问的前一天,我放学回到家,父亲已经拿着纸笔在前廊上等我。为了不让我在这位最伟大的“西弗吉尼亚州之子”面前丢脸,父亲帮我列出了一些采访时可以问的问题,如:

当你第一次超过一马赫时,你心里在想什么?

当A.斯科特·克罗思菲尔德超过两马赫时,你心里又在想什么?

你最喜欢的飞机是哪一种?

你认为,人类以光速飞行的可行性有多高?

最后,父亲总共列出了二十五至三十个问题,还坚持我们必须进行排练。排练时,他扮演耶格尔,并针对自己刚刚写的问题一一做了详细的答复,讲到突破音障的经验时,他的眼眶已经湿润。排练完后,父亲觉得应该帮我加强航空史方面的知识,于是用了大半夜的时间,坐在煤油灯前为我讲述飞行测试计划、气体动力学原理,以及奥地利物理学家马赫的生平。

第二天,全校师生齐聚在礼堂中,等候这位英雄人物出现。终于,在校长做完介绍后,耶格尔上场了。乍看之下,他不太像西弗吉尼亚州的人,从他走路的姿态和那张如皮革般结实的脸来看,倒比较像是牛仔。不过,他一开口,我们就知道他果然是西弗吉尼亚州人没错,因为他讲话的腔调如此道地。一些原本在折叠椅上动个不停的学生,这时候纷纷乖乖坐好,聚精会神地听着这位见多识广的传奇人物演讲。耶格尔告诉我们,西弗吉尼亚州是他的根,也是我们大家的根,他非常以这个地方为荣,也希望我们大家都以这里为荣。此外他还提到,一个人不论出身如何,他都可以也应该努力实现自己的梦想,他本身就是个例子。演讲结束时,全场响起极其热烈的掌声,差点把窗玻璃都给震破了。

当学生鱼贯走出礼堂,我爬上讲台,走向我们的贵宾。"耶格尔先生你好,"我伸出手:"我是珍妮特·沃尔斯,校刊的总编辑。"

耶格尔握了握我的手,笑得很开怀:"总编小姐,记得把我的名字写对喔,这样我的亲朋好友才认得出来。"

我们找了椅子坐下,谈了将近一个小时。我的每个问题,他都回答得非常认真,而且毫不仓促,仿佛他把所有的时间都给了我。多亏父亲前一晚帮我恶补,我提及了不少飞行器的名称,令耶格尔刮目相看,他呵呵大笑说:"哇! 真想不到,你们学校出了个航空专家。"

采访结束后,走在学校的走廊上,不断有学生过来恭喜我,说我真是幸运,可以亲炙耶格尔本人。当然,他们好奇的问题也不少,譬如:"他到底是怎样的人?""他跟你谈了些什么?"大家对我的态度是如此尊敬,让我好不得意——一般来说,在学校里,只有最厉害的运动员才能够得到此种礼遇。甚至,足球校队的四分卫在看到我时,也会点头示意。谁叫我是全校唯一跟耶格尔真正讲到话的学生呢?

不只是学校的学生,父亲也一样。当天放学回到家,很难得的,父亲在家,而且居然是清醒的。原来,他急着想知道采访的情形。父亲坚持,为确保报道的正确性,我这篇采访报道他非得插手不可。

事实上,我已经想好报道的头一段要怎么写了。我马上在母亲的打字机前坐下,噼里啪啦打出下面这些字:

史上突破音障第一人,查克·耶格尔,日前造访韦尔奇中学,令枯燥的历史顿时生动起来。

父亲站在我背后看了看,说:"写得不错,但应该可以写得再精彩一点。"

人在纽约的罗莉，会定期写信回来，说她爱死了纽约。目前，她住在格林威治村一家女子旅社，在一家德国餐厅当服务生，并利用空闲时间去上美术课和击剑课。在那里，她碰到了很多很棒的人，而且个个都是古怪的天才。纽约人是如此喜爱美术和音乐，人行道上常常有四重奏乐团在演奏莫扎特，一旁则有画家在展售自己的作品。至于中央公园，根本不像西弗吉尼亚州人想象的那么危险。周末，常常有很多人去那里溜冰、丢飞盘、表演杂耍，或一脸涂得白白的哑剧演员在表演。罗莉说，我到了纽约一定会爱上它的。嗯，这我相信。

上了高二，我开始倒计时，算算自己再过几个月就可以去找罗莉了——还要二十二个月。我已经打算好了，高中一毕业，我马上搬去纽约，申请个大学，并找个工作。我希望投身新闻业，譬如在美联社或合众国际社工作(《韦尔奇日报》的新闻，就是借由电传打字机从这些通讯社传来的)，或进入纽约的某知名报社。我不时会听到《韦尔奇日报》的记者说，在那些大报社工作的记者有多么严肃专业。我决定要成为其中一员。

学期中，我去找学校的辅导老师卡托纳小姐，问她纽约有哪些大学。她拿起挂在脖子上的眼镜，透过眼镜盯着我看；然后说，五十八公里外就有个布鲁菲尔德州立大学，干吗舍近求远？更何况，以我的成绩，要拿个全额奖学金应该不成问题。

"可是我想上纽约的大学。"

卡托纳小姐感到疑惑不解，皱起了眉头。"为什么非得去纽约不可？"

"因为我想生活在纽约。"

卡托纳小姐说，她认为这不是好主意。要申请大学，最好申请和你高中毕业学校同一个州的大学，这样申请会比较容易通过，学费也比较便宜。

我思考了一分钟，然后说："那我最好现在就去纽约，在那里念完高中，这样我就符合你刚刚所说的条件了。"

卡托纳小姐斜睨着我，"可是你住在这里啊，这里是你的故乡。"

骨架瘦小的卡托纳小姐，总是穿着扣上纽扣的毛衣和厚重的鞋子。她自己就是韦尔奇高中毕业的，她这辈子似乎从来没想过要住在别的地方；对她而言，离开西弗吉尼亚，离开韦尔奇，简直是一种不可原谅的背叛，就像抛弃自己的家人一样。

"住在这里，"我回答："不代表不能搬到别的地方去啊。"

"那将是一个可怕的错误。你住在这里。想想看，要是你离开了，你会错过什么。你会错过你的家人、你的朋友，以及整个中学生涯的黄金岁月——高三。你会错过高三特别日，会错过毕业舞会。"

傍晚，在回家的路上，我慢慢走着，一边思索着卡托纳小姐告诉我的话。没错，韦尔奇的很多大人都说，高三生涯是他们这辈子以来，过得最精彩的黄金时期。高三特别日，是学校为了预防高二学生辍学而设计的；在那一天，高三学生们会穿上滑稽的服装，还可以任意跷课。可是，这一点并不足以说服我在韦尔奇多待一年。至于毕业舞会，我参不参加大概没什么差别；毕竟，我能够邀到舞伴的机会，大概跟父亲能够扫荡工会贪污一样微乎其微。

一年前，当我谈到移居纽约的计划时，我的语气总是假设性的。而今，这项计划变得越来越真实，我忽然领悟到，只要我真的想走，我就走得了，我办得到的。尽管不是此刻，不是这一分钟（毕竟还在学期中），但我可以等到我念完高二。到时候，我就十七岁了，存的钱也应该有将近一百块，够我在纽约开始新生活了。换言之，再过不到五个月，我就可以离开韦尔奇了。

想到这里，我变得好兴奋，两只脚跑了起来。我越跑越快，越跑越快，跑上了树木枝桠光秃秃的老街，跑上了观景路，再跑上小霍巴特街，经过了庭院里有狗在吠叫的房子，经过了覆着霜的煤堆，经过了诺斯家、佩瑞西家，再经过霍尔家、伦克欧家，最后才在自己家门前气喘咻咻地停了下来。忽然，这些年来头一次，我注意到我当初进行到一半的油漆工程。在韦尔奇，我花了这么多时间想要让事情变得更好，却总是徒劳无功。

不仅如此，这栋房子还变得越来越糟。屋子底下的支撑柱，有一根已经开始倾颓。布莱恩那张床的上方，屋顶的裂缝已经太大，一下起雨来便水流如注，布莱恩只好改睡在一艘母亲从一项抽奖活动中抽到的充气艇下。要是我走了，我的床就可以让给布莱恩了。于是我决定：学期一结束，我就要尽快动身前往纽约。

家门口前的那副梯子，如今已经整个烂掉，我们只好改由屋子的后窗进出。我爬上屋旁的山坡，走到屋子后方，再爬进后窗，进到屋里。父亲正在绘图桌前，不知道在计算什么，母亲则是在一旁整理她的画作。听完我的计划，父亲拧熄香烟，起身，爬出后窗，什么话也没说。母亲则是点点头，眼光朝下，一边用手抹去画作上的灰尘，一边喃喃自语。

“妈，你觉得怎么样？”

“很好啊，去吧。”

“你怎么了？”

“没什么。你应该去的。很好的计划。”母亲看起来快哭了。

“妈，别难过，我会写信回来的。”

“我难过，不是因为我会想你，而是因为你们有机会去纽约，我却困在这里。真不公平。”

后来，我打电话告诉罗莉我的计划，她很赞同。她说，我可以住在她那里，只是我必须去找份工作帮忙负担房租。布莱恩也很高兴我这么做；尤其当我指出他到时候可以接收我的床之后，他更高兴了。有时候，他会故意模仿纽约人的口音开我玩笑，说我到时候就变得跟那些纽约人一样，穿着高级皮草，小指翘得老高，眼睛长在头顶上。而且,他开始替我倒计时,就像我当初替罗莉倒计时一样。“再过十六个星期,你就在纽约了,”隔周他又说:“再过三个月三个星期,你就在纽约了。”

至于父亲,在我宣布了我的决定之后,他就很少跟我讲话了。春天的一个晚上,我正躺在我的床铺上看书,父亲走进卧室,腋下夹着一些卷成筒状的纸。

“有时间来看一样东西吗?”父亲问我。

“没问题。”

我跟着父亲走进客厅,他把夹在腋下的纸放在绘图桌上,摊平。是玻璃城堡的蓝图,上头沾了许多污渍,纸张的角也已经折损。上一次见到这些蓝图是在什么时候,我已经记不得了。自从我们挖出来的那个地基被垃圾淹没之后,我们就再也没有谈起过玻璃城堡了。

“关于山坡日照不足的问题,我已经想出解决办法了。”父亲所谓的解决办法是,在太阳能集电器上装设曲度特殊的镜子。不过,父亲想要找我谈的,主要是我房间的设计图。“罗莉走了,”父亲说:“所以我把配置图又重新设计了一遍,你的房间将比原来的大上许多。”

父亲将不同的蓝图一一摊开,两只手微微颤抖着。城堡的正面图、侧面图和鸟瞰图,都已经出炉。电线和水管的装配图设计好了,每个房间的室内设计图也都画好了,上头标示着尺寸的字迹,精确却又斑驳。

望着这些蓝图,我说:“爸,你永远不会盖这栋玻璃城堡的。”

“你是说,你对你老爸没信心吗?”

“就算城堡盖好了，我也不在这里了。再过不到三个月，我就要去纽约了。”

“何必急着走呢。”跟卡托纳小姐一样，父亲劝我留在这里，念完韦尔奇高中，之后再去念布鲁菲尔德大学，大学毕业后还可以在《韦尔奇日报》找份工作。到时候他可以帮我，就像他当初协助我完成有关耶格尔的报道一样。“而且，我发誓，我一定会盖玻璃城堡的。到时候，我们大家一起住在里头。这座城堡，我保证，绝对比纽约市的任何一栋公寓都要好上千百倍。”

“爸，这学期的课程一结束，我就会坐巴士离开这里。如果巴士停开，我也会想办法搭便车。如果连便车也搭不到，我就算走也要走到纽约。去吧，去盖你的玻璃城堡吧，可是千万不要为了我这么做。”

父亲收拾起蓝图，走出客厅。一分钟后，我听到他往山下走去。

经过了一个暖冬，这一年的夏天也来早了。五月底，野生的荷包牡丹和杜鹃花已经盛开，金银花的香气更是飘到山下每户人家里。学校还没放假，第一波暑热已经来袭。

学期结束前的最后几个星期，我的情绪波动很大，我的情绪可以在几分钟内从兴奋变成紧张、从紧张变成恐惧、再从恐惧变回兴奋。学期最后一天，我将我的置物柜收拾干净，便去向毕老师道别。

“我有预感，”毕老师说：“你在纽约一定会过得不错。只不过，你一走，我就要伤脑筋了。你说，我明年找谁来担任校刊编辑呢？”

“你放心，我相信你一定找得到人的。”

“我在想，要不要把你弟弟给拉进来？”

“那样，别人可能会说，沃尔斯一家人在搞家族企业喔。”

毕老师笑了笑，然后说：“或许你真的会把它变成家族企业呢。”

晚上，母亲把她装舞鞋的那只行李箱清了出来，好让我装行李。行李箱中，我只装了我的衣服和装订成册的校刊。一切和过去有关的东西，我都不想带走，就算是好的东西也一样，于是，我把晶洞送给了莫琳。这个晶洞，如今已经颜色黯淡、布满灰尘；但是我告诉莫琳，只要用力地擦拭擦拭,它就会像颗钻石一样闪闪发亮。后来,当我在清理我床边墙上的盒子时,布莱恩说:“你知道吗?再过一天,你就在纽约了。”说完,他开始模仿法兰克·辛纳屈,用走调的声音唱起“纽约,纽约”,还跳起舞来。

“闭嘴,你这个假人!”我用力打了布莱恩的肩膀一下。

“你才是假人哩!”布莱恩回敬我一拳。接着,我们一来一往又打了好几下,然后停下动作,对视了一会儿,感觉有点尴尬。

从韦尔奇开出去的巴士,第二天清晨七点就会出发,也就是说我必须在七点以前到达车站。母亲说,她天生就不习惯早起,因此第二天不会为我送行。“你长什么样子我知道,车站长什么样子我也知道,”母亲说:“而且,送行的场景往往太滥情了。”

夜里,我辗转反侧、难以成眠。布莱恩也一样,他每隔一会儿就打破沉默,说,再过七个钟头你就要离开韦尔奇了,再过六个钟头你就要离开韦尔奇了,接着我俩狂笑一阵。好不容易睡着了,又被布莱恩吵醒(他跟母亲一样不习惯早起),他碰碰我的手说:“不能再开玩笑了,再过两个钟头,你就要走了。”

那天晚上,父亲没有回家睡觉。第二天早上,当我拎着行李箱从后窗爬出去时,却发现他站在石阶的最下方,抽着烟。他坚持要帮我提行李,于是我们一起走过小霍巴特街,再转到老街上。

我们走在潮湿、空旷的街道上,父亲不时转头看我,对我眨眼,或咂咂舌头,仿佛正在赶马。这么做,似乎让他感觉到他正在尽做父亲的责任:为女儿加油打气,让她有勇气面对不确定所带来的恐惧。

到了车站,父亲转身说:“亲爱的,在纽约生活,或许没有你想象的那么简单。”

“放心,我会照顾好自己的。”

父亲伸手进口袋,掏出了他最喜欢的小刀——我们当初捉鬼用的那一把,刀柄是动物骨头做的,刀刃是蓝色德国钢铁做的。

“你带着它,这样我会比较安心。”父亲将小刀塞进我手中。

巴士从街道的另一头驶过来,在车站前停下,并嘶嘶地喷着气。司机打开装行李的车厢,将我的行李推进去。我给了父亲一个拥抱。当我们的脸颊相碰时,我闻到烟草、威士忌和刮胡水的味道。原来,父亲特地为我刮了胡子。

“要是过得不如意,你随时可以回家,爸爸永远欢迎你,知道吗?”

“我知道。”父亲这句话,我知道是真心的;然而我也知道,我绝对不会再回来。

上了巴士,里头只有几名乘客,我找了靠窗的一个好位子坐下。司机关上车门,开始发动车子。原本我决定,待会儿绝对不要回头。不要回头,是因为我决心告别过去,不再留恋,所以我要往前看,把目标放在未来。可是,我终究还是忍不住回头了。

父亲正在点烟。我向他挥挥手,他也向我挥挥手。接着他将手放下,插进口袋,嘴里叼着烟,伫立原地,背有点驼,脸上透出迷惘的神情。不知道此刻的他是不是想起了从前:十七岁的他,怀着满腔的怨愤离开韦尔奇,并发誓永远不再回来,就像我现在这样? 现在的他，会期待他最疼爱的女儿再回来吗？还是最好永远摆脱这里，别重蹈他的覆辙？

我将手伸进口袋，抚摸着父亲送给我的那把小刀，又忍不住伸手向父亲挥了几下。父亲没有动作，只是站在原地，身影越来越小、越来越小，终于在巴士转弯后消失不见。

第四部

纽约梦

黄昏时分，远远地，我终于第一次瞥见了纽约，在山脊的另一侧。放眼望去，只看到建筑物的尖塔或四方形的楼顶。等到巴士驶上山顶，眼前出现一条广阔的大河，河的对岸是一座大岛；岛上，一栋栋摩天大楼林立着，大楼的玻璃窗像火焰般，在夕阳的余晖中闪耀。

我的心跳开始加速，手掌也变得湿润。我走进巴士后方的狭窄厕所，在金属脸盆上洗脸。抬起头，我开始端详镜中的自己。纽约人会怎么看我？一个来自阿巴拉契亚山的乡下人？一个高瘦、笨拙、暴牙、还没有断奶的黄毛丫头？父亲经常告诉我，我有一种内在美。不过，大多数人并没有看见，我自己也不太看到，虽然父亲老是说他可以清楚看到，还说那是最重要的。希望，纽约人也可以看到父亲所说的这个内在美。

巴士驶进终点站，我下了车，提起行李，走进车站中央。熙来攘往的人，像潮水般从我身旁涌过，我觉得自己仿佛溪流中的一颗小石头。忽然，我听到有人叫我名字。左右张望了一下，我看到一个皮肤白皙的男孩子，脸上戴着黑色粗框眼镜，一双眼睛因此显得更小。他是罗莉的朋友，名叫伊凡，由于罗莉必须上班，他代她过来接我。伊凡主动提起我的行李,带我走出车站。纽约的街头闹哄哄的;十字路口有许多行人正等着过马路,路上的车辆则挤得水泄不通,而且到处可见纸张随风翻飞。我尾随伊凡,走入人潮。

走过一条街,伊凡放下我的行李箱,问:"这里头放的什么? 这么重?"

"放我收藏的煤炭。"

伊凡看着我,一头雾水。

"唬你的啦。"我在伊凡的肩膀上敲了一记。

伊凡没有很快意会过来。我认为这是个好兆头。原本以为纽约人一定机智过人,看来,我多虑了。

我提起行李。伊凡没坚持要帮我拿,事实上好像还松了一口气。我们继续往前走,伊凡还不时从旁觑我。

"你们这些西弗吉尼亚州来的女孩子,真够猛的,"他说。

"你说得没错。"

最后,伊凡把我带到了一家叫 Zum Zum 的德国餐厅。推开大门,我看到罗莉站在柜台后,头发梳成双圆髻,两手各端着四个啤酒杯,讲话时还带着浓重的德国腔。后来她告诉我,她这么讲话是因为可以多拿一点小费。看到我,罗莉高声向其中一位客人介绍:"仄四我妹妹。"客人们听到后也举起酒吧大声对我说:"番吟来到纽约!"

我不懂德文,随口便说:"*Grazi*!"

我的回答令店里的德国客人哈哈大笑。由于罗莉正在值班,我只好一个人到街上走走。走在街上，我迷路了好几次，只好向路人问路。来这里之前的几个月，常常有人警告我，纽约人非常鲁莽，要我小心。这天晚上，我发现确实如此。当我想拦住路人时，很多人的反应都是:摇摇头，转移视线，一脸木然地继续往前走。可是，一旦他们理解到你的目的不是要推销或乞讨，他们会马上亲切起来，不但直视你的眼睛，还仔仔细细告诉你，到帝国大厦要先往前走九条街，右转，跨过两条街，再……甚至，有些人还会画地图给你看。纽约人的不友善，在我看来，不过是一种伪装而已。

罗莉下班后，带我搭地铁来到格林威治村，走进她住的伊凡乔琳女子旅社。睡到半夜三点，我醒了，望向窗外，天空居然是一片鲜橘色。我以为哪里发生了大火，早上罗莉告诉我，那橘色的亮光是遭污染的空气将街道和建筑物的灯光加以折射所造成的，纽约的天空，在夜里总是呈现这种颜色。也就是说，在纽约看不到星星。不过，金星并非一般的星星，它是行星而不是恒星，不知道看不看得到?

第二天，我马上在第十四街上的一家汉堡连锁店找到了一份工作。扣掉预缴的税金和社会福利保险，我每个星期可以领八十几块的薪水。关于纽约，我之前花了许多时间做了诸多猜想，但是却从来没有想到，找到工作是如此轻而易举。除了那令我觉得丢脸的红黄色制服和宽松的帽子以外，这份工作我很喜欢。在午餐和晚餐时间，店里的客人特别多，员工往往忙得不可开交。只见柜台前大排长龙，收银员通过麦克风高声喊出客人点的餐，负责烤食物的员工利落地将汉堡放进闪着火焰的输送带,其他人则在料理台、饮料吧和红外线薯条加热器之间跑来跑去,以赶上客人点餐的速度。要是真的忙不过来,店经理也会跳进来帮忙。由于自家员工在此用餐可享八折优惠,头几个星期,我每天中午吃的都是奶酪汉堡加巧克力奶昔。

到了仲夏,罗莉找到了一栋公寓,地点在我们负担得起的南布朗克斯区。公寓的外表是黄色的,并有装饰艺术,可以猜想,它刚落成时一定相当漂亮;如今,外墙上满是涂鸦,大厅的几面镜子,多处已经龟裂,龟裂处还用胶带黏着。尽管如此,套句母亲的话说,这地方还挺有格调的。

我和罗莉租的这一层,比我们在小霍巴特街的家更大,也更豪华。橡木制的拼花地板亮闪闪的,从玄关处往下走两个台阶,就到达客厅,也是我睡觉的地方。客厅的另一边,是罗莉的卧室。这个地方还有厨房,厨房里有一个可以用的冰箱,还有一个瓦斯炉。这个瓦斯炉有点火器,点火时不需使用火柴,只要把旋扭一转,瓦斯炉会先喀啦一声,接着就有一圈蓝色的火焰从炉子的小孔里蹿出。浴室,是整个家我最喜欢的地方。里头有黑白两色的瓷砖地板,有冲水够力的马桶,还有一个又大又深、让人可以完全浸泡其中的浴缸,以及源源不断的热水。

虽然,南布朗克斯区治安很乱,可我不在乎,毕竟,我们住过的地方哪里不乱?在这里,随时可以看到波多黎各裔的小孩在街上游荡、玩音乐、跳舞,在废弃的车子里纳凉,在地铁车站的入口处或贩卖散装香烟的杂货摊前聚集。我有好几次遭到歹徒袭击。很多人告诉我,在纽约遇抢时最好乖乖交出钱来,才不会被歹徒干掉。可是,我才不要把我辛辛苦苦赚来的钱奉送给陌生人呢!更何况,我可不希望这附近的歹徒把我看成是容易得手的目标。所以,每一次碰到这种状况,我一定会反击,反击的结果有时成功,有时失败。几次经验下来,我得出一个结论:最好的防御之道是提高警觉。记得有一次,我正要踏进地铁的车厢,一名男子伸手抓我的皮包,我用力往回扯,皮包的带子应声断裂。男子一下子失去重心,摔倒在月台上,并未得逞。地铁开动后,我望向窗外,得意洋洋地对着这名男子大剌剌地挥手。

秋天,罗莉帮我找到了一所公立学校,这所学校的修业要求不是到校上课,而是到市内的一些机构实习。我的一次实习机会是在一家叫《凤凰报》的报社。《凤凰报》一周出刊一次,社址在布鲁克林区的大西洋大街上,制造 Ex-Lax 泻药的工厂附近,一家黑黑脏脏的店里头。报社的社长、发行人兼主编,名叫麦克·阿姆斯壮。阿姆斯壮先生以揭发丑闻的牛虻自许,曾五度为了挽救报社,而将自家高级住宅拿去抵押。报社的职员,用的全是安德伍德牌的手动打字机,打字机的色带已经严重磨损,键盘也老旧泛黄。我用的那一部,E 键甚至坏了,我只好用@键代替。不过,报社里从来没有稿纸可用,我们只好从垃圾堆里挖出之前发行的报纸来用。每个月,至少会有一名员工的薪水支票被银行退票,许多记者因此愤而离职。隔年春天,一位新闻系毕业生前来求职，面试时，一只老鼠从她脚上爬过，吓得她花容失色、尖叫不已。这位求职者落荒而逃以后，阿姆斯壮先生看着我说，布鲁克林的区域规划委员会当天下午就要开会，报社却派不出记者前去采访，“如果你开始叫我麦克而不是阿姆斯壮先生，这份工作就是你的了。”

第二天，我马上辞去我在汉堡店的工作，成为《凤凰报》的全职记者。这时候的我，刚满十八岁。这辈子活到现在，我从来没这么快乐过。每个星期，我工作九十个小时，桌上的电话响个不停，一下子忙这个采访，一下子忙那个采访，并不时看看我花十块钱从街上买来的劳力士手表，以免迟到。采访完后，我必须再赶回报社整理稿子，并且在排版员辞职后自己动手排版，一直工作到半夜四点才下班。每个星期，我可以拿到一百二十元的薪水——如果支票没跳票的话。

后来，我写了一封长信，告诉布莱恩我在纽约的生活有多甜蜜。布莱恩回信说，韦尔奇的情形是每况愈下。父亲除了坐牢的时候，其他时间都处于酒醉的状态，母亲完全退回到自己的小世界，莫琳则是大多时间都住在邻居家。卧室的天花板如今已经塌陷，布莱恩只好把床移至前廊，并在栏杆旁钉上木板。不过，前廊上的漏水情形也很严重，他睡觉时只好还是在身上盖着充气艇。

我告诉罗莉，布莱恩最好搬来纽约跟我们同住，罗莉表示同意。可是我担心，布莱恩或许比较想待在韦尔奇，毕竟，他的性情似乎比较适合乡村而不是都市。他喜欢在林子里自在徜徉，喜欢把人家丢弃的二冲程引擎拿来把玩，喜欢劈柴，喜欢玩木雕。对于韦尔奇，他从来没抱怨过；而且，不像我和罗莉，他在那里交到了不少朋友。尽管如此，我认为离开韦尔奇对他而言才是长久之计。为了说服他，我甚至事先在脑海里列出各种理由。

通过爷爷家的电话，我找到了布莱恩，开始进行游说。我告诉他，要搬来这里，他必须找份工作，好分担房租和杂费，不过，纽约的职场僧少粥多，要找份工作不成问题。接着，我开始罗列住在这里的优点，包括：这里的客厅相当宽敞，摆得下第二张床，他可以和我一起睡客厅，马桶的冲水功能正常，天花板更是从不漏水。

我说完以后，布莱恩沉默了一会儿，然后说："我最快什么时候可以过去？"

跟我一样，高二的课程刚结束，布莱恩就跳上巴士，离开了韦尔奇。来到纽约第二天，他就在布鲁克林区离《凤凰报》不远处的一家冰淇淋店找到了工作。其实，布莱恩喜欢布鲁克林甚于曼哈顿或布朗克斯区；尽管如此，他常常在下班后到报社来找我，一直到凌晨三四点，再跟我一起搭地铁回家。关于这一点，他没说什么，但我猜想，他心里大概认为，就像在孩提时代一样，只要我们俩联手，外面的世界就没那么可怕了。

上大学这件事，对此刻的我而言，已经没有任何意义。一方面，上大学的学费很贵；再者，我之前想上大学的最主要理由——取得从事新闻工作的资格——如今似乎不复存在，我已经是《凤凰报》的记者了，不是吗？至于学习这件事，我认为不一定要取得大学学历，才有办法变得见多识广。事实上，只要够专心，学习是可以自己来的。因此，每当我听到别人谈到我不懂的东西，如符合犹太教规的饮食、塔慕尼派①或高级订制服装，我都会再找时间研究研究。譬如有一次，我采访的社区活动积极分子提到某就业方案简直是进步时代的翻版。我不知道进步时代所指为何，便在回办公室后找出了《世界百科全书》查阅。麦克问我在干吗，我告诉他为什么，接着他便问我有没有想过要上大学。

“我干吗放弃这份工作去念大学？”我回答：“我现在做的工作，跟你一些大学毕业的员工做的事情没什么两样啊。”

结果他回答：“我这样说，你或许不信，不过，外面还有一些更好的工作机会。但是，要得到这些工作机会，你非得拥有大学学历不可。”接着麦克向我保证，如果我念完大学还想回到这里工作，他随时欢迎我。只不过，他认为我大学毕业后是不可能想再回来的。

罗莉的朋友们告诉我，纽约市首屈一指的大学要数哥伦比亚大学，不过，当时的哥大只收男生，我只好申请它的姐妹校，巴纳德学院。巴纳德学院的学费贵得吓人，还好，我在《凤凰报》工作时攒了一点钱，又申请到补助和升学贷款，因此得以支付大部分的学费。可

① 塔慕尼派（Tammany），原为一七八九年在纽约塔慕尼会堂成立的一个政治组织，后用于泛指利用贪污和独裁手段谋取权力的集团或组织。

是,要支付剩下来的费用,我必须在华尔街的一家公司当一年的接线生才行。

学校开学后,我发现我交不出房租了,所幸,我得到一个以工换宿的机会:一位心理学家请我帮他照顾两个年幼的儿子,我就能住在他上西城的家里。为了空出更多时间工作,我把课排得很紧凑,一个星期,我只有两天需要到学校去。后来,我在一家艺廊找到了一份周末的工作,并得到《巴纳德校讯》新闻编辑的职位。不过,校讯编辑的工作我不久后便放弃,因为我又得到了一份工作:在纽约市某数一数二的杂志社担任编辑助理,一周工作三天。这里的编辑们全都资历丰富,不是出过书,报道过战争新闻,就是访问过总统。而我的工作内容呢,则是帮他们转发信件,检查费用账户,或计算稿子的字数。我有一种感觉:我正在迈向成功。

爸妈不时会从爷爷家打电话给我们,诉说他们在韦尔奇的近况。我越来越害怕接到这些电话,因为,我每一次听到的都是坏消息,譬如:原本就破烂不堪的梯子,在一次山崩中被整个冲走;住在我们隔壁的佛里曼家,向政府申诉请求将我们家的危楼充公;莫琳从前廊上跌下去,摔破了头。

听到莫琳受伤的消息,罗莉说,莫琳也该搬来纽约了。不过,她当时才十二岁,年纪那么小,会不会不敢离家呢?想当初搬到西弗吉尼亚,她才四岁而已,韦尔奇是她全部的世界。

"而且,她来了以后,谁照顾她呢?"我问。

“我照顾她，”罗莉说：“她可以跟我住。”

罗莉于是打了一个电话给莫琳，告诉她这个计划，莫琳听到后兴奋尖叫。母亲认为这个想法很好，父亲则控诉罗莉偷走了他的孩子，还宣布要跟她断绝父女关系。尽管如此，莫琳终究还是在初冬时来到了纽约。当时，布莱恩已经搬到港务局巴士总站附近的一栋无电梯的公寓，我们用他的地址替莫琳申请进入曼哈顿一所公立学校就读。周末，我们几个兄弟姐妹就齐聚在罗莉的住处，烤猪排、煮意大利面或肉丸子来吃，一边围坐着聊天；每一次谈起当初在韦尔奇的种种荒唐趣事，我们便捧腹大笑，笑得连眼泪都流出来了。

来到纽约的第三年，一天早上，我正准备出门上学，听到收音机传来播报员的声音说，新泽西州的公路出现了严重的交通阻塞。原因是，一辆货车半路抛锚，大量衣服和家具掉落地面，堵住了后面的车流。当警方赶来处理时，一只狗从货车里跳出，在公路上东奔西跑，警方出动了多名警察才将它制服。播报员或许嫌新闻不够耸动吧，开始添油加醋，说纽约有数以千计的上班族，将因为这只汪汪乱叫的狗和货车上的两个乡巴佬而上班迟到。

当晚，提供我栖身之所的那位心理学家说有人打电话找我。

接过电话，我听到母亲的声音："珍妮特！是母亲啦。告诉你喔，"母亲听起来兴奋极了："你老爸和我已经搬到纽约了！"

我马上想起早上的那则新闻，在公路上抛锚的那辆货车，上面坐的莫非就是母亲和父亲？问起母亲，她坦承是他们没错，说那辆货车在操作上出了点问题，当行驶在某个车流拥挤的不知名公路上时，轮胎的环带突然爆裂；结果，我们家那只叮当因为在车上拘禁太久，闷得发慌，忍不住跑出去撒野了一番。警方出现后，父亲和他们大吵了一架，警方威胁说要逮捕他，场面极富戏剧性。"你怎么知道这件事的？"母亲问。

“在广播中听到的。”

“广播?”母亲觉得不可思议。“世界各地有那么多大事在发生,一辆老货车的轮胎环带爆掉,居然也成了新闻?”嘴上虽然说不敢置信,母亲的声音听起来倒是颇为得意:“我们才刚到这里,想不到就已经出名了!”

讲完电话,我开始环顾我的房间。位于厨房旁的这个房间是专供佣人用的,里头空间很小,有一扇窄窄的窗和一个兼作储藏室之用的浴室。尽管寒酸,但毕竟是我的。现在的我,有自己的房间,有自己的生活,没有多余的空间容纳爸妈了。

尽管如此,我第二天还是去跟他们碰面了。走进罗莉的住处,全家人都在。爸妈和我拥抱了一下之后,父亲从一个纸袋里抽出一瓶威士忌,开始喝酒。母亲则在一旁述说他们这一趟来,碰到了哪些刺激或惊险之事。当天稍早,他们在纽约市逛了逛,还搭了生平第一趟地铁(父亲戏称地铁为“地上的大破洞”)。母亲说,洛克菲勒中心里的装饰艺术壁画,她看了相当失望,甚至觉得比不上自己的某些画作。母亲尽管讲得滔滔不绝,我们几个孩子并没怎么接腔。

最后,布莱恩终于忍不住了:“那么你们打算怎么样? 搬来这里?”

“我们已经搬来了啊,”母亲回答。

“真的假的?”我追问。

“真的啊,”父亲回答。

“你们搬来这里干吗?”我丢出了一个尖锐的问题。

父亲脸上露出不解的表情,好像在说,答案这么明显,你们怎么看不出来？“这样，我们才能够再团聚在一起啊！”父亲举起酒瓶，说：“敬这个家。”

后来，爸妈在罗莉住处几条街外的一栋公寓里租了一个房间。有着铁灰色头发的女房东，热心地帮爸妈把东西搬进去，几个月后又因为爸妈拖欠租金，索性将他们的东西全部搬到街上，然后拴住房门，不让他们回来。后来，爸妈搬进了一家六层楼的廉价旅社，地点在更破败的地区。几个月后，两人又被踢了出来，原因是，父亲抽烟时睡着了，烟蒂上的火星引发了一场小火灾。布莱恩认为，要是不逼爸妈自立，他们就会依赖我们一辈子，因此拒绝加以收容。已经从南布朗克斯区搬去布莱恩那栋公寓的罗莉，不忍心见他们流落街头，答应让爸妈过去和她及莫琳同住。住进去的时候，爸妈向罗莉保证，他们只在那里住一两个星期，顶多一个月，筹足了钱就另觅住处。

两人的承诺，从一个月延长为两个月，又从两个月延长为三个月、四个月。每一次去找他们，罗莉的住处总是越来越拥挤。母亲除了把自己的画挂在墙上，把街上捡来的东西扔在客厅，还在窗沿上摆了一大堆有色瓶子，好营造出所谓彩绘玻璃的效果。这些杂物先是堆到了天花板，继而塞满整间客厅，最后开始占据厨房，里头满满都是母亲的收藏品和捡来的工艺品。

不过，真正令罗莉感到神经紧张的是父亲。没找到稳定工作的他，总是有办法从罗莉那里骗点零用钱，再拿去喝酒，三更半夜醉醺醺地回到家，还故意找罗莉麻烦。有一次，布莱恩眼看罗莉濒临爆发边缘，便提议父亲过去与他同住。布莱恩的住处有个酒柜，虽然上了锁，但是父亲过去不到一个星期，就用螺丝刀弄开了酒柜的门，将里头的每一瓶酒都喝得精光。

布莱恩回家后发现此事，并未发火，他只是告诉父亲，是他的错，他不该在家里放酒。接着他又说，父亲要住他那里可以，但必须遵守规定，规定的第一条就是：在他家不准喝酒。结果父亲回答："你是这栋城堡的国王，你这样做无可厚非。不过，除非我死，否则我绝对不向自己的儿子低头。"爸妈从西弗吉尼亚开来的那辆白色货车还在，父亲于是开始以车为家。

在此同时，罗莉也向母亲下最后通牒，要她把住处打扫干净。最后期限到了，母亲并未动手，罗莉于是将期限延后，一次、两次、三次……母亲依然故我。此外，父亲经常去那边找母亲，两人有时会爆发激烈的口角，吵得邻居敲墙壁要他们安静。最后，父亲甚至跟这些邻居吵起架来。

"我真的快受不了了，"有一天罗莉这么对我说。

"或许，你应该赶她出去，"我说。

"这怎么行？她是我妈。"

"那又怎样？她已经快把你逼疯了。"

最后，罗莉终于决定这么做，尽管这个决定令她痛苦不已。她告诉母亲，她必须请她离开，但她很愿意尽一切努力去帮她找个地方安顿下来。结果，母亲说她不会有事，还坚持不要罗莉帮忙。

后来母亲告诉我:“罗莉这样做是对的。人有时候就需要一个小小的危机,来刺激他的肾上腺素,潜力才会充分发挥。”

母亲带着叮当,住进了父亲的货车。几个月后,他们将货车停在一个禁止停车的区域,结果遭到拖吊。由于车子没有登记,因此拿不回来。当晚,他们只好睡在公园的长板凳上——游民生涯从此展开。

偶尔，爸妈会打公用电话给我们，询问我们的近况。每个月，我们也会在罗莉的住处聚个一两次。

“这样的生活其实还不赖呢，”当了几个月游民后，母亲这样告诉我们。

父亲接着说：“你们不用为我们操半点心，我们可以照顾好自己的。”

母亲告诉我们，他们最近一直在忙着学习如何当游民。现在，他们已经知道，哪家游民服务所会提供什么样的菜肴，哪些菜肴又是他们的最爱；哪家教堂会发放免费的三明治，又在何时发放；哪些公立图书馆有设备完善的厕所，让他们可以刷牙、刮胡子，把身体洗得干干净净。他们会从垃圾桶里挖出废弃的报纸，看看哪里有免费的活动，再按图索骥，到公园里去欣赏免费的话剧、歌剧、音乐会，到办公大楼的大厅里去欣赏弦乐四重奏或钢琴独奏；再不然，就是去欣赏免费的电影或参观博物馆。刚成为游民时，正值初夏，他们晚上便睡在公园的长板凳上，或公园走道旁的矮树丛间。即使偶尔有警察过来把他们叫醒，命令他们离开，他们也不以为意，再找个地方睡觉就是了。天一亮，他们将铺盖卷一卷藏在灌木丛里，晚上再来。

“你们不能一直这样过下去呀,”我说。

“有何不可?”母亲回答:“这样的生活是一种冒险。”

随着秋天的到来,白昼逐渐缩短,天气逐渐转凉,爸妈待在图书馆里的时间也越来越长,因为,图书馆里又温暖又舒适,有些甚至开到很晚。这期间,母亲一直在阅读巴尔扎克,父亲则开始对混沌理论感兴趣,还经常阅读《洛斯阿拉莫斯科学报道》和《统计物理期刊》。父亲说,混沌理论确实帮他在撞球赌戏中赢了一些钱。

“冬天来了你们怎么办?”我问母亲。

母亲笑着说:“你忘啦? 冬天是我最爱的季节之一。”

天啊,我到底该如何是好? 我一方面想尽我的能力去照顾他们,一方面又真想干脆撒手不管。这年的冬天来得很早,每一次出门走在街上,我便忍不住仔细观察街上每个游民的脸孔,心想会不会刚好碰到父亲或母亲。这时候身上如果有零钱,我通常会全数掏出来施舍给游民。不过,我怀疑自己这样做,是为了减轻自己的良心不安——我有份稳定的工作,有个温暖的住处,而我的爸妈却在街上游荡!

有一次,我和一位叫卡萝的同学走在百老汇街上,看到一个年轻的游民,又忍不住掏钱给他。“你不该这么做的,”卡萝说。

“为什么?”

“你这样做只会鼓励他们。这些游民个个都是骗子。”

你懂个屁? 我心里冒出这个声音。我好想告诉她,我的父母也是游民，也在街上游荡。我好想质问她，你哪里知道穷苦潦倒是什么滋味？你哪里知道走投无路、挨饿受冻是什么滋味？可是，这样一来，我就暴露了自己的身家背景，我不想这么做。到了街角，我一句话也没说，就和卡萝分道扬镳了。

我知道，我没有为爸妈挺身而出。小时候的我，虽然相当好斗，家里的人也都会为了彼此力挺到底，可是，那时候我们别无选择啊。我今天没有挺身而出，真正的原因其实在于，我累了，我懒得再在别人嘲笑我们的生活方式时站出来反击。要站出来面对世人，替我的父母辩护，老实说，我没那个勇气。

也因为如此，我并没有在佛克斯教授面前坦承我父母是游民的事实。佛克斯教授教的是政治学，她个头娇小，眼袋浮肿，肤色黝黑，热情十足，是我最喜欢的老师之一。有一次她在课堂上问到，游民现象的形成，究竟如保守派人士所说，是吸毒与应享权益计划①规划不当的结果，抑或如自由派人士所说，是社会福利方案遭到缩减，及政府未能替贫民创造经济机会的结果？问完，佛克斯教授点名要我回答。

我迟疑了一会儿，然后说："在某些状况下，这两种观点也许都不正确吧。"

"你可以进一步说明吗？"

---

① 指提供福利给特定群体的政府计划，如医疗保障计划、医疗补助或社会保障。

“也许，对某些游民而言，那样的生活方式正是他们想要的。”

“你的意思是说，”佛克斯教授质问我：“这些无家可归的人宁愿风餐露宿，也不想要有个温暖的被窝和可以遮风避雨的家？”

“倒也不是这个意思，”我感到有点词穷：“我的意思是说，某些游民如果肯稍做妥协，努力工作，图个温饱应该不成问题，不过这样的生活方式对他们而言可能不是最理想的。”

佛克斯教授从讲台后方走出来，语气变得激动，身体也微微颤抖。“你哪里知道，那些弱势者的生活有多可怜？你哪里知道，那些低下阶层者的处境有多艰辛、有多困苦？”全班同学的目光都落到了我身上。

“你说得有道理，”我回答。

那年一月，天气非常寒冷，哈德逊河上，甚至漂浮着一些体积如汽车般大小的浮冰。在这些仲冬的夜晚，游民之家往往很快客满。爸妈讨厌游民之家，父亲甚至称之为粪坑或虫坑。与其住游民之家，他们宁愿到那些对游民敞开大门的教堂里去睡长板凳。不过，教堂的长板凳有时候竟也人满为患，一位难求。父亲最后只好屈就于游民之家，母亲则带着叮当去投靠罗莉。这时候，母亲乐观开朗的假象会突然瓦解，开始声泪俱下地向罗莉坦承，流落街头的日子真的好苦！好苦！

有一阵子，我开始考虑，我是不是应该休学好帮助爸妈。爸妈在街上无家可归，我却在一所高级的学院里优哉游哉地接受人文教育，似乎太自私也太不可原谅了。罗莉劝我别这么做，她说，休学的想法太愚蠢了，对事情不会有任何帮助，反倒只会伤父亲的心。有个女儿上大学，而且是常春藤盟校之一，父亲可是得意得很。每一次和陌生人聊上几分钟，他就忍不住把这件事拿出来吹嘘一下。

布莱恩指出，爸妈不是非得走到这步田地不可，他们其实是有选择的。他们可以搬回西弗吉尼亚或凤凰城，母亲可以找份工作。更何况，母亲并非一贫如洗，她收藏了一批印第安古董珠宝（放在她租来的保险箱里），有一枚两克拉的钻戒（就是当初在韦尔奇，我和布莱恩在一块腐木底下捡到的那枚，如今母亲即使睡在街上，也仍然戴着它），在凤凰城拥有一块房产，在德州还有一块地可以租给石油公司赚权利金。

布莱恩说得没错，母亲确实是有选择的。有一天，我约她到一家咖啡厅，一见面就开门见山地告诉她，她或许可以考虑跟我一样，以照顾小孩或老人家的方式换取住宿。

“照顾别人！我这辈子一直在这么做，现在该轮到我自己了吧。”

“可是，你并没有照顾好你自己啊？”

“我们一定要聊这个话题吗？我最近看了几部好电影，我们难道不能聊聊电影？”

我建议母亲卖掉她的印第安珠宝，她说不要，她很爱那些珠宝，而且那些是传家之物，有情感上的意义。

于是我建议她卖掉德州那块地。

“那怎么行，那块地在我们家已经相传了好几代，是家族的财产，绝不能卖掉的。”

好吧，那凤凰城那块房产呢？我又问。

“我要留着它，好未雨绸缪。”

“未雨绸缪？现在都下起滂沱大雨了，还未雨绸缪？”

“哪有！现在只是飘着毛毛细雨而已，谁知道什么时候会下起暴雨？”母亲啜了一口茶，然后说：“不过，很多事最后都会否极泰来的。”

“要是没有的话,怎么办?”

“那就代表,你还没有走到山穷水尽。”

母亲看着我,脸上浮出一个笑容,那样的笑容好像在说:别白费力气了,你怎么样都说服不了我的。我们开始聊电影。

那年冬天，爸妈总算捱过来了。可是，每一次看到他们，我都觉得他们看起来更憔悴、更脏，身上有更多淤青，头发也更纠结散乱了。

“别操心，”父亲会说：“你什么时候看到过有什么状况是你老爸不能处理的？”

我不断告诉自己，父亲说得没错，天底下没有任何事情难得倒他，他和母亲知道如何照顾好自己，也知道如何照顾好彼此。然而，入春以后，有一天母亲打电话告诉我，父亲罹患肺结核病倒了。

父亲这个人几乎从不生病的，就算受了点风寒，也几乎马上就恢复元气，仿佛天底下真的没有东西可以伤害他似的。或许，我心底仍然有些相信父亲灌输给我们的那个神话：他是打不倒的，他是无敌的。父亲不要任何人前去探视，但是母亲说，如果我顺道去医院看看他，他一定会非常开心。

到了医院，院方请我在护理站等着，并派了一位护理员前去通知他有访客。原本以为，父亲此刻可能戴着氧气罩，或躺在病床上抓着一条白色的手帕咳血；没想到，一分钟后，他却从走廊的另一头快步走来。他看来比平时更苍白，也更消瘦，但倒是没有多少老化的迹象，尽管这些年来过得如此辛苦。他头发还在，而且颜色乌黑，深色的双眼也依旧闪耀着灵动的光彩，只不过，他嘴上此刻还戴着纸做的手术口罩。

他不让我抱他。“嘿，亲爱的，别太靠近我。你是个人人都想亲近的大美女没错，但老爸我，可不希望你染上这鬼痨病喔。”

父亲带我回他的病房，并把我介绍给他的每一位病友。“不管你们信不信，我雷克斯·沃尔斯可是生了一个值得竖起大拇指称赞的宝贝女儿唷，喏，就是她。”说完他又开始咳。

“爸，你没事吧？”

“放心，我们这里有谁不是活着出去的呢？”父亲以前就常讲这句话，现在似乎更爱讲了。

父亲带我走向他的病床，病床旁叠了好几本书。父亲说，因为肺结核的关系，他开始思考死亡和宇宙的本质。入院后，他神智非常清醒，也读了更多关于混沌理论的书，尤其是米切尔·费根鲍姆的著作。费根鲍姆是洛斯阿拉莫斯的一位物理学家，对于秩序与混沌之间的消长变化有着深入的研究。他认为，所谓的混沌，实际上并非随机，而是许多周期不同的线性系统交相作用的结果。要是宇宙中每一样我们原本以为随机的事物，事实上都呈现了某种合理的模式，便代表确实有一个神性的创造者存在；如此一来，父亲说，他便要好好思考是不是要放弃无神论信仰了。“不过，”父亲补充说道：“我不是说我相信有一个留着胡子、名叫耶和华的古怪老人，在云端里操纵着一切，决定哪一支足球队伍会赢得超级杯喔。我的意思是说，要是物理学——讲精确一点是量子物理学——暗示了上帝是存在的，我倒很愿意考虑接受这个观念。”

父亲将他做的一些计算拿给我看,发现我正在注视他颤抖的手指,于是抬起手来。“不知道这是因为我最近没有喝酒,还是对上帝感到敬畏? 或许两者都有?”

“答应我,你会一直待在这里,直到身体康复为止,”我说:“不准逃跑喔。”

父亲听了哈哈大笑,接着又是一阵猛咳。

在医院待了六个星期，父亲不但击退了肺结核，还创下了自上一次在凤凰城戒酒以来清醒时间最长的纪录。父亲心里明白，要是回到街上流浪，他一定会再度喝酒。很幸运，医院里的一名主管替他找到了一份工作，在纽约州北部一家观光旅馆当维修人员，业主还提供膳宿。父亲试图说服母亲跟他一起去，母亲断然拒绝："那么偏僻的乡下，我才不去。"

父亲只好只身前去。从他偶尔打回来的电话中听起来，他似乎总算过起正常的生活了。业主提供给他的宿舍在一间车库楼上。他很高兴重回大自然的怀抱，也乐于从事维修工作；而且，这一期间他完全没有碰酒。夏去秋来，父亲仍然在那里工作。天气逐渐转冷后，母亲有一天打电话给他，说冬天快到了，两个人住在一起比较温暖，家里的叮当也很想念他。十一月，第一场严霜降下以后，有一天布莱恩打电话告诉我，母亲已经成功说服父亲辞掉工作，回来城里跟她团聚了。

"这样的话，你觉得，爸爸还有可能继续戒酒吗?"我问。

"戒酒？他已经开始喝啰，"布莱恩说。

几个星期以后，我在罗莉的住处看到了父亲，他当时正坐在沙发上，一手环抱着母亲，一手拿着一瓶酒，笑嘻嘻地说："我跟你妈啊，实在是一对欢喜冤家。在一起的时候吵吵闹闹，少了对方又活不下去。"

我们几个兄弟姐妹，如今都有了各自的生活。我在大学念书，罗莉在一家漫画出版社绘制插图，和罗莉同住的莫琳，此时上了高中；至于布莱恩，他平时在一家仓库担任工头，闲暇时则在辅警队服务——当初在凤凰城时，有一次爸妈吵架吵得难分难解，布莱恩不得已只好找来警察帮忙调解，从此便立下了当警察的志愿；不过，他现在年纪还太小，没资格投考警察，只好先在辅警队过过干瘾。有一天，母亲提议，今年的圣诞节应该到罗莉的住处庆祝庆祝。既然要过圣诞节，礼物自然不可少。于是，我为母亲买了一个银制的古董十字架，至于父亲那边，由于他老是说自己什么东西都不需要，要替他挑礼物就比较困难了。后来我想到，今年冬天似乎会很冷，而父亲又没什么御寒衣物，天气再冷，身上还是只有那件短夹克，于是我决定为他买一些保暖的衣物。后来，我在一家军方剩余物资专卖店为他买了法兰绒衬衫、保暖的内衣裤、厚厚的羊毛袜、汽车技工穿的蓝色工作裤，以及一双钢趾靴。

圣诞节那天，我来到罗莉的住处，里面已经布置了有颜色的灯、松树的树枝和纸做的天使，布莱恩则做了蛋酒。说到酒，父亲为了证明自己会安分守己，还郑重其事地告诉我们，除非我们主动递酒给他，否则他绝对不喝。发礼物的时间到了。母亲将她为我们准备的、用报纸和麻绳包扎好的礼物一一传给我们。罗莉收到的是一盏有些龟裂的、可能是蒂芙尼出品的灯；莫琳收到的是一个陶瓷做的、头发几乎已经掉光的古董洋娃娃；布莱恩收到的是一本缺了封面和头几页的十九世纪诗集；我收到的则是一件沾了些污渍的橘色圆领毛衣，母亲强调，这可是货真价实的设得兰羊毛做的。

轮到父亲了。我拿出几个包装精美的盒子递给他。他先是推辞，说他什么东西都用不着，也不需要。我催促他说："拆吧，别客气。"

父亲小心翼翼拆掉包装纸，打开盒子，看到里面是几件折叠整齐的衣服，他愣住了，脸上浮现出受伤的表情，一种被彻底打败的表情。"你一定非常以你老爸为耻，"他说。

"你怎么这么说?"我问。

"因为你觉得我是一个需要接受救济的可怜虫啊。"

父亲站起身，套上短夹克，回避着我们的目光。

"你上哪儿去?"我问。

父亲一言不发，翻起衣领，走了出去，楼梯上响起他靴子的声音。

"我做错了什么事吗?"

"想一想他的立场吧，"母亲说："你买给他这么多好东西，他能够给你的，却只有路上捡来的垃圾。做父亲的反倒要自己的女儿来照顾，你说他难不难受?"

大伙儿沉默了半晌后，我问："妈，那你大概也不希望我送你礼物啰?"

"不不不，我跟你爸不一样，"母亲回答，"我喜欢收礼物。"

隔年夏天，爸妈的游民生涯已经堂堂迈入第三年。游民的生活技巧，他们已经摸得一清二楚，而我也逐渐认识到，无论我喜不喜欢，我的父母或许要当一辈子的游民了。关于这一点，母亲告诉我："要怪就怪这个城市，在这里，当游民讨生活太轻松了。想想看，要是当游民很痛苦，谁会不设法另谋出路呢？"

八月，父亲来了一个电话，说是要了解我新学期的课程安排，并针对老师建议阅读的一些书籍讨论讨论。自从来到纽约，父亲经常问我，教授们开了什么书单，再根据书单到公立图书馆去借阅。父亲说，书单上的每一本书他都读过了，我要是有任何问题，他都可以替我解答。母亲说，父亲是想通过这种方式来完成自己的大学教育。

这一天，父亲问我这学期准备修哪些课，我告诉他："我正在考虑休学。"

"你疯了不成！"

我告诉父亲，我虽然申请到补助、奖学金和就学贷款，但扣除掉这些，我每年还必须自己想办法支付两千块钱的学费。这个暑假我只存了一千块钱，另外的一千块我实在是生不出来了。

"你为什么不早点告诉我？"

一个星期后,父亲打了个电话要我到罗莉家跟他碰面。父亲出现时,母亲也来了。父亲手里提了一个很大的塑胶垃圾袋,腋下还夹了一个褐色的小纸袋,我以为里头装的是酒瓶。父亲二话不说,打开纸袋,倒翻过来,一张张又皱又烂的钞票,一元的、五元的、十元的、二十元的,纷纷滚落在我大腿上。

“这里总共是九百五十块钱。”接着父亲打开塑胶袋,抖出一件皮大衣。“这是貂皮的,拿去当铺至少可以当个五十块钱。”

看着眼前的纸钞和大衣,我愣住了。“这些东西是哪里来的?”最后我终于忍不住问。“赢来的。在纽约,有很多赌徒连东西南北都分不清呢。”

“爸,你们比我更需要这些钱。”

“这些钱是你的了,”父亲说:“爸照顾女儿,是天经地义的事。”

“不行,这些钱我不能拿。”说完我看看母亲。

母亲在我身旁坐下,拍拍我的腿说:“拿去吧。我一向相信教育的价值。”

就这样,靠着父亲给我的这些皱皱烂烂的纸钞,我得以缴清学费,完成我在巴纳德学院最后一学期的学业。

一个月后，母亲打了个电话给我，她好兴奋，以至于连讲话都结巴了。原来，她和父亲在下东城的一栋废弃屋子里找到了一个住处，也就是他们的新家。“房子虽然破了点，”母亲说：“但它需要的只是一点关爱。最棒的是，我们半毛钱都不用花。”

母亲说，像他们这样在废弃的房屋里借住的人还不少，这样的人被称做“寄居族”，这样的房子则称做“寄居壳”。母亲接着说：“就像我多年前到西部拓荒的曾曾曾祖父一样，你老爸和我都很有拓荒精神。”

几个星期后，母亲又打了个电话过来，告诉我，她和父亲的新家虽然还没装修完成（譬如大门还没装上），但已经可以接待客人了。于是，我在春末的某一天搭上了地铁，在亚斯特坊广场下车，出站后往东走，来到爸妈寄居的建筑物前。这是栋没有电梯的六层楼公寓，外墙的灰泥已经剥落，砖块也有松脱的迹象，一楼的每一扇窗户都用木板封住了。我伸手准备打开公寓的大门，门把和锁都已经不见，只剩下一个空洞。进了门，厅里只见一颗裸露的灯泡孤悬在一根电线上。左右望望，一面墙的灰泥已经严重剥落，露出了里头的木头骨架和管线。走上三楼，来到爸妈的住处前，我举手敲门，里头隐约传来父亲的声音。结果，门并没有如预期般往内转开，反而在门的两侧出现了几根手指头，将整扇门搬离了门框。是父亲，他开怀大笑，抱了抱我，然后解释这扇门还没装上铰链。事实上，这扇门是他刚刚才从另一栋废弃屋的地下室里捡来的。

母亲从父亲身后跑了过来，咧嘴大笑，连臼齿都露了出来，然后给了我一个热情的拥抱。父亲将一只猫赶下椅子（他们已经收养了好几只流浪猫），让我坐下。房间里塞了好多东西，有坏掉的家具、成堆的衣服、书籍，以及母亲的美术用具。地上，四五个电暖炉正在用力地运转。母亲说，父亲用绝缘电缆帮这里的每个住户都从附近的一根输电缆偷接了电，"因为你爸，这里的每个人都有了免费的电可以用。要是没有你爸，我们怎么活得下去啊。"

父亲谦虚地笑了笑，接着说，这里的管线配置太古老了，他费了好大一番工夫才把电给接上，"我这辈子没见过这么难搞的电力系统，它的使用手册简直是用象形文字写的。"

环顾四周，我有一种似曾相识的感觉，原来，只要把电暖炉换成煤炭炉，这个地方和我们在小霍巴特街的家简直没有两样。鼻孔里嗅到的，尽是些熟悉的味道：松香油、狗毛、脏衣服、发酸的啤酒、烟味、未冷藏的食物逐渐腐败的味道。我忽然有一股想夺门而出的冲动——我已经从韦尔奇逃走过一次了，我不想再回到那个地方。不过，爸妈显然非常自豪，两人兴冲冲地谈着其他的寄居族、他们在附近一带结识的朋友，以及大家如何联手对抗城市住房管理机构（两人还不时打断对方，针对对方刚刚讲的话提出更正或补充说明）。忽然，我明白了一件事，他们碰到了一大群和他们臭味相投的人——游手好闲，反抗权威，并且对这样的生活乐在其中。在经过那么多年的流浪之后，终于，他们找到了自己的家。

那年春天，我终于要大学毕业了。不过，前来参加毕业典礼的只有布莱恩一人。罗莉和莫琳要工作，所以不能前来，母亲则是不想听典礼上的来宾讲一堆无聊的人生大道理。至于父亲，是我叫他不要来的。我其实希望他来，只是怕他到时候又喝得酩酊大醉，跟台上致辞的人大吵大闹，我岂不丢脸死了。

"对不起，爸，我不能冒这个险。"

"没关系，"父亲回答："我又不是非得看到自己的小山羊披上毕业服，戴上方帽子，才知道她大学毕业了。"

毕业后，我原本一周工作两天的那家杂志社，给了我一份全职的工作。此刻的我还需要一个住处。这些年来，我交了一个男朋友，是罗莉的怪才朋友之一，名叫艾瑞克。艾瑞克家世富有，目前是一家小企业的老板，独自住在公园大街上的一栋公寓里（他从小也是在公园大街上长大的）。他个性冷静，讲求时间管理，做事情有条不紊的程度简直到了偏执的地步。身为棒球迷的他，随口可以背出一大串相关的统计数字。此外，他为人正直、尽责，既不赌博，也从不发脾气，水电费更从未迟缴。听到我正在寻找室友合租房子，他提议我搬去跟他同住。我告诉他，他的房租我连一半都负担不起，可我又不想在经济上依赖他。结果他说，我可以先依我的经济能力负担房租，等薪水调高了后再多付一点。他把这件事讲得好像是商业上的提案，而且是个很诱人的提案，我想了想便答应了。

后来，我告诉父亲这件事，他问我，艾瑞克有没有带给我快乐？有没有对我好？“没有的话，我发誓，我一定踢得他头破血流，满地找牙。”

“爸，你放心，他对我很好。”其实我心里真正想说的是：爸，我知道艾瑞克绝对不会偷我的钱，绝对不会把我扔出窗外；爸，我一直很害怕自己会爱上一个跟你一样嗜酒如命、桀骜不驯却又魅力十足的混蛋，还好，现在这个男人，和你恰恰相反。

我所有的财产，用两个装牛奶瓶的塑胶箱子和一个垃圾袋就够装了。我将这些东西拖到街上，招了一辆出租车，直驱艾瑞克的住处。到了目的地，一位身穿滚金边蓝色制服的门房从遮雨棚下快步走出，还坚持帮我把箱子搬进大厅。

艾瑞克的住处，天花板上有着交叉的横梁，还有个壁炉，壁炉架则是以装饰艺术风格做成的。当我把衣服拿出来一一挂在艾瑞克清出来给我用的衣橱里时，我心里不断告诉自己，我现在住在公园大街了。接着我想到了爸妈——他们现在的那个寄居壳，搭地铁往北走，到这里只要十五分钟，两地虽相隔不远，却像是两个不同的世界。想当初他们搬进那里时，好像总算找到了一个属于自己的天地。此刻的我，是不是也是如此呢？

我邀请爸妈来我住的地方坐坐。父亲说他可能会觉得不自在，从没来过，母亲倒是马上就出现了。一到我家，她开始东摸摸西摸摸，一会儿把盘子翻过来看看制造商的名字，一会儿又抓起波斯地毯的一角计算上面的绳结数目，一会儿把瓷器举高就着灯光仔细打量，一会儿又在古董矮柜上用手指来回摩挲。看完家具，她走到窗边往外眺望，对街，是一栋栋用砖块和石灰石盖成的公寓。“我不喜欢公园大街，”她说：“这里的建筑物太单调了，还是中央公园西街上的比较漂亮。”

我告诉母亲，她实在是我见过的最自大的寄居族了。她笑了笑，和我在客厅的沙发上坐下。我有事想跟她谈谈，于是便说，我现在有了一份很好的工作，有能力可以帮助她和父亲了。为了改善他们的生活，我想要买一些东西给他们，看是要一部小轿车，租房子的押金和几个月的租金，还是一栋廉价房子的首付款。

“不用了，我们过得很好，什么都不需要。”母亲放下茶杯。“倒是你，我才替你操心呢。”

“什么？你替我操心？”

“是啊，非常操心。”

“妈！我现在好得很，日子过得舒服惬意，你操什么心？”

“就是这样我才操心啊，”母亲说：“看看你现在的生活。你出卖了自己，你知道吗？说不定，你接下来就要变成共和党员了。”母亲无奈地摇摇头：“我当初教给你的那些价值观，你都忘了吗？”

关于我的价值观，更令母亲担忧的事情还在后头。我工作的那家杂志社，后来指派了一份新的任务给我，要我撰写一份每周专栏，专门挖掘大人物们的隐私。母亲认为，我应该写些更有意义的东西，譬如描述富有的地主如何压迫贫民，社会上有哪些不公不义，下东城里发生了怎样的阶级斗争。尽管如此，有机会成为专栏的主笔，我感到雀跃不已，因为这表示我终于要成为见多识广的人了。想当初在韦尔奇，很多人都很清楚沃尔斯一家人过得有多潦倒，然而事情的真相是，这些人多半也有自己的问题——只是他们比较擅长粉饰太平而已。透过这份专栏，我要让全天下的人知道，没有一个人的生活是十全十美的；即使看似拥有一切，背后也可能有不可告人的秘密存在。

父亲的反应倒是跟母亲不同，他认为，能够透过这份专栏去揭发有钱有势者的真面目，是一件很棒的事。于是，他成了我最忠实的读者之一，还经常上图书馆搜集资料，再打电话向我通风报信：“这个叫爱丝特的女人，好像有着不为人知的过去，或许我们可以朝这个方向去挖点东西。”最后，我这份专栏居然也得到了母亲的认同，她说：“从来没人指望你会有多大的成就。论脑袋，你比不上罗莉；论外貌，你比不上莫琳;论胆识,你又比不上布莱恩。若要说你身上有什么优点,大概就只有勤能补拙这一项吧。”

尽管我喜欢住在公园大街,但我更热爱这份新的工作。每个星期,我受邀参加的宴会往往不下数十场,包括艺廊的开幕式、慈善舞会、电影首映会、新书发表会,以及在铺有大理石地板的餐厅里举办的私人晚宴。也因为工作的关系,我接触过许多有头有脸的人,譬如房地产商、中介、大笔遗产的女继承人、基金管理人、律师、服装设计师、职业篮球员、摄影师、电影制片人、电视台记者等等。甚至,我还遇到过一些名下房产数十栋的有钱人,他们到餐厅吃一顿饭,花的钱就超过我们在小霍巴特街九十三号那栋房子的价格了。

要是被这些人发现我父母的身份,发现我的家世背景,我的工作一定不保,我心里如此深信着,不论事实是否如此。于是,我总是避谈我的父母,要是真的回避不了,我就说谎。

在担任专栏主笔后大概一年左右,有一次我来到一家高朋满座的小餐厅里进行采访。这次的采访对象是“全球穿着品位最佳人士”入围名单的评审。尽管上了年纪,头戴丝质头巾的她,气质依然雍容华贵。

“对了,珍妮特,你是哪里人?”

“西弗吉尼亚州人。”

“西弗吉尼亚州哪里?”

“韦尔奇。”

“好美的名字。那里的主要产业是什么?”

“采矿。”

在盘问我的同时，这个女人还不断打量我身上的穿着，评估着衣服的材质和价格，仿佛正在对我的品位打分数。

“喔？那你家里拥有矿场吗？”

“没有。”

“那你父母是做什么的？”

“我妈是画家。”

“那你爸呢？”

“创业家。”

“哪方面的？”

我深深吸了一口气，然后说：“他正在研发一种技术，目的是让劣等的沥青煤在燃烧时更有效率。”

“他们现在还住在西弗吉尼亚吗？”

我心想，撒个谎又何妨，接着便说：“是啊，他们很喜欢那里。他们住在山坡上一栋宽敞的老房子里，从房子往下看，还可以看到一条美丽的溪流淙淙流过。这些年来，他们一直在整修那栋房子。”

和艾瑞克在一起的生活，安安稳稳、平静无波。我喜欢这样的生活。于是，在我搬过去跟他同居后的第四年，我们结婚了。结婚后没多久，有一天，母亲到我的住处来告诉我一个消息：我的舅舅吉姆在亚利桑那州过世了。母亲要我帮她一个忙："我们必须把吉姆的土地给买下来。"

外公先前在德州西部有一块土地，死后由母亲和舅舅各继承一半。不过，在我从小到大的过程中，只要问到母亲她继承的这块地究竟有多大，又有多值钱，她总是含糊其辞。但在我印象中，这块地大概有几百英亩大，地点则在遥远偏僻、罕有人居的沙漠中。

母亲告诉我："这块地一定要留在我们家族里，这非常重要，因为它对我们有情感上的意义。"

"那要看我们买不买得起啊，"我说："舅舅那块地值多少钱？"

"你可以跟艾瑞克借，他是你丈夫。"

"我自己也存了一点钱。告诉我，那块地值多少钱。"记得好像在哪里看到过，德州西部有些荒僻的焦土，一英亩只要几百块钱。

"你可以跟艾瑞克借啊。"

"到底值多少钱？"

“一百万。”

“什么!”

“一百万。”

“舅舅的地,不是跟你的一样大吗?”为了确定自己没有听错,我这句话讲得很慢很慢,“外公留给你们的地,不是一人一半吗?”

“是差不多一人一半啦。”

“也就是说,舅舅的地如果值一百万,你的地也同样值一百万啰?”

“我不知道。”

“什么,你不知道!你们继承的地不是一样大吗?”

“我真的不知道啊,我又没请人去估过价。反正,这块地我又不会拿去卖。从小,你外公就教我安土重迁的道理。这也是为什么我们必须把你舅舅的地给买下来,这块地绝不能落入外人手中。”

“你的意思是说,你拥有一块价值百万美金的土地?”这对我而言,恍若晴天霹雳。母亲手中拥有一块价值百万美金的土地,而我们却在韦尔奇过了那么多年挨饿受冻,没有抽水马桶的岁月?当初的那些苦日子,和爸妈后来的流落街头,甚至目前的寄居族生活,居然是母亲一手造成的?要是她当初把这块她连看都没看过的土地卖掉,我们的财务危机或许早就解决了!我提出这些问题质问母亲,她却一直顾左右而言他;显然,保有土地对她而言并不是一种投资,而是一项信仰,正如天主教对她的意义一样,她对土地的信仰是全心全意、无可动摇的。我再怎么好说歹说,母亲就是不肯告诉我那块地到底值多少钱?

“我告诉过你了,我不知道,”母亲说。

“好,那告诉我,那块地有几英亩,正确地点又在哪里,我可以去查出那边的地一英亩值多少钱。”我之所以一定要打破砂锅问到底,不是因为我在意母亲拥有多少财产,我只是想知道——也许必须知道——那块地究竟值多少钱? 或许母亲真的不知道它值多少钱,或许她害怕知道,又或许她害怕我们大家知道了会作何感想。可是,母亲不回答我的问题,只是口中不断念着:我们一定要把舅舅的地给买下来,这块地是她高祖父传给曾祖父再传给祖父再传给她父亲的,绝对不能落入外人手中。

“妈,我不能向艾瑞克要一百万。”

“珍妮特,就当妈求你好了,我什么时候求过你了? 这件事要是不重要,我是不会求你的。可是,这块地真的很重要。”

我告诉母亲,我不认为艾瑞克肯借我一百万去购买一块德州的土地;就算他肯,我也不会跟他借。“这要花很多钱呢。更何况,我买了这块地要干吗?”

“留在我们家族啊。”

“天啊,我真不敢相信,你会要我做这种事,这块地我连看都没看过呢。”

终于,母亲知道她是不可能说服我了,这时候她说:“珍妮特,我对你太失望了。”

这时候的罗莉，是个擅长奇幻风格的自由画家，作品类型包括月历、棋盘和书籍封面的插画。布莱恩则是刚满二十岁就投身警界。父亲对这件事非常气恼，直说自己到底是造了什么孽，怎么会养出一个盖世太保。我倒是非常支持布莱恩。记得他当上警察那天，穿着深蓝色的制服，黄铜纽扣闪闪发亮，抬头挺胸地站在一群新警官当中宣读誓言，我觉得好骄傲。

至于莫琳，她已经高中毕业，上了一所市立大学；可是，她没有把心思放在课业上，最后还跑去跟爸妈同住。她偶尔会打打工，譬如到酒吧或餐厅当服务员，但总是做不长久。从小，她就期待别人来照顾她。当初在韦尔奇，她有那些五旬节派的邻居们供她吃住，如今在纽约，她凭着金色的长发和湛蓝的大眼，也吸引到不少男人愿意帮她。

问题是，她谈的几段感情并不比她的工作长命。尽管嘴巴上说，她大学毕业后要去读法律，但总是有事情令她分心。和爸妈同住的日子越久，她似乎更迷失自我，一阵子之后，她几乎成天都待在爸妈的公寓里抽烟、看小说，偶尔还画画裸体自画像。爸妈住的地方只有两个房间，加上莫琳自然拥挤许多。后来，她和父亲开始发生激烈的争吵。莫琳骂父亲是个没用的酒鬼，父亲则骂莫琳是他所有子女当中最不成材的一个，早知道，他就在她出生时把她淹死算了。

后来，莫琳甚至连小说都不看了，从早到晚都在睡觉，只有买烟的时候才会出门。我打了个电话要她过来，说是想跟她谈谈她的未来。她出现时，我几乎快认不出她来了。她的头发和眉毛都染成了银灰色，脸上的浓妆艳抹不输给一个歌舞伎。她一根接一根地抽着烟，还不断打量我的屋子。我问她对工作有什么打算，她说她现在想做的事情只有一件，就是对抗摩门教徒，这些人在犹他州绑架了数以千计的人。

“什么教徒?”我问她。

“别假装你不知道，”莫琳说：“除非你也是他们的一分子。”

过后，我打了个电话给布莱恩，问他：“你认为莫琳在嗑药吗?”

“就算没有，她倒是应该要吃药了。我看她已经有点精神不正常了。”

我告诉母亲，莫琳应该接受专业医生的帮助，母亲不赞同，认为莫琳需要的只是新鲜的空气和充足的阳光。和几位医生谈过之后，他们都告诉我，既然莫琳自己不愿意主动寻求帮助，要让她接受治疗只有一条路：当她做出危害自己或危害他人的行为时，法院可以命令她强制就医。

六个月后，这样的状况真的发生了——莫琳刺伤了母亲。事情的经过是这样的：母亲认为，莫琳搬出去学习自立的时候到了。她告诉莫琳，正所谓天助自助者是也，为了莫琳好，莫琳必须搬出这个家，自己出外谋生。莫琳不能接受自己的老妈居然要把自己赶出家门，情绪激动之下，行为失去了控制，因此刺伤了母亲。母亲强调说，莫琳只是一时冲动，乱了方寸，并不是真的想伤害她；不过，母亲的伤势并非轻微的皮肉伤，还需要用针线加以缝合，警察因此逮捕了莫琳。

几天后，法院开庭提讯莫琳。父亲、母亲、罗莉、布莱恩和我全都到场了。布莱恩是怒不可抑，罗莉是难过得半死，父亲则是喝得半醉，有好几次差点跟法院的警卫打起架来。至于母亲，她表现得跟平常一样，一副处变不惊的从容模样。当我们坐在法庭的长板凳上等候开庭时，她甚至哼起歌来，还拿笔画画，将法庭里的其他人当作她写生的对象。

终于，莫琳出现了，她身着橘色的连身服，手脚戴着镣铐，拖着双足走进法庭。她的脸有点肿胀，表情透着惊惧，看到我们方才露出笑容，还挥手跟我们打招呼。莫琳的律师向法官提出保释的请求。我皮包里也放了好几千块我跟艾瑞克借来的钱。可是，在听了检察官对事情的描述之后，法官神情严肃地摇摇头说："不准保释。"

到了外面的走廊上，罗莉和父亲开始高声对骂，辩论着谁应该为莫琳今天的状况负责。罗莉责怪父亲创造了一个病态的环境，父亲则怪罗莉没有尽到姐姐的责任，后来母亲也加入战局，说是过多的垃圾食物导致莫琳体内的化学物质失去平衡。看到三个人吵成一团，布莱恩也忍不住破口大骂，要他们闭嘴，否则就要逮捕他们。我没说什么，只是静静地站在那里，看着一张又一张扭曲的脸孔，听着沃尔斯家的每个成员将多年来的怒气和受伤的感觉一吐为快。

最后法官做出判决:莫琳必须到纽约州北部的一家医院接受治疗。一年后,莫琳出院了,她马上买了一张到加州的单程车票。我告诉布莱恩,我们一定要赶快阻止她,她在加州谁都不认识,如何生存下去呢?可是布莱恩说,这或许是莫琳最睿智的抉择。为了她好,她最好离开爸妈,或许也应该离开我们,离得越远越好。

想一想,布莱恩说得对,莫琳是该远走高飞。可是她为什么选择加州呢?是不是因为她觉得,那个四季如春,让人可以在雨中跳舞,可以从藤蔓上摘葡萄,可以夜宿星空下的地方,才是她真正的家,才是她真正可以得到归属感的地方呢?希望她是这么想的。

莫琳不要我们去送行,谁都不要。她要离开的那天早上,我在天空露出第一道曙光时就起床了。因为我希望,在她搭上巴士离开的那一刻,我是清醒的,我是想着她的,我好在心中跟她道别。走到窗边,望着外面又湿又冷的天空,我心想:此刻的莫琳,在想着我们吗?她以后会想念我们吗?当初,对于让莫琳来纽约一事,我其实是有所疑虑的,但我毕竟同意她来了。结果,她来了以后,我却因为太忙于照顾自己而疏忽了她。"对不起,莫琳,对不起……"

此后，我很少见到父亲或母亲。布莱恩也一样。这时候的布莱恩已经成家，娶了老婆，生了一个女儿，还在长岛买了一栋维多利亚式的老房子，并加以翻修。至于罗莉，她还住在港务局巴士站附近的公寓里。比起我和布莱恩，她跟爸妈的接触虽然比较多，但他们其实也是各走各的。事实上，自从莫琳传唤上法庭之后，我们一家人就很少聚在一起了。因为，自那天起，我们每个人的心中都有一块地方碎掉了，之后根本无心团聚。

莫琳去了加州后一年左右，有一天我上班时接到了一个电话，是父亲打来的。他说，他必须跟我见个面，他有很重要的事情要跟我讨论讨论。

“不能在电话里讲吗？”

“我真的必须见你一面，宝贝。”

父亲约我当晚到他下东城的住处找他。“还有，”父亲随后加了一句：“如果不会太麻烦的话，可不可以顺道帮我买一瓶伏特加？”

“喔，你打这个电话，就是为了这个啊。”

“不是的，不是的，我真的有事必须当面跟你讲。只是，我还想喝点伏特加。不需要买高级货，最便宜的就行。一品脱装的不错，五分之一加仑的就更棒了。”

我有点生气，父亲居然用这种方式拐弯抹角地跟我讨酒喝，说有什么重要的事情要跟我讨论，最后却告诉我他想喝酒；或许，伏特加才是他真正的目的吧。下午，我打了个电话给母亲，问她我是不是该纵容父亲（母亲仍然不喝比茶更烈的东西）。

“你爸就是这副德行，你又不是不知道，”母亲说：“更何况，现在要改造他恐怕太晚了。你就顺他的意去做吧。”

晚上下班后，我顺道经过酒行，从架上挑了一瓶半加仑的、最便宜的伏特加，接着我坐上出租车，来到下东城。爬上阴暗的楼梯，再推开没有锁的门，我看到爸妈正躺在床上，身上盖了几条薄被。看来，他们已经在那里躺了一整天。一看到我，母亲发出一阵尖叫，父亲则是开始为家中的凌乱向我道歉。他说，要是母亲肯让他把她的一些垃圾给清掉，家中至少可以腾出一点空间。听到父亲这么说，母亲不甘示弱，反过来指责父亲好吃懒做、游手好闲。

“真高兴看到你们，好久不见。”我亲亲爸妈的脸颊。

两人费了一番力气坐起身子。我看到父亲觑着我手中的棕色纸袋，便把袋子递过去。

“哇！一点五公升的！”父亲感激地说，接着从袋子里拿出大酒瓶，旋开盖子，猛灌了一口，“谢谢你，亲爱的，你对老爸真是太好了。”

母亲穿了一件厚得简直像是电线织成的毛衣。她双手严重龟裂，头发纠结，但脸颊的颜色倒是红润健康，眼眸也清澈明亮。一旁，父亲则显得瘦骨嶙峋，两颊凹陷。他的头发跟往常一样乌溜溜的，只是两鬓已略显灰白。然而，跟往常不同的是，他留了一撮小胡子。父亲从来不留胡子的，即使流落街头时也一样。

我很纳闷："爸，你怎么留起胡子了？"

"每个男人一生中都应该至少留一次。"

"可是为什么是现在？"

"再不留就没机会啦。老实说，老爸我没多少日子可活了。"

我紧张地笑了笑，再看看母亲，她刚刚抓起了素描纸，一句话也没说。

父亲小心翼翼地看着我，接着将酒瓶递给我。我虽然从不喝酒，但还是啜了一口，酒精缓缓流下我的喉咙，好烫。

"这东西确实会让人上瘾，"我说。

"嗯，不要上瘾才好，"父亲回答。

接着父亲告诉我，他有一次和一个尼日利亚来的毒贩打架，打得头破血流，结果感染到一种罕见的热带病。医生在帮他检查过后宣布，他已经回天乏术，只剩下几个星期到几个月可活。

好荒唐的故事！事情的真相是，父亲虽然才五十九岁，但长年来的抽烟喝酒已经把他的身体给搞垮了。他从十三岁起就开始每天抽四包烟，饮酒量更不断增加，如今每天要喝掉整整两夸脱的酒——正如他自己常常说的，他现在简直是泡在酒里。

可是，这个世界要是少了父亲，我的生活会变成什么样子？这个世界又会变成什么样子？我无法想象。尽管他是个差劲的老爸，尽管他给我们带来了不少伤害、痛苦，但我始终知道，他是爱我的——以他独特的方式爱我。我将眼光投向窗外。

“嘿，不要流鼻涕、流眼泪呀。现在不要，我走了以后也不要，”父亲说。

我点点头。

“对了，你一直很爱你老爸吧？”

“是啊，我很爱你，”我说：“你也很爱我，不是吗？”

“没错。”父亲发出嘻嘻的笑声：“我们有过很美好的时光，你说是不是？”

“是啊。”

“只可惜，玻璃城堡一直没有动工。”

“是没有。不过，我们从设计的过程中也得到了很多乐趣。”

“是啊，我们是有一些很棒的计划。”

母亲从头到尾没有加入我们的谈话，只是在一旁静静作画。

“爸，对不起，我应该邀你去参加毕业典礼的。”

“没关系，”父亲笑了笑：“典礼这种东西，对我来说从来没有半点意义。”父亲又灌了一口威士忌，“我这辈子留下了很多遗憾。不过，爸爸可是非常以你为荣呢，小山羊，看看你现在过得多好。每次想到你，我就觉得，我这辈子应该做对了几件事吧。”

“确实如此。”

“好，那就好。”

我们又花了一些时间话当年，但是，离别的时刻总是要来的。临走前,我向爸妈吻别,走到门口,又回头看了父亲一眼。

“嘿!”父亲眨眨眼,用手指头指着我说:“我什么时候让你失望过了?”

父亲呵呵笑了几声,因为他知道,这问题的标准答案只有一个。我笑了笑,没说什么,然后把门带上。

两个星期后，父亲心脏病发，等我赶到医院，他已经在急诊室里，双眼紧闭，母亲和罗莉站在一旁。“现在是机器在维持你爸的生命，”母亲说。

我知道父亲不会喜欢这样的，在生命的最后一刻，居然躺在医院里靠机器维生。他一定宁愿死在大自然的怀抱中。他常常说，哪一天他要是死了，他希望我们把他的遗体放在山顶，供鹫鸟和土狼啄食。我忽然有一股冲动，想将他一把抱起，冲出大门，最后一次以雷克斯·沃尔斯的方式逃跑。

但我没有这么做，只是握住了他的手。他的手温温的、重重的。一个小时后，院方关掉了机器。

接下来几个月，我发现我很难在一个地方待太久。上班时，我会很想回家。回到了家，我又等不及想出门去。当我搭的出租车在车阵里塞车超过一分钟，我就干脆下车走路。总之，我很难静下来，只能不停地动。后来，我开始溜冰。我常常一大早就起床，踏上寂静、微亮的街道，来到溜冰场。我会将溜冰鞋的鞋带绑得很紧，紧到我的脚都发疼了。我喜欢溜冰场上的刺骨冰寒，甚至乐于摔倒在那又硬又湿的冰上。不断地重复快节奏的动作,可以让我不去想一些事情。有时候,我甚至会晚上再去溜一次,直到夜深人静时再拖着疲惫的身躯回家。这样的生活过了一阵子,我忽然省悟到,光动个不停是不够的,有些事情我必须重新思考。

父亲死后过了几年,我离开了艾瑞克。艾瑞克是个好人,但不适合我。公园大街也不能带给我归属感。

于是,我搬到了西城的一栋小公寓里。这栋楼没有房门,我的住处也没有壁炉,倒是有大片的玻璃窗可以纳入充足的阳光,此外还有拼花地板,以及一个小小的玄关。当初,我和罗莉在布朗克斯区找到的第一个住处,就跟这里很像。我的内心告诉我:这就对了,这才是我该住的地方。

此后,我比较少去溜冰了,甚至在溜冰鞋被偷了以后,放弃了这个嗜好,没有再去买新鞋。先前的躁动不安,如今开始平静下来。不过,我养成了另一个嗜好:散步,散好久的步。时间在入夜以后,方向通常是朝西,河流的方向。纽约市的灯光太过耀眼,往往使星星的光芒遭到遮蔽。不过,只要天气晴朗,我倒是可以看到金星,在地平线附近,在黑幽幽的河流上方,持续地放光。

第五部

一家人的感恩节

那一天，我站在站台上，身旁是我的第二任丈夫约翰。远方传来汽笛声，接着我看到红色的闪光，一记钟声响起，铁道边的栅栏缓缓落下。当汽笛声再度响起时，一列火车从前方树丛旁的转弯处拐过来，轰隆隆驶进车站。两个偌大的车头灯的灯光，在十一月午后的灿烂阳光下显得不怎么明亮。

火车的车速不断减慢，最后终于停了下来。电动引擎发出低鸣，不断震动着。又过了好一会儿，火车门终于打开。车上的乘客鱼贯而下，手上拿着折叠起来的报纸、帆布旅行袋，或颜色鲜艳的大衣。人群中，母亲和罗莉的身影出现了，她们从火车后方的车厢走下来，我举手向她们打招呼。

父亲过世到现在已经五年了。期间，我跟母亲只见过几次面。母亲还没见过约翰，也没有去过我们去年在乡下买的旧农舍。邀请母亲、罗莉和布莱恩来我们家过感恩节，是约翰出的主意；父亲下葬以后，我们一家人还没有聚会过。

一看到我和约翰，母亲笑得好开心，并快步向我们跑来。看看母亲的穿着，没有大衣，但身上的毛衣大概有四件，此外还有一条披巾、一件灯芯绒裤子、一双老旧的布鞋，两手还提着鼓鼓的购物袋。在母亲身后,罗莉则是披了一件黑色的斗篷,头上戴着一顶黑色的软呢帽,她和母亲站在一起真是绝配。

母亲过来和我拥抱,她的长发几乎已经斑白,但双颊依旧红润,眼睛也明亮如昔。我抱了抱罗莉,再把约翰介绍给她们认识。

“真是抱歉,穿得这么邋遢,”母亲说:“不过,我会在晚宴时把这双便鞋换成晚宴鞋的。”说着,母亲从购物袋里抽出了一双破烂的休闲鞋。

离开火车站,坐进车里,我们一路蜿蜒地往我和约翰的家驶去。途中经过石桥下方,越过树林,穿过村庄,又从池水清澈如镜、并有天鹅悠游其上的沼泽旁经过。这个时节,树上的叶子多半已经凋零,并随着偶尔刮起的风在空中飞舞。透过光秃秃的树丛,我们可以看到一些在夏天里看不到的屋舍。

约翰一边开车,一边向母亲和罗莉介绍这个地区,包括哪里有养鸭场,哪里有花圃,以及这个镇的名字和印第安人有什么关系。我坐在约翰旁边,端详着他的侧脸,忍不住会心一笑。约翰是个作家,写书,也帮杂志写文章。跟我一样,他在成长过程中也经常搬家。他的母亲,出身于田纳西州的一个小村庄,该村位于阿巴拉契山脉、韦尔奇西南方大约一百六十公里处,环境跟韦尔奇有点类似。这辈子以来,约翰是第一个让我想跟他共同生活的人。我爱他,因为他擅长烹饪,不看食谱也能做菜;我爱他,因为他会为自己的侄子写一些无厘头的诗;我爱他,因为他众多热情的亲人们很快就把我当成了家人。

当我第一次把身上的疤露出来给他看时，他觉得那疤痕的“肌理”很有趣。他说，“光滑”二字太陈腔滥调了，讲“肌理”比较好玩。他还说，这个疤代表我变得更坚强，也战胜了当初伤害我的那个东西。

到了家，车子在车道上停下来。约翰和他前妻所生的女儿，十五岁的洁西卡，从屋里走出来迎接我们，旁边还跟着布莱恩和他今年八岁的女儿维若妮卡，以及他们养的一只斗牛犬，查理。父亲葬礼结束后，布莱恩和母亲也不常见面，两人于是热情拥抱了一番。布莱恩随即取笑母亲说，她又从垃圾堆里捡了一堆东西要送给我们当礼物。打开她手上的购物袋，里头的礼物包括：生锈的银器、旧书、旧杂志和几件只有一点小瑕疵的、二十年代的骨瓷。

如今的布莱恩，是个授了勋的警长，在一个专门调查组织化犯罪的单位担任主管。大约在我和艾瑞克分手的那段时间里，他和他前妻也离了婚。离婚后，他在布鲁克林买了一栋旧房子，再独力加以翻修，更新了水管、线路和火箱、强化了地板的托梁，还盖了一个前廊。这是他第二次将一栋破房子整修得焕然一新。最近，有两个女人在追求他。看来，他现在过得好极了。

接着我带母亲和罗莉去逛我们的花园。过冬的准备工作已经就绪，而且全是我和约翰两人合力完成的。我们将地上的枯叶耙好、剪碎，将枯死的多年生植物剪掉，再拿来铺盖花床。我们在菜园里施肥、翻土，将大丽花的球茎从土里挖出，再置于沙桶中，放在地下室里。此外，前些日子我们砍倒了一株枫树，约翰劈下了一些木材，再用来替换已经腐烂的杉木屋顶板。

看到我们努力的成果，母亲满意地点点头；她一向欣赏能够自立的人。花房上的紫藤，棚架上的黄瓶子草，以及屋后的大片竹林，都令她赞不绝口。接着我们走到水池边，母亲忽然心血来潮，跑到池子上方的绿色塑胶盖上，想测试一下盖子的强度，查理也兴冲冲地跑了过去。结果，塑胶盖承受不住他们的重量，应声破裂，母亲掉进池子里时还兴奋地又笑又叫。当约翰和布莱恩合力将她从池子里拉上来时，布莱恩的女儿维若妮卡在一旁看得目瞪口呆——她刚学会走路就再也没见过母亲了。

“你奶奶跟你外婆很不一样喔，”我告诉维若妮卡。

“太不一样了，”维若妮卡说。

约翰的女儿洁西卡这时候转过头来对我说：“可是她笑起来的样子跟你好像。”

接着，我带母亲和罗莉进屋里看看。这里是我和约翰工作与居住的地方，是我们的家，也是我有生以来拥有的第一栋房子，尽管我每个星期还是得进城里的办公室一趟。看到家里大片的地板、偌大的壁炉，以及天花板上用洋槐木制成、斧凿痕迹仍隐约可见的横梁，母亲和罗莉都发出赞叹。接着，母亲注意到一套埃及沙发。这套沙发是我们在跳蚤市场上买来的，沙发的四只脚都有雕刻，木制的靠背上还镶了几颗珍珠母。母亲点头表示赞许，接着说：“这就对了，每个家里都应该有一套品位很差的家具才是。”

厨房里，这时候已经溢满了烤火鸡的香味。烤火鸡是约翰准备的，里头的馅料丰富，有腊肠、蘑菇、核桃、苹果，还有加了调料的面包屑。此外，约翰还准备了奶油洋葱、菰米饭、酸果曼沙司、炖南瓜。我则是在附近的果园买了些苹果，烤了三块苹果派。

“哇！山珍海味！”布莱恩大叫。

“享用大餐的时间到啰！”我附和道。

我看到布莱恩注视着这些菜。我知道他心里在想什么。他摇摇头说：“说真的，只要下定决心，要填饱肚子并非难事。”

“嘿！现在可不是审判的时间，”罗莉提醒他。

我们坐下来开始用餐，母亲告诉我们一个好消息。她说，在当了将近十五年的寄居族之后，市政府终于决定将寄居族霸占的这些房子卖给他们，一栋只要一块钱。由于母亲必须赶回去参加住户会议，因此无法接受我们的邀请，在这里多住一阵子。母亲还说，她已经和莫琳联络上了，莫琳现在仍住在加州，最近正考虑要回来看看我们。说到莫琳，自从她离开纽约以后，我们就再也没有联络了。

后来，我们聊起父亲生前的一些惊人之举，譬如让我摸印度豹，带我们去捉鬼，把天上的星星送给我们当圣诞礼物……

最后，约翰提议：“让我们一起敬雷克斯一杯吧。”

母亲抬起头，盯着天花板，仿佛陷入沉思。“我想到了，”她举起杯子说：“敬：和你爸在一起的生活从不无聊。”

我们跟着举杯致意。有那么一个片刻，我恍若听到父亲开怀的笑声。屋外，天色暗了。一阵风起，将玻璃窗震得喀喀作响，烛火突然闪烁了一下，好像正游走于混沌与秩序的边缘。